野中ともそ

UNDER THE DISTANT SKY,
WE LET OUT
A FEARFUL VOICE.

遠い空の下、僕らはおそるおそる声を出

光文社

遠い空の下、僕らはおそるおそる声を出す

Contents

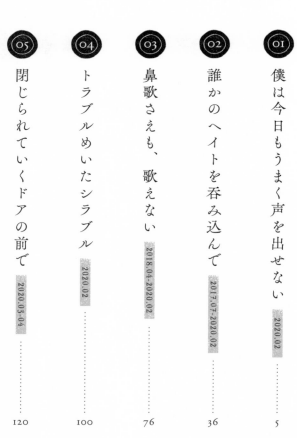

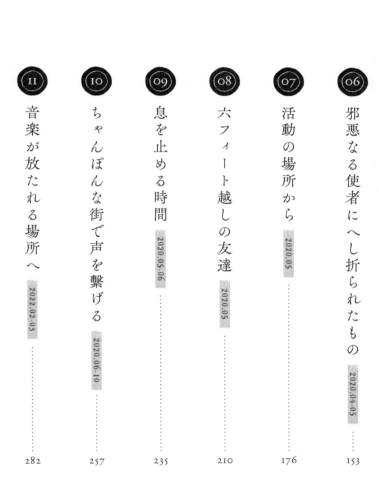

装画………シマ・シンヤ

装幀………大岡喜直（next door design）

01 僕は今日もうまく声を出せない

2020.02

わかってた。マンハッタンに来たからって、すべてがミラクルに変わるなんてありはしないってことぐらい。いきなりキャラ修正して、それまでの自分をちゃらにできるわけでもないってことぐらい。当たり前の話。

だけど心のどこかで、コンマミリほどの期待を抱かずにはいられなかったんだ。

だから僕は、アメコミの線画に塗《ぬ》られたカラフルなインクみたいに日常を上塗りしてみる。

親の「夢」に巻きぞえ食らった形で突然放りこまれたニューヨーク《NY》の日常は、嘘《うそ》みたいな奇跡の連続で。陽光をぎらぎら照り返す硬質な摩天楼《まてんろう》の窓には、突如としてスパイダーマンが張りついてきたりして。疲れた顔で地下鉄に乗り込んでくるサラリーマンは、落ちぶれたかつてのスーパーヒーローかもしれないって。

ほら、汚れた床を這《は》うあの虫は、よく見りゃきっとアントマン。

そんなことが目の前で起きたらさ、驚きで言葉も出てこないんだろうな。

新作マーベル映画のロケ現場に万が一遭遇したときのために、いつも持ち歩いてる一九七〇年代初版コミックにサインをもらうことも忘れ、呆《ほう》けた顔で立ち尽くすだけだろうな。

それでも僕は、おそるおそる声を出してみる。このマンハッタンの空の下で。

あいつのぶんまで。

ハロー。イッツ・ミー。

だけど、その後に続く自分の名前を、僕はうまく発することができない。

イチイ・スナハラ。何度口にしても、まるで映画のエンドロールに刻まれた見知らぬ誰かの名みたいに、うすらぼんやりした空の青に吸い込まれ、瞬《また》く間に消えちまう。

僕はその場になどいない者のように、奇跡が降ってくるのを待って、茫然《ぼうぜん》と立ち尽くす。

そう、ただ待ってるだけだ。いつも通りに。期待という言葉など知らず、水槽の外の世界の大きさをガラス玉みたいな目にただ映し込むウーパールーパーみたいに。

二〇二〇年二月五日。閏年《うるうどし》を迎えて六回目の水曜日。

今日も、日本にいる友人たちに話せるような奇跡は、なぁんも起こらなかった。


癖《くせ》になって毎日覗《のぞ》いちまうＬＩＮＥのトーク画面。絶対に、絶対に、更新されないあいつとのトークはずっと下の方に流れてるから、あえてスクロールしたりはしない。でも中学時代のマーベル仲間とのグループトークは、ごくたまにだけど書き込まれることがある。

それも僕がこっちに来て半年も経つとめったに更新されなくなった。最後は長崎くんちで田口《たぐち》がへっぴり腰で龍を持ち上げてる写真だっけか。ああ、もう四カ月か。このまんま更新されないかもしれないな。でもそこにまだ自分のアイコンがあること、自分の中学時代が確かにあったことを確認するためだけに、指が勝手にスマホの画面をタップする。

皆に訊《き》かれもしないから、僕はこの街での新生活をうっかり書き込むような真似《まね》はしない。スパイダーマンのロケ地を撮《と》った画像ものせないし、マーベル本社の住所をグーグル・アースで調べてスクショしたことだって明かさないよ。

そんなものを見せれば、田口や大狩《おおがり》はすごかねえと素直に感心してくれるかもしれない。でも山脇《やまわき》あたりが万一「海外自慢うざくね？」とか東京弁で冗談めかして口にしたら、きっとその瞬間、皆の心がつめたく固まるのが想像できるから。今頃、僕抜きの新しいトークが作成されてるんだろうな。想像したら、最初のうちは胸がぎゅうと苦しくなった。

そのうち、それも感じなくなった。僕の内側は、水の中みたいな無音状態。

今日も空は、無意味に青い。雹《ひょう》でも降ってこないかね。氷河期の前触れかなんかでさ。


授業終了のベルが鳴ると、見知った敗北感に身を包まれながらも緊張が解けて、少しだけハイになる。でも今日は、疲れが肩にまだ巣くっていた。いつもみたいに、指されぬよう目立たぬよう、ないに等しい気配をひたすら消しまくり、見慣れない英単語が散らばる教科書に落書きしてやり過ごすだけじゃすまなかったから。

「今日のスピーチクラスは、いつもと違って即興のテーマでやってみようか。それぞれの人種ルーツにおいて、自分が誇るべき文化を五分以内で紹介するように」

ただでさえ人前で話すなんて苦手なのに。スピーチの授業が必修だなんて、アメリカ人、どんだけ出たがりなんかよ。しかもルーツ。カルチャー。限りなく嫌な予感しかない。

去年の春、長崎からここマンハッタンのダウンタウンに越してきた。ダウンタウンといえば聞こえはいいけど、東南のはずれ。低所得者住宅が川沿いまで立ち並び、昔はちょっと、いやかなりヤバかった地域だ。聞き知ってはいたけど、この移民の街で人種は混沌《こんとん》と入り交じっている。特にこの辺りはそう。自身のルーツを声高《こわだか》に主張してプエルトリカン・デーのパレードにひとつ星旗を振りまくる者もいれば、とうに自分のお国訛《なま》りも血筋も忘れ、聞き取れないほどの早口でニューヨーク・アクセントを強調する者もいる。

僕はそこまで人間嫌いなつもりはないけど、そういう人たちを見ると「どうしてそこまで」と引いちまう。ましてやそんな中に放り込まれたら、一人になりたくてたまんなくなる。

ネットのまとめサイトや匿名《とくめい》掲示板にひしめく人々は平気なのにな。どうして生身の人間の集団って、こうも人を疲れさせるんだろ。血が、息が、体温が、スマホの画面にねばりつく気がして、意味もなく袖口で液晶保護フィルムをごしごし拭《ぬぐ》ってみたりして。

ロウアー・イースト・サイド、通称LESにあるうちの高校は、ワスプやユダヤ人の裕福な子息が多いアッパー・イーストのプレップスクールや、日本人も多く通う偏差値のめちゃ高い特別高校と違い、人種の多様性はあるもののやや偏っている。ヒスパニック系や黒人が過半数、むちゃくちゃな偏見でいえば、やたら体温高くて熱量多そうなイメージ。まぁそれも実際は人それぞれだったけどね。白人もアジア人もいるが、中国人の多くは近くのチャイナタウンの高校に流れていくから、そう多くない。編入した教室の中で、日本人は僕一人だ。でも正直、中国人と韓国人と日本人の区別がついてないやつらの方が多いんじゃないかって思う。

イチ、プリーズ。案《あん》の定《じょう》、教師の言葉が死刑宣告のようにつめたく襟首《えりくび》から差し込まれる。僕は気《け》だるさを装ってぐずぐずと立ち上がり、絞首台と化した演説台へと足をひきずる。

日本人を、日本の文化を代表して僕が言いたいこと、いや言えること？　そんなん、逆立ちしたって出てこないんすけど。あ。待てよ。言いたいことなら、ちょっとはあるか。

「僕は日本からアメリカに越してきて一年にも満たないけど、意外に思ったことがあります」

嫌な沈黙。無視してもいいから、頼んます、期待だけはしてくれるな皆の者。

ってまだ数秒かよ。埋めなきゃ。続けなきゃ。なんでもいいから。

「えっと、それは……それは。ＭＡＮＧＡブームがこんなにもアメリカで浸透しているとは、思わなかったことです」

ぷーっとゴム風船を膨《ふく》らますように息を吹く声が、机のジャングルの間でわき起こる。

何を言ってるんだ、僕は。もっと歌舞伎《かぶき》とか能《のう》なんかの伝統芸能で威嚇《いかく》射撃するとか。封じ手のナガサキ・ヒロシマの歴史を引っ張り出すって手もあった。そうだせめて漫画じゃなくハルキ・ムラカミとか、そっち系がよかったんじゃないか。

でも止まらなかった。日頃、頭の中だけで好き勝手に綴《つづ》ってる言い分を、黒い目をぎょろつかせ、たどたどしい英語が勝手に読み上げている。聞き取りづらくて不明瞭《ふめいりよう》なのは日本語でも同じだけど、そこに下手《へた》な発音も加算され、意味さえこぼれ落ちていく僕の声。

「でも……でもページや吹き出しの流れが逆で左から右っていうのは、なんか違和感あるんですよね。出版社の人もコマ割り（ここは英語でうまく言えなくてしどろもどろになり、さらに白けた空気が流れまくった）含め、ちょっと工夫して欲しかったっていうか。それはともかくマーベルも最高だけど、日本の漫画もすごく面白いんで。ぜひ皆さんもミッドタウンのカノクニヤ書店で、できたら原書の漫画なんかも手に取ってみてくださぁい！」

なんじゃこれ。漫画伝道師か、僕は。何人かが「『ワンピース』最高〜」とか「『ナルト』全巻もってんぜ」と同調してくれたが、女子たちのくすくす声がさめた空気に混じり、「ＯＴＡＫＵ〜〜」と耳慣れた日本語が茶化《ちゃか》すように響く。何それ？　という問いに答える男子の得意げな声は、聞き取りが苦手なはずの僕の耳にも、ひと際クリアに飛び込んでくる。

その後に続く声。He only talks about Manga and Ramen. He seems to eat whale as well!! Yuck!! あいつ漫画とラーメンの話しかしないんだぜ。鯨《くじら》も食べるんだって。げぇ。

聞こえてくる。鮮明に、飛び込んでくる。

ざわめきをくぐり抜け、鼓膜《こまく》にヒルのように吸いついてくる嘲りやからかいの言葉たち。

でも聞こえないふりする。僕は長崎出身やけん、ラーメンよかちゃんぽんばいね。鯨だって食べたことなか。でも僕の友達、くじらっていうったい。そんな言葉を全部呑《の》み込む。

だって、どうせ届かないから。

日本にいたときから、気づいていたことがある。

教室内カーストでは安定の上位、コミックやゲームといった受け身のツールだけでなく、もっと楽しいことが現実にもひしめいていると知ってるあっち側、向こう岸の人間の共通点。

それは目立ったり見た目がイケてたり、スポーツが万能だったりすることだけじゃない。

声だ。声が、通りやすいってこと。

野次も教師へのブーイングも女子をからかう声も、彼らの言うことは、波のように寄せて届く。確実に届けられる。明白に伝わるんだ、聞かせたい相手にもそうでない相手にも。

無視されるのも、逆に日本人だからと意味なく一目《いちもく》置かれるのも、正直どうだっていい。でも普段交じるはずのない側の人間と、こうして妙な空気を通して繋《つな》がりあっちまうことがやりきれない。異国の教室という、サバイバル能力を必要とする孤島の中で。

何より、日頃僕をからかったり同調したりしてくれるはずのパンパやじゃこが、聞こえないふりで目を伏せているのがやるせない。

気ぃ遣わせてわりぃという、ほろ苦い罪悪感。仕方ないのに、な。

こいつらも陽気で乱暴に教師に言葉を投げられる、声が届く側の人間じゃねえんだから。

「そうか。まぁグラフィック・ノベルもいいがな。ブシューとかシャーとか効果音だらけの本だけでなく、ちゃんとした日本の小説も今度は紹介してくれよな。ノーベル文学賞を取ったカズオ・イシグロとかな。はい、次。ジュロームはどうだ。イスラム圏の文化は」

文学マニアの教師がうまくまとめる。僕は「読んだことないし。その人イギリス人だし」と心で突っ込みながら、握りしめていた掌《てのひら》をそっとほどく。食い込んだ爪の半月が白く残る湿った固い掌が、今さら己の愚かさに頬染めるように、赤みを取り戻していく。

放課後の僕らはとたんに饒舌《じようぜつ》になる。饒舌になっても、人の目にさらされたり、発音を訊き返されたり、「なんでおまえが喋《しやべ》んの?」という白けた目を向けられない場所でなら、安心して言葉を発せられる。好きな固有名詞や単語を羅列するだけで笑いあえる。まるで宇宙空間から大気圏に戻った飛行士が、マスクをはずしてようやく言葉をかわすみたいに。

ただし僕の悲惨なスピーチについては皆、注意深く触れずにいる。あ、くじらだけは知らないんだよな、別の教室にいたから。でもあの場にいたら、誰にでも届くよく通るその訛りのない英語でもって、僕のために何か気の利いた助け船でも出してくれたんだろうか。

サイテー。ちょっと今、人を試すようなこと考えてた。

「何なん？　このブラシみたいなやつ。食えんのか？」

くじらが珍しげな声で近くの商品棚を指す。僕はいじましい考えを見抜かれた気がして、ぎくりとした。視線の先。楕円《だえん》で毛だらけのたわしみたいな、果物とも野菜ともつかぬ物体が並んでいる。あれ、たわしって英語でなんつったっけ。首をひねるが、確かにブラシとしか言いようがないよな。じゃあ棕櫚《しゅろ》って？　母さん愛用の職人技だかなんだかのたわしを思い浮かべた後、面倒くさくなって、思考の停止ボタンを押した。

「スパイニー・チャヨーテだよ。そっちの、毛のないチャヨーテの仲間。スープにするとうまいんだ。グランマがよくつくってくれた」

パンパがおっとり答える。パンパはハイチ系のドミニカ人だから、南米系の食品店が多いこのエセックス市場で僕たちが一々珍しがるものを、当たり前に食べてるんだよな。

パンパも教室では極端に無口だ。彼には軽い吃音《きつおん》と学習障害があるせいか、それともそのでかい身体《からだ》が椅子《いす》からはみ出ているせいか、授業中はどこか窮屈《きゅうくつ》そうに背を丸めている。そのくせ机の下で堂々とアメコミを広げ、時折無邪気な笑い声までたてるから、よく怒られている。叱《しか》られても動じずににたつく彼のことを、僕は最初、鈍感だなと思った。

初めて彼の膝《ひざ》の上に広げられた本がニューアベンジャーズの『ダークレイン』だと知ったとき、僕は勇気を振り絞って「それ、僕も持ってる」と自分から話しかけたのだった。あれがたぶんこの学校に来て、いやこの国に来て僕がした、いちばんまっとうで正しきこと。

そこに、教室では同じく変身したアントマンみたいに身をひそめてるじゃこが、マーベル・ヒーロー辞典を手に、ひょこひょこ加わったとき。僕は宇宙の暗い底から救われた孤児みたいな気持ちになったものだ。ようやく共通言語を見つけた喜びで、僕の口は少しだけ大きな角度で開くようになった。日本にいたときみたいに、アベンジャーズのあの場面が好き、あの展開すごかねって、興味のない人にはどうでもいい話を延々とできる友達さえいれば、異国の学校生活もどうにか耐えていける気がした。

英語の発音がヘッタくそでも。あっち側の男子みたいに、ただのロゴTをクールに着こなせなくても。せっかく女子が話しかけてくれたと思ったら、決まってスシかラーメンの話題だけだったとしても。どうにか、その日その日を生き延びられるんだ。

そうそう、チャヨーテ。日本じゃハヤトウリか。うちもばあちゃんがよく醬油《しょうゆ》漬けにしてくれたっけ。こんな毛だらけのたわしもどきじゃなく、隣に並んでる薄緑のなめらかなやつだけど。そこで懐かしい長崎のばあちゃんちの縁側で、家族みんなでスイカを食べる光景がふっと浮かんできた。うちは繁華街が近い寺町《てらまち》のマンションだったけど、長崎港に近いばあちゃんの家にはいつも軒下に野菜や魚、不思議な形の芋がらなんかが干されていた。

本当だったら僕は今頃、NYではなく、あの古い木造の一軒家から地元の高校に通っていたかもしれないんだな。あいつと、放課後に校門で待ち合わせなんかしてさ。僕は照れながら、「家ば、寄ってく?」とかなんとか誘ったかもしれない。

ああ見えて意外にばばくさい食いもんが好きなあいつが、縁側の座布団にちんまり座って、ばあちゃんの保存食の蘊蓄《うんちく》に神妙《しんみょう》に耳を傾ける姿が浮かんでくる。縁側は日当たりがいいから、あいつの少し茶色っぽい髪は、陽射《ひざ》しにさらに透《す》けるように輝いて、

そこまで考えて、また速攻で思考ストップ。

日本を離れてから、いや中学を逃げるように卒業してから、僕はすっかり思考の停止ボタンと先送りボタンを慣れた手つきで扱えるようになった。早戻しボタンは押さない。

それでも、街角でふいに耳に飛び込んでくる日本語みたいに、隙《すき》をついて思い出は巻き戻され、ポップアップする。油断なんねえ。

四人でぞろぞろと売り場を連なって歩き、階上のイートイン・コーナーに続く階段を目指す。途中、日本の食品を置くちっこい店で、ジャマイカン風のニット帽をかぶった売り場の日本人女性と目が合った。店頭には、手作りの玄米おにぎりやひじきの煮物。

いかにも健康にいいものを作って売っていますよ、という雰囲気をまとうお姉さんがさりげなく微笑《ほほえ》んでくれる。でも僕は、意味もなく目をそらした。せっかくNYにいるんだから日本人とは距離

置きますよ、なぁんてひねた考えは微塵《みじん》もないんだけどさ。

十六歳の僕らは面倒なことは嫌いで。なぜなら、きっと面倒なことはこれから有無を言わさず、晴天の日の雹みたいにびゅうびゅう降ってくるのを知っていて。

だから今は、そのときしたいことだけをさせてくれよって、思ってる。

たまたまこの四人は人種が違うけど、くだらねえことを喋くりあってるときは、互いの背景に横たわる事々にだって深くは目を向けない。「人種の境界線なく個人を尊重して学びましょう」なる、民主主義国家アメリカの素晴らしき学校教育のせいだけじゃないと思う。

僕らがつくる種族ヒエラルキーは、人種や肌の色やお国訛りの英語でなく、一緒につるんでいて楽しいか否か、で構成されてるから。

輪郭や触覚さえ自由に変えながら、日々を流れ動いていく。水の中の原生動物みたいに。

ドミニカンのおばさんが真剣な手つきでタロ芋を選ぶ横をぞろぞろ歩く高校生四人は、生活感の漂いまくる市場からは確実に浮いている。本当は近くのバーガーキング辺りでつるんでる方がしっくり来るんだろうな。でもこの市場には国を問わず珍しいジュースから、お～いお茶までなんでもごたくたに並んでいて、その日の気分で選べるのがいい。

簡素なテーブルと椅子が並ぶだだっ広いイートイン・コーナーの端に、いつものように陣取る。飲み物は韓国系グロッサリーでそれぞれ勝手に好きなものを選んだ。パンパは僕らが寄付した無料スクールランチの残りのりんごジュース。韓国人のじゃこは日本の昆布茶《こぶちゃ》とは別物の謎めいたKOMBUCHA を手に取りながら、キムチの瓶《びん》が並ぶ棚に視線を投げていた。「ここのはダメだな」目をすがめると、眼鏡《めがね》の奥の細い目がいっそう細くなる。

「今度韓国街のHマートでおいしいキムチを教えてやるよ、日本人もキムチ好きだろう?」

じゃこは得意げに振り返るが、母さんはキムチは日系のスーパーでしか買わないから、「おおサンキュ」と流しとく。そんなことより、僕たちの本日の議題はバンドについてだった。

「なーなー、バンドやんねえか」

そんなことを先週唐突に言い出したくじらに、残り三人組は思いっきりフリーズしたよ。パンパなんて、椰子《やし》の実が木のてっぺんから落ちてきたみたいな顔でぽかんとしてたな。

そりゃあ僕らは、音楽はまぁ普通の高校生並みには好きで。でもそれ以上にマーベルのコミックや映画にハマりまくっていて。だからマーベル映画のサウンドトラックに関しては、暑苦しい議論を戦わせるぐらいには詳しい。でもあくまでリスナーとして、だよ。

ちなみに僕は『アイアンマン』で聴いたブラック・サバスやAC/DCに惚《ほ》れ込み、中一のときにお年玉をためて、安物のエレキ・ギターをリサイクルショップで買った。こっちに来るときにも大切に手荷物で抱えてきたけど、思い出したようにたまに部屋でつま弾《び》く程度。上達の意志も気配もまるでない。僕にとって楽器は、箱入り未開封のアクションフィギュアみたいなもん。ケースにしまって、部屋の隅に立てかけてるだけで満足なのね、うん。

そんなことを自嘲《じちょう》気味に打ち明けたら、くじらがその澄んだ目を湖のさざ波のごとくきらきらと輝かせたんだ。僕はその瞳に向かって、全力でかぶりを振った。

「いやいや。無理。ぜえったいムリ。聴くの専門で、自分でもやるとか、そういうのは」

そこにじゃこが「実は僕もベース持っててさ」と得意げに言い出したもんだから、くじらの瞳は、ヴィランが目からソーラーエネルギービームを放つときぐらいに熱量を増しちまった。むろんじゃこも僕と同類。勢い込んで楽器を手に入れたものの、スケールやらコード進行やら頭でっかちな理論ばかりが先行し（僕にはそれすらないけど）、手はちっとも動かない、というかめったに触りもしない、ってありがちなケース。

だって、じゃこのことはわかんないけど。僕は自分をよく知ってっから。

自分が立っている場所の地盤を、その崩れやすさを、脆《もろ》さをよぉくわきまえているんだ。

僕らはけっして、軽音部の目立つ上級生みたいに女の子を騒がせるバンドなど作れっこないってこと。そもそもギターケースをしょってみたところで、やつらみたいに颯爽《さっそう》とはいかない。荷物を背負わされたひ弱な妖怪みたいに、よたよた歩く羽目《はめ》になるだけだ。

好きなマーベル映画のサントラ聴いて、自分の部屋で短いフレーズをちろっと真似て。それで陶酔してりゃ楽しかった。錆《さ》びた弦《げん》の替え方も調べようとせず、スマホの画面をせわしなくスクロールして一日を終え、新作ゲームの発売日を指折り数えているだけで、気づけば朝はくる。何度でも、ちゃんとくる。代わり映えしない毎日に不満のひとつもないよ。

あえて自分が無様に傷つくようなこと、したくないじゃん。たるくって。

どうしてくじらが僕たちとつるみ始めたのか。最初の頃はとまどったものだ。

三人でチケットを真っ先に買って勇んで出かけたマーベルのコンベンションで、見たことのある顔に出くわした。僕らはなんとなく気合を入れるのが照れくさくて普段着だったが、そいつはすらりとした長身にスパイダーマンの刺繍《ししゅう》が映える真っ赤なスカジャンを羽織っていた。頭にさりげなくのせた真っ青なゴーグルの角度や、スカジャンから覗くアベンジャーズのロンTの長さまでもが、痛いどころかとてつもなく気が利いて見えた。

つまりいかにもお洒落《しゃれ》なマーベル・ファンのNYティーンという装いで。おまけに面《つら》もよかったから、会場のカメラマンに写真を撮られまくっていた。僕はといえば地方都市のコミケに漂う湿りけのある熱気とは違う、高層ビル街の派手で華やかなコミコン初参加に浮足立っていた。単純な話、これだけでこの街に来てよかった、と感動しまくったほど。だってさ、ここにはマーベルの本社だってあるんだぜ。って自分にゃ関係ない次元の誇り。

会場の雰囲気に圧倒され、おどおどしてる僕らを、くじらは青翠色《あおみどりいろ》の目で認めると、「あれ」って顔になった。見たことあるけど誰だっけな。受け慣れたそんな疑問の表情、わかりやすすぎ。それから、ああと納得した顔になったかと思うと、ヴァンズの真っ赤なスニーカーを弾《はず》ませて僕らのもとに飛んできた。友達は周りに見当たらない。一人で来たらしい。

変わってるなあと思ったよ。こんな華やかな場に一人で乗り込める勇気は、僕には到底ない。一人じゃありませんよ、一緒に楽しむ仲間がいますよ。そんな空間を確保して、安全なバリアを壊さぬようそろりそろりとヤドカリみたいに移動しなけりゃ、こんな世界中のマーベル・ファンが高らかにその愛を誇示《こじ》しあう場所になんて、来られやしないって。

「あのさー。えっと」もちろん僕らの名前など口から出ないまま、「同じ学校だよな?」そいつはしごく整った顔を愛くるしくほころばせた。なんだか僕は、どきどきした。

「おまえらもマーベル好きなんだ？」嬉《うれ》しそうに言うと、ひらりとスカジャンを脱いで裏返す。

「それよかさ、このジャケット、リバーシブルって知ってた？」

黒地にヴェノムの誇り高き笑顔が輝いている。

「お、あっちのヴィンテージ・コミックのブース行ってみようぜ」と落ち着きなくそいつが指をさす。

僕らが一緒に行くことなど、まるで当たり前に思っている陽気な声で。

たったそれだけの言葉で、崩れる境界線もある。僕は十六歳にして奇跡を知った。一九六九年初版アベンジャーズのアメコミをこの会場で廉価《れんか》で見つけるほど、レアなことだけど。

それ以来、くじらは放課後になると僕たちとつるむようになった。放課後のディランシー通りで僕の苦手なスケートボードを教えてくれたのも、ヒーロー物のコスプレ衣装が揃《そろ》うミッドタウンのパーティーショップで馴染《なじ》みの店主を紹介してくれたのも、くじらだった。

くじらの世界は、僕たち三人ぶんを合わせた世界よりも、さらに何倍も広かった。

こっちの学校はクラス分けのある日本と違って、選択科目ごとに生徒たちが教室を移動する。だけどくじらは同じ教室に居合わせても、廊下で見かけても、顎をちょっとそらして笑うぐらいで校内では話しかけてこない。でも笑いかけられるだけでも、僕は最初の頃はちょっと胸が熱くなった。周りに派手な男子やお洒落な女子をはべらせながら、そんな蛮行《ばんこう》をしてみせるやつの勇気に。

で、ノーと言えない日本人代表の僕は、そのバンド結成提案にだけは「ノーノーノーノー」と頑《かたく》なに拒否った。身の程知らずって言葉、英語でなんつうのかな、なんて考えながら。

それなのにあろうことか、皆していつの間にか説得、いや懐柔《かいじゅう》されていたんだ。

「やってみたら、きっと簡単だって。がーっとギター弾いてさ、リズムずんだか鳴らして。そこに歌さえ乗ってりゃ、バンドなんてすぅぐできんのよ。なぁこれやろうぜ。やって」

ねだるように身をよじると、くじらは長い脚で椅子にぴょんと飛び乗り、いきなり歌い出した。ご丁寧に声でイントロ部分まで奏《かな》でながら、手はピアノの鍵盤を弾く真似。

歌い出した途端、あ、と体温があがった。なんで知ってるんだ?

『アベンジャーズ/エイジ・オブ・ウルトロン』の日本版イメージソング「イン・メモリーズ」だ。

「あー、俺、この曲欲しさに日本版のサントラ買ったんだよね」

じゃこが感じ入ったようにつぶやく。さすが、世界に散らばるガチなマーベル・ファンはなんでも知ってるってわけか。

澄んでいるようでちょっと癖のあるハスキーな歌声に、僕たち三人は簡単にノックアウトされちまった。まるで、駐車場で「僕を雇ってみないか」といきなり歌い出したフレディ・マーキュリーみたいに、いやそれ以上にずっと、そのときのやつは完璧にイカしてた。同時にイカれてた。だって、よりによってこんな僕らを誘う、なんてさ。

「最初はさぁ、楽器できなかったらエアバンドでもいいじゃん。俺は生で歌いたいけど」

言い出しといてエアバンドって。要するに、自分がただ歌いたいだけなのね、こいつ。

でもその瞬間、いつも教室の片隅で息をひそめ、泥んこの中で縮めた身体をつつましく寄せあうダンゴムシ三兄弟みたいだった僕らのところに、こいつの声が降ってきたんだ。

僕は湿った土の中から顔をあげた。透明な光みたいに天から舞い降りる声がまぶしすぎ、目を細める。架空のエア楽器をかき鳴らす自分が現実以上にリアルに見えた、気がした。

「どうせならエアバンドでなく本物のバンドやればぁ？　さっきの曲、コード調べとくわ」

じゃこがいつもの他人事《ひとごと》っぽいぶっきらぼうな口調で言う。くじらが「そうこなくちゃ」とハイタッチしてくる。僕とパンパは、にたにたとよくわからない笑みをかわしてしまう。


くじらは、いつだって驚くような楽しいことを連れてくる。


「なぁなぁ。例のブルックリン植物園の桜まつり、何着てく？　カブんないように打ち合わせしとかないとな。どうせならさ、バンド前哨戦《ぜんしょうせん》でマーベルのサントラかけて、芝生の上でエアバンドでもぶっかますっての、どうよ？　ただぞろぞろ歩いてるより目立つじゃん」

その提案はすでに、「歌と下手でも楽器さえありゃバンドなんてできる」という甘い考えにつられた僕らをなんなく魅了した。むろん、花より団子な男子高校生が、植物園くんだりまで仲良くお手て繋いで、お花観賞に行くことを楽しみにしてるわけじゃない。

毎年、ブルックリンの歴史ある植物園で催される日系企業協賛のそのフェスティバルには、「桜を観賞する」だけじゃない、変わった裏テーマがある。園内に咲き誇る八重桜《やえざくら》にかこつけ、コスプレ好きなＮＹの若者が一堂に集結する摩訶不思議《まかふしぎ》な、けれどお祭り好きなＮＹらしいといえばＮＹらしいイベントだ。

そこにスーパーヒーローの衣装で参加しようと、僕らは画策していた。春にはほど遠い零下のマンハッタンで、桜まつりの話をする僕らの声は、そのときだけ温度があがる。

去年はこっちに来たばかりで見逃したけど、ニューヨーク日本商工会議所の会員でもある両親がスタッフとして参加することもあり、年明けからイベントの日程は伝わってきていた。最初は三人でコミコンのときみたいに、見物がてら遊びに行くだけのつもりだったんだ。そこに派手でお祭り好きのくじらが加わったことで、躊躇《ちゅうちょ》しつつも面白い一日になりそうな予感があった。コミコンにさえひるんでコスプレで参加できなかったのに、くじらの話術マジックと桜とマーベルという組み合わせに酔わされちまったのかな。

そうそう、話は戻るけど。バンド作戦会議という名目で僕らが真っ先にやったのは、互いにあだ名をつけることだった。担当楽器や選曲より先に。考えなきゃいけないことの順序を間違えるのはしょっちゅうだけど、それが楽しくて、僕らはつるんでるとよく笑う。

なぜあだ名が必要かというと、くじらが言うには「伝説のマーベル・ヒーローには、皆愛称があるから」だとさ。そう言われて納得するこっちもこっちだけど。音楽好きなじゃこも、「音楽史上重要なアーティストにも皆あだ名があるもんなぁ」としたり顔で加担した。

プレスリーならキングとか、ルイ・アームストロングならサッチモ。ファッツ・ドミノの本名はアントワーヌ・ドミニク・ドミノなんだぜと言われても、そもそもその砂糖の塊《かたまり》みたいな名のおっさんのことも知らないし。ぽかんとする僕に、音楽に（だけ）は勉強熱心で知識の宝庫のじゃこが、補足してくれる。

「多くのロック・ミュージシャンに影響を与えてきた人物だよ。ポール・マッカートニーとジョン・レノンはそれぞれのアルバムでファッツ・ドミノの曲をカバーしてるし、ローリング・ストーン誌の選んだ歴史上最も偉大な百組のアーティストでは二十五位さ」

じゃこは「ロックの殿堂」入りしている歴代ミュージシャンの名を列記できるし、選択科目では作詞作曲クラスも取っている。流行《はや》りのロックしか聴かないくじらも一目置いてるよ。

その頭脳と能力があって、どうして僕たちと一緒のグレード底辺系高校なんだよ、というのが最大の疑問だが。中学でややこしい哲学本にかぶれ、市の公立学校進学において重要と言われる四年生と七年生の成績を棒に振り、結局は学区内のうちらの高校を志望したという変わり者だ。そもそも、本名シウ・キムの彼がみずからのあだ名をじゃこにしたのも、自己破滅型の伝説のミュージシャン、ジャコ・パストリアスにちなんだというから納得だ。まぁ僕にはじゃこと言ったら、こいつの目みたいな細っこい小魚しか思いつかないけど。そっちの道には行くなよ。僕たちは、薬の売人をして稼いでいるという噂《うわさ》の上級生にじゃこが近づかないよう、目を光らせていなきゃならない。

パンパの本名は、マリオ・ダランベール。同じ苗字《みようじ》のハイチ人のバスケットボール選手がひいきで、数年前に彼がニューヨーク・ニックスから解雇されたのをいまだに無念がっているんだ。「パンパ」はハイチ・クレオール語で、椰子の意味らしい。

「二人とも楽器持ってるっていうしさ、ぼ、僕も頑張る。夏休みのサマージョブでスネア買う金ためようかなって。段ボールやバケツ叩《たた》くのなら、ガキの頃から得意だったし」

照れくさそうに打ち明けてくれたときは、くじらが先頭に立って、「おーっ、その意気」と拍手喝采したよ。うちのヘンリー通りのアパートも狭いが、彼の家族が住むコロンビア通りの低所得者住宅、通称プロジェクトの間取りも相当に手狭らしい。ドラムセットなんて置く余裕はないから、学校の練習室に持ち込むしかないんだけど。

何より、教室では声も自分も出さずヌーボーとした表情で身体を丸めてるパンパがその気になったこと、丸っこい背筋がいつもより伸びていることが頼もしい。その奥で僕の心に気後《きおく》れも芽生《めば》える。久々に触ってみよっかな、ギター。なんせバンドやるんだもんなって、やべえ、こっちも相当調子乗ってるよ。くじらは人を調子に乗らせるのが極端にうまいんだ。

そう、アイリッシュ系とネイティブアメリカンの血を引くケヴィン・ウィルソンに僕らがつけた愛称は「くじら」だ。実際、その優しげでひょろっとした風貌《ふうぼう》に精かんなネイティブアメリカンの血筋はまるで感じない。でも本人はやたらこだわっていて、ある日「知ってるか？　トーテムポールにも意味があるんだぜ」って、突拍子もないこと言い出した。

十六年間生きてきて、トーテムポールに彫《ほ》られた動物の意味なんて考えたこともなかったけど、アイパッドで見せられた木彫りの塔のくじらが似てたんで、提案してみたら即決。本人は孤高のたたずまいを醸《かも》す鷲《わし》を狙ってたみたいで、不服そうだったけどね。

くじらは、いつだって僕らの先頭にいる。先陣を切る鳥みたいな自由きままな彼にあだ名を授けたこと自体くすぐったかった。ぶぅたれながらやつが承諾したことが単純に嬉しくて、ダンゴムシ三兄弟は身体をぶつけあってくすくす笑ったよ。こんなくだんねえことで笑えるなんて、今しかできない気がして。なんだかずっとずっと笑い続けていたかったな。

そして僕、砂原一葦《すなはらいちい》はリード。風にそよぐ葦《あし》が英語でリードだからって、まんまじゃん。まぁ日本で呼ばれていたイッチーよりはいいけどね。小学校の頃は気にならなかったが、中学にあがると、なんだかその呼び名に違和感を覚えるようになった。

イッチーと呼びかけられるたび、「きみのいちばんの夢は何?」「将来は何をしたいんだ」「何がいちばん大切?」って、先生だけでなく友達にまで訊かれてるみたいで。こっちの高校では特にそう。選択科目がやたらに多くて単位制なところは大学並みで、課外活動も成績の評価に関わってくるし、常に自分の意思や方向性を問いかけられてる気がする。

僕の立つ道の先なんて、まだ真っ白けの空白なのに。

もちろん誰も僕には、なんらかの分野で「一位」になりたいかなんて訊いてこない。だって人より特別に秀でることなんて、どの分野でもできないってわかってっから。だから、かわりに僕の中のいちばんを訊いてくるんだろう。そんなの、もっとわかんないのに。

マーベルのコミック読みふけって、映画の好きなシーンを何度も何度も繰り返し観《み》て、インプットならいくらだってできるんだけどな。でも何かをアウトプットするとか、頑張って自分から発信するとか。僕の身体の中には、そんな熱量が圧倒的に足りてない気がする。でもバンドって発信系なのかな、パフォーミングだもんな、って、できんのか、本当に。

糖度の高いマンゴージュースで腹を中途半端に満たして、さぁこれからミッドタウンのパーティーショップにコスプレ衣装を探しに行くか、ついでにパンパのために楽器ショップもひやかそうぜと腰をあげかけたところで、肝心のパンパが言いにくそうに切り出した。

「やっぱ、僕、やめとく」

「なんでよ？　キャプテン・アメリカのコスチューム探すぞっていちばん気合入れてたの、おまえじゃん」

「スネアの下見もしたいから付き合ってくれっつうから、楽器店もコースに入れたんだぜえ」

「金が必要になって。つうか衣装とか楽器とか。そんな遊びに使える金なんてなくなった」

「遊びに使える金なんてって……」

珍しくきっぱりしたパンパの物言いに、僕たちは顔を見合わせる。

なんで？　ポパイのフライドチキンだって我慢して、このところハマりかけてたエセックス通りのボウリング場も諦めて、桜まつりやハロウィーンは最高にクールな衣装でキメようぜって、命懸けてたのに。雪かきのバイトだって筋肉痛になりながら頑張ったのに。

エアバンドなんて飛び越えて、一気に本物のバンド結成を目指す。そのために各自夏休みのサマージョブに励んで衣装や楽器代を稼ごうと意気込んだのは、まだ先週の話なのに。

アメコミの世界に夢中になるのが遊びなら、音楽が他愛《たわい》ないゲームなら。

その遊びを取ったら、取り上げられたら、
僕たちの世界はきっと空っぽになるよ。今僕たちの立ってる、笑ってる、この世界が。

「どうしたんだよ、パンパ。なんかあったか？」

くじらが柔らかくうねった自分の栗色の髪に指を突っ込み、揉《も》むようにしながら尋《たず》ねる。無意識にやってるけど、こいつがそうするのは、たいてい気になることがあるときだ。

くじらの声は少し高めのテノール。「この曲のこのフレーズ、よくねえ?」とハミングしてみせるだけで、空気にきらきらした粒子がはじけるようで、耳を澄ましたくなる。長くて色の薄いまつ毛も音の放つ光に揺れて輝く。そりゃうちの学校では少数派の白人だからってだけじゃなく、女にモテるわけだよ。この僕だって、希少価値の日本人だってのにさ。すぐにパンパを責めるような声で理由をせっついた自分を、僕は少し悔やんだ。

「ドミニカにいる親戚の家族が困っててさ。色々、大変みたいなんだ」

「その金をパンパが負担しないといけないのか?」冷静な声で尋ねるのは、じゃこ。

「もちろん、僕だけじゃないけど。家族で、親戚一同で、できるだけのことをするのが当然じゃないかって、両親もさ。僕も……それはいいことだなって、思うから」

目を伏せて言う。低く小さな声なのに、最後だけ決意するみたいな強い口調。パンパの両親は敬虔《けいけん》なクリスチャンで、自分たちだって政府から補助を受けて生活している身なのに、いや、だからなのか、奉仕の精神も半端でなく持ち合わせている。祖国にいる親戚への仕送りだけでなく、教会にも服やおもちゃをばか高い国際便で送っているらしい。僕も着なくなったTシャツや帽子を渡したことがある。日本の品は喜ばれるみたいで、パンパの母親からいたく感謝されて、手作りのどっぷり甘い椰子のお菓子をもらったっけ。

「な、なぁ、自分がある日、透明になるって、どういう気持ちなのかなぁ」

ぼそりとパンパが言い出す。僕たちはまた得意のハリー・ポッター話かと思い、「そりゃあんな透明マントがあればいいよなぁ」「楽器より欲しいって」と口々に沸いた。

「んと、そうでなくって。いきなり、国籍も種族も奪い取られてさ。はい、あなたたちは今日から何者でもありませんようって宣告されるのって、どんな感じなんだろうな。きっと透明になっちまったみたいに、何に触っても、触れてない感じだったりするかなぁって」

なんだか衝撃を受けた。歴史の教科書の読み上げさえおぼつかず、教室で僕以上に野次やため息を浴びてばかりのパンパが、そんなややこしいことを考えていたなんて。

パンパをばかにしてたわけじゃない。いや、ばかにしてたのか。自分と似たような位置に誰かがいてくれることに、安心してたのか。なんか、僕って、サイテーだな。やっぱし。

「自己存在が否定されるってこと？」

哲学者めいた顔で話を聞いていたじゃこが、眼鏡の奥の目を見開く。見開いても見開いていないように見えるけど。その鋭利《えいり》な曲線が、意志の強さを思わせる。

パンパが「僕にも、よくわかってないんだけどさ」と前置きした上でたどたどしく説明してくれたことは、僕たちにもすぐに輪郭をつかめる話じゃなかった。とらえどころがなくてでかくて、姿が見えないのに、嫌な気配を放つ死喰《しく》い人《びと》の黒ずんだ煙みたいなものだった。

その話は、社会の国際政治の授業で聞いたことがあった。数年前、ドミニカ共和国憲法裁判所が、ドミニカ共和国内でハイチ移民から生まれた人たちは、過去に遡《さかのぼ》って市民権を剝奪するという判決を出したって話だ。それまで、ドミニカで生まれた人たちは親が外国籍や非正規移住者だとしても、憲法によってドミニカの国籍を得ることができていた。

でも新しい法律は、その憲法が定められた一九二九年にまでご丁寧に遡って適用することに決めちまったらしい。英語が完璧でない僕は、そこまで理解するのに家にプリントを持ち帰って英単語を調べたりと、かなりの努力を要したから覚えている。もちろん、その事実を知りたいためというより、次に教師に指されたときに恥をかかないためだ。

「一九二九年って、すんげぇ昔だな。世界恐慌の時代じゃん」

「親も生まれてないどころか、うちのグランパだって生まれてないぜ」

「そのトンデモな法律が、パンパの親戚には当てはまっちゃったってわけ?」

パンパが上体をぐらりと倒すようにうなずく。

すらりと太陽に向かって伸びる椰子というより、ずんぐりした木の根っこといった様相の大男がうなずくと、大地がゆらぐような不安な心地になる。パンパの親戚の家族は、両親が非正規滞在の外国人で、その法律にひっかかってしまったらしい。

検索魔王のじゃこがスマホのブラウザを立ち上げ、忙しく調べ始める。僕にもわかるよう簡単な単語で説明してくれた話によれば、市民権を得るのに必要な居住許可をもらえる特別プログラムは複雑な上に期間限定で、期限切れ前に手続きを始められた人は居住登録資格保持者のほんの一部だったらしい。パンパの親戚も、不幸なことにその資格を手に入れられなかった。宙ぶらりんの状態でどうにか住んでいる彼らは無国籍となり、自分が祖国だと信じていた国から、社会制度上、「存在を奪われた」人間となってしまった。

僕は授業でそのことに触れたときには英語の複雑さ以前に、あまり関心がわかなかった。でも、ラテンアメリカ系の生徒が多い教室の反応もずいぶんとさめたものだった気がする。

そこで、あ、と思い返す。皆「追い出す側」、つまりパンパみたいなハイチ系でなくドミニカ系ドミニカ人が多いから、「それも仕方ない」という態度だったんじゃないかって。

そう思うと、「博愛主義」や「人種多様主義」なんて言葉が、日本語でも英語でも、やけに嘘っぽく聞こえちまう。でもそんなこと、今まできちんと考えたこともなかったよ。

「国籍がなくて、学校にも通えない子供たちが、教会にもたくさんいるんだって」

「よくわかんねえんだけどさ。そうなったら、ハイチに渡るって手段もあるわけ?」

「今までの生活や、友達や、家を全部なくして? ハイチは二重国籍を認めてないから、行った先でどうなるかだってわからないのに? 認めたくないけど、南北米大陸でもっとも貧しい国で、そこにきて地震やらハリケーンやらでさんざんな状況の国に? 僕なら、できないよ。今あるものから、急に切り離されるなんて、やだもの。みんななら、できる?」

いつもはおっとりしたパンパから答えのない問いが連発され、くじらは「えれーややこしーな」とつぶやいたきり黙る。僕も何も言えない。僕だってさぁ、両親の滞在ビザが万一更新できなかったりしたら、ややこしいことになるんだよね。そんな台詞《せりふ》でへらへら場を和らげようとしたって、その人々の国と巨大な温室ドームみたいな日本を比べようもない。

だから黙ってる。黙りながら、なんかイライラしてる。さっきから。

なあ、僕たち、こういう話、苦手なんじゃなかったっけか? ほら、NYじゃ政治と宗教の話は御《ご》法度《はっと》だってさ、大人たちも言うだろ。さっきまでしてたみたいに、マーベルやコスプレの話でわいわい盛り上がっていたいじゃん。僕らまだ、十年生だぜ?

でも身近な友人が見てるもの、目《ま》の当たりにしてるものを、どうやって見ないふりできる？　授業中みたいに、相手の窮状《きゅうじょう》は見て見ぬふりして、やり過ごせばいい？

ふいに、現代史の授業で習ったエリック・ガーナー事件のことを思い出していた。

煙草《タバコ》の販売の件で、警察官と押し問答になった黒人のガーナーが、禁止されているはずの警察官の絞め技によって窒息死《ちっそくし》した事件だ。警察官が不起訴になったことで全米で大規模な抗議デモが起きたけど、僕はそのとき、「息ができない」と十一回も訴えながらも絞殺《こうさつ》されたガーナーではなく、その現場を撮影した男のことを考えていた。

その男はヒーローになるかわりに、あれこれ他の罪をほじくり返されて四年間も刑務所に入れられたらしいけどさ。僕だって、僕たちだって、炭みたいに漆黒《しっこく》の肌をもつパンパが笑われるだけじゃなく痛い目にあわされたら、きっとスマホで撮るだろう。

絶対、撮る。助けるより先に、じゃないよ。

助けられないってわかってるから、撮って、SNSにぶち上げるに決まってる。その後の厄介ごとなんて考えずに。そんなことを頭だけで考えながら、やっぱイライラして、

僕の心の声をじゃこはその絶対音感を誇る聴力で聞き取ったかのように、口を開いた。

「うーん、詳しいことはわかんねえけどさ。パンパの一家が、困ってる人たちの助けになろうとしてるのは理解した。だからおまえはラディックどころか、パールの中古のスネアも買えない。キャプテン・アメリカに変身するのも諦める、と。ま、そういうわけだな」

パンパがうなずく。今度は軽く。でも精一杯の意志をこめて。

「まぁなー。僕のギターもネックが歪《ゆが》んでてチューニングするそばから狂うしなぁ。今すぐ演奏しようぜって言われても、ちょっと困るんだけどさ」と、ふにゃけた声で、僕。

「俺もギター持ってかっこつけたいとこだけど、そんな金あったらデートに回したいしな」とくじら。こいつは保護者抜きでの旅行が可能になる十八歳に向けて、せこせこカリブ旅行の費用をためてるんだよ。相手を誰にするかも、まだ決めてないくせにさ。

「なんだよぉ。結局、まだ誰もスタート地点にも立ってないいんじゃん」

おばあさんに資金を助けてもらったフェンダーのベース保有者のじゃこは、ふてくされた声で唇を突き出した。くじらと僕は、「まっ、そーゆーことで」と肩をすくめる。

どうかな。少しは、いつもの僕らになってるかな。うまく笑えてっかな。

憲法。国籍。人種差別。そんな問題、理解するにはややこしすぎてよくわかんねえし、僕らの世代は僕らっぽくやってこうぜ。そんな軽い響きが、出せてるといいんだけど。

声って不思議だ。こめようと願えば、伝えたい思いがほんの少しはこめられる気がする。ネットやSNSからは聞こえない、本当の声を。

こんな無力な、なんもできない僕たちでも、さ。

「でも楽器店はともかく、とりあえずパーティーショップはひやかしに行ってみようぜぇ」

「見てるだけでアガるもんなぁ。パンパの衣装は、とりあえず俺の衣装コレクションから見つくろうって手もあるし。問題はサイズが合うかだよな。マントぐらいならイケっか」

くじらの家も生活は厳しいはずなのに、なぜだか衣装持ちなのは、女子からの貢ぎ物らしい。でも今はそのお気楽で無責任な言葉が、スーパーヒーローみたいに僕たちを救う。

「じゃあ、ぼ、僕痩《や》せるよ。ビーンズ・アンド・ライスのおかわりは、これから諦める」

パンパは大粒の歯を見せ、一緒に行くことを拒否らなかった。僕はほっとする。そうこなくちゃだ。同時に、こんなことで安堵《あんど》する自分を薄っぺらいな、とも感じる。

「俺はカノクニヤでアニメコミック見たい！　あそこ、コスプレしてる女の子も来るしさ」

嬉しそうに言うくじらに、じゃこが「オタク！」「キモっ」と僕が教えた日本語でなじる。僕も大声でがなってやる。授業中に僕を突き刺したその言葉にリベンジするみたいに。

大丈夫。この場はなんとか切り抜けたって。誰かの希望や目標が寸前でぽしゃるなんて、当たり前のことだし。どうってことないもんな。エアバンドでいいじゃん、うん全然いいよ。どうせ楽器の練習なんて、飽《あ》きっぽい僕らはすぐに投げ出すに決まってんだから。

いつものことなんだ。いつもの。

もう一度確かめるように思いながら、エセックス市場の構内を見渡す。八十年以上続いているというこの市場は、僕がニューヨークに越してきた頃はまだオリジナルの建物がディランシー通りの向かい側にあった。以前の市場はもっと古めかしくて、時代を感じさせる雰囲気だった。NYの古い建築物が好きだと言ってたあいつなら、きっとはしゃいで中を見て回ったんだろうなぁ。そんなことをふと考え、また思考ストップ。

移転して建物は新しくなったが、以前からのベンダーはほとんど継続して店を出している。そこに移転と同時に新規の店も参入してきて、市場内の空気はぶつぶつといろんな店の間で分断されている感じがする。ロウアー・イースト・サイドの再開発はこのところすごい勢いで進んでいて、この辺りはどこもビル建設ラッシュだ。

僕にはそれがなんとなくさみしかった。

変化は、いつだって苦手だ。やっと慣れ始めたこの街では、とくに。

階上のイートイン・フロアから眺め下ろす市場の構内は、学校に、ちょっと似てる。

昔からある南米系の青果店や精肉店の間には、洒落たオリーブオイルや生ハムを売るイタリア食材店やひと粒三ドルもするチョコレートを売る店がある。それぞれの店の客はダブらない。交じらない。あっち側の生徒とこっち側の生徒が、けっして交じらないみたいに。

最近ロウアー・イーストに越してきたような若くてお洒落な白人客は、南米系の店に並んだパンの実には視線も投げず、一ポンド三十ドルもするチーズを切り売りする店に列をなす。プランテンの熟し具合を確かめるのに熱心なおばちゃんは、きっと高めなホールフーズで買い物なんかしないんだろうな。まぁうちの母さんみたいに、「アボカドはこっちの店の方が質がいいの」とちょこまか両方の店を渡り歩くつわものもいるんだろうけどさ。

母さんは僕によく訊いてくる。どう？　うまくクラスに馴染んだ？　ま、無理しなくてもいいんだけどね。でもその目は、僕がうまく交じれることを懇願してる。僕は交じりたくないものには、足を踏み入れたくなんてないのに。うまく交じりあって、バランスよく色のついた人間になることを望んでる。そんな両親はアメリカ社会そのものより、アメリカの日系社会に必死で交じろうとしている。

今、着々と開店準備を進めている店がＮＹに山ほどある和食店に負けないように。いや、そこで頭ひとつ抜きんでようと、頑張っている。

さっきまで何気なく目にしていた南国の野菜が山積みにされた店を、肩越しに振り返る。

あの人たちの家族や親戚にも、祖国で透明になってしまった人がいるんだろうか。

その国で生まれ、長いこと生活してきたのに。急にそこにはいないように、いてはいけないように扱われて、とまどう知り合いがいるのかな。ドミニカに限らず、厳しさを増した違法移民の検挙で親子が引き離されるケースは日々ニュースから流れてくる。今まで、僕にはそんなこと無関係だって、違法なのが悪いって、ただ思ってきたのに。思いたいのに。

僕はなぜだか、さっき見かけたとげとげのチャヨーテをぎゅっと握りつぶしたいような、意味のない衝動に襲われる。

くじらが真っ先に立ち上がり、ココナッツウォーターの容器をゴミ箱に投げて言う。

「帰りは地下鉄代もったいねえから、歩きで帰ろうぜ」

「えー、さみぃし。バスに乗り換えれば無料なのにー」

歩くのも寒いのも苦手なパンパのあげる声は、もうさっきの地を這うような低い低い声じゃない。風に揺れる椰子みたいにのどかだ。

僕たちはいろんな場所で生まれたけれど、今は住まいも学校もダウンタウンの仲間だ。

そう、仲間。今、このときは。この瞬間だけは。

それなのに。さっきから、何イラついてんだろ、僕は。

02 誰かのヘイトを呑み込んで

2017.07-2020.02

変化は、いつだって苦手だ。同じことの繰り返しの方が、ずっと楽ちんだ。

でも中学卒業時に、僕はあえて変化を選んだ。両親が長年の夢であるNYで飲食ビジネスを立ち上げるという話は聞かされていたから、なんも考えてないガキんちょの頃はそれもいいじゃんって軽く思ってたよ。中学に入ってからはメンドいと思う気持ちと、NYに越すかもしれないと打ち明けたときの「えー、外国に越すなんてすごかやん」「つうか、マーベル映画の舞台になっとる場所やろ？ぜってー遊び行くけん」と騒ぐ友達の反応にちょっといい気にさせられるのが半々。それがあいつと、すぐりと出会ってからは、やっぱり日本に居残って、新地《しんち》のばあちゃんちから高校に通う気持ちにほとんど傾きかけていた。

でも一転して、やっぱり決めた。あの狭くて濃い長崎の空の下から、逃げたい一心で。

日本の学校からこっちの学校に移ったのは、馴染みの市場が通り向かいに移転するよりもっと超絶にでかい変化だった。馴染むのに息も切れ切れになったし、今だって別に馴染んでない。ただ、あの街にこの先も居続けることを考えたら、ずっとマシな気もする。

中学時代は今よりもっと気楽だった気がするな。今以上に何も考えていなかったせいだけじゃない。相変わらず目立つ男子や、同じ制服を驚くほど可愛《かわい》く着こなす派手な女子たちのグループとは、距離も格差もあった。それでも普通に言葉もかわしたし、クラスはなんとなく和気藹々《わきあいあい》としていた。近隣の小学校からの見知った顔が多かったせいもあるだろう。

僕は走るのはそう速くなかったが、ボールのコントロールはまぁまぁだった。体育祭でバスケのシュートを決めた後、チョコをもらったこともある。将来の渡米準備というより、ただアメコミを読みこなしたい一心で近所の英語塾に長く通っていたせいで、英語の授業でも少しだけ一目置かれていた。遠足。文化祭の模擬店。楽しいことは、外の世界にもそれなりに散らばっていた。

それがいつからだろう。少しずつ、僕は面倒くさがりになっていった。外よりも内側に楽しみを見つける方が好きになった。外の世界に自分自身が飛び出ていくことは少なくなった。つまんない冗談に率先して大声で笑ったり、シュートをうまく決めるために公園でこっそり練習したりは、もうしない。だって別に、バスケ、好きでもなんでもなかったし。

気づけば、かわりに好きなもの、自分を傷つけないものだけを自分の世界の中にこぢんまりおさめて、満足するようになっていた。愛用アプリだけが並ぶスマホ画面みたいに。

スマホをいじり続けてるせいで、僕の首はいつでも下向き四十五度の角度。空もバスケゴールも遠い未来への目標も、高いところを見上げることなんて、なくなっていた。

中二の春、教室内ではそこそこだった僕の英語なんかよりずっと発音も堪能な、高橋《たかはし》という男子が転入してきた。おまけに市内の公立中ではちょっと珍しい帰国子女だったから、「英語がほんの少し得意」な程度の僕の座はあっけなく奪われ、結構悔しかった。

後ろの席にいる高橋の周りに集まってきた生徒に、彼が説明していたことを覚えている。彼は小学校から中学校にかけ、親の海外赴任で有無を言わさずシカゴに住むことになったという。つまり、今の僕みたいな立場だったわけだ。僕には選択肢もあったけど、そのぶん両親は息子のことより自分の夢が大事なのかよと、さめた目で見ている。

渡米当時はまるで英語ができず（僕の方がちょっぴりマシだ）、裕福なユダヤ人子女ばかりが集まる郊外のプレップスクールに入れられ（うちより断然金持ちと見た）、相当苦労したらしい。そんな話を他人事のように聞いていたが、ふいに聞こえてきた言葉に、僕は人に囲まれ紅潮しているおとなしそうな同級生を振り返った。

「授業で何言ってるのか、まるで理解できないしさ。そんなだから、友達だってなかなかできなくて。でもやっと、手段を見つけたんだ」

慣れない環境で、高橋にとっての誰かと繋がる手段は「絵」だった。言葉はわかってもらえないけど、学校に毎日持参するスケッチブックに描くものはわかってもらえる。

ポケモンをさらさら描いてみせた彼は、「シャイで無口なジャパニーズボーイ」から一躍人気者になったわけだ。きっと、絵でもサッカーでもギターでもよかったんだろう。

そのとき、考えたんだ。自分が見知らぬ場所に放り込まれて、誰かと繋がりたいと願うなら、それは何なのかなって。でも中学の入学時、友達作りの波に乗りそこねて焦ったあげく、夏休み前にようやく仲間ができたときのことを思い出すと、すぐ結論は出た。

今とおんなじ。マーベル好きの友達とどうにかつるめて。派手に騒ぐ男子たちを脇目に、教室の片隅でひっそりとアメコミ広げて、好きなこと喋くるのが楽しくて。体育や生物の授業でグループを作れと言われても、余りものにならずにすむこと。好きなものと、それを語りあえる仲間がいる世界は、モノクロでなくカラフルな色で塗られていく。


中二の夏休みが近づいているのと、長崎のうだるような暑い夏に教室内にだれだれモードが漂っていた昼休み。去年の夏にNYの古本屋さんで見つけた一九六二年版のマーベルのアメコミを鞄《かばん》からそっと取り出した。隣の教室の田口に見せびらかしに行こうか、一人で読み直そうか迷っていたところで、声が降ってきた。しかも英語だったから一瞬ぽかんとした。

「アメージング・ファンタジー」

「あ?」肩越しに見上げる先に、真っ白くて細い首筋が飛び込んできて、どきんとした。

「それ。表紙に書いてある……」

すぐりが少し照れくさそうに大きな目をしばたたいて、机の上のコミックを指していた。

梅雨明けの長崎の教室で唐突に目の前に現れた笑顔と、端の擦《す》れたコミックを茫然と見比べた。そのときの僕は、表紙のイラストで宙づりのスパイダーマンに抱えられている男よりも、びっくりした顔をしてたと思う。

「発音下手すぎ?　砂原くんみたいに、英語うまくなかけんね」

確かにすぐりの英語は下手くそだった。カタカナ感満載な棒読みで。でも声は。声はとびきり、なんつうか届いてきた。声のひとつひとつが明確な色と響きをもって僕の脳天に。

「砂原くん、卒業したらニューヨーク行くかもしれんって、本当と?」

いきなり訊かれ、返答につまった。まだ決めていなかった。面倒なことは先送りにする性格だし、両親にせっつかれても「そっちの都合で行くんやろ。こっちの希望だってあるし。ぎりぎりになって決めるけん」と返していた。都合も希望も別にないんだけどね。面倒かどうかなだけで。でも両親の地道なすり込みのせいか、中一の夏休みに下見と称して連れて行かれたNYがちょっと面白かったせいか、NYいいかもな、なんて単純なアタマで考えたりはしてたけど。あのとき、連れて行ってもらったヴィレッジの古本屋さんに山ほどあったマーベルの在庫に狂喜しまくったけど、あれぜってー親の作戦だったよな、うん。

「僕はまだわからんけど。両親は、たぶん、つうかほぼ行く、と思う……」

授業で指されたときよりさらに数倍たどたどしくて、歯切れの悪い声を机に落とす。松尾《まつお》すぐり。新学期から三カ月経っても、同じクラスのすべての生徒の名は、特にめったに話さない女子の名は覚えていなかった。でもすぐりの名前だけは知っていた。音楽の授業で独唱をまかされ、照れながらも「風の谷のナウシカ」を澄んだ声で歌いきっていたから。

「そうなんだ。よかとねえ。私も行ってみたかぁ」

まっすぐな瞳で言うすぐりに、「去年も行ったけどね」なんて軽やかに返す器用さは持ち合わせちゃいない。目を見返すことができなくて、顔の下の方、口から喉《のど》にかけてのなめらかな線と、窓から射し込む傾いた陽の光に透ける髪を見つめてしまう。

「ニューヨーク、私めっちゃ好いとう。でも本当に行ってみたいのは、タイムスリップして百年ぐらい前のマンハッタンやったりして。あ、でもこの漫画のビルも古そうに見える」

「あ、このコミック、一九六二年に出たやつやけん」

「へぇぇ。そんなに古かと?」感嘆する声で言い、すぐりは本に顔を近づけてくる。柑橘系《かんきつけい》の匂いがかすかに香って、ふたつに結ばれて柔らかくカールした髪先が目の前で揺れる。

「ほんとだ。スパイダーマンの映画に出てくる高層ビルみたいに高くなかもんね。これなんか煉瓦造《れんがづく》りのビル? こういう建物、雰囲気あってよかねえ。実物見てみたかったと」

「んと、まだまだ残っとう、よ。普通に百年前のビルとか。特にダウンタウンには」

去年の夏、両親に付き合わされて、出店を考えているというロウアー・イースト・サイドをくまなく下見した。古めかしい煉瓦色のビルはどれも高くても五階建てくらいで、摩天楼が続くミッドタウンの街並みとの温度差に驚いたものだった。

ダウンタウンって響き自体が、もうかっこよかとねえ。楽しそうに笑うすぐりの声は、カラフルな色の花がぱっぱっと咲いたみたいで、なぜか僕はまた目を伏せてしまう。春になると長崎市役所の近くに咲き誇る雲仙《うんぜん》ツツジみたいに、可憐《かれん》でまぶしかった。

でもなんで百年前なんだ? ひょっとして顔に似合わず、アメリカ歴史オタとかか?

理由を尋ねようとしたところで、「すぐりー」と彼女を呼ぶ高らかな声が聞こえてきた。教室の出口で他の女子数人が手招きしている方角に、すぐりは手を振り返す。今行くけん、ミルクパン買っといてー。振られた細い手首には透明なビーズを通したミサンガ。教室内は、校則違反を注意されても「すみませーん」としれっと陽気に謝れる人種と、そもそも校則を破ることなんて考えもつかない、僕らみたいな人種に分かれている。

今度聞かせてね、ニューヨークの話。そう言うと、すぐりは友人たちの方にたたたと駆けていく。境界線を屈託なく踏み越えて僕の机にやってきたときの、軽やかな足取りで。すぐり、ミルクパン好きすぎやろー。さぁこは塩パン好きすぎ。その方角から声を散らしたように音のついた光が放たれてくる。「うん」とつぶやく僕の声は、きっと届かなかったはずだ。

それからことあるごとに話す、というか、話しかけられる機会が増えて、僕らは放課後の時間を過ごすことが多くなった。世界でいちばんまぶしかった、十四の夏。遠い遠い夏。

「やけん、なんでおまえが松尾と仲良くなれたんかは、ミスター・ファンタスティックでも解き明かせん謎だよなぁ」

「松尾すぐり、マーベル・ファンじゃなかとね?」

「残念ながらジブリとか新海誠《しんかいまこと》派。そこらへんは、話合わん」

マーベル・ヒーローの中で誰がいちばん知的レベルが高いかを話しあっていたとき、田口や大狩が唐突に振ってきた。こんなとき、わかってることを口に出して水を差すのは山脇だ。

「そりゃあさ、ニューヨークってステッキーなオマケがついとうからやろ、イッチーに」

おちゃらけて言う山脇には毒は感じない。こいつはそういうやつだから。でも見えない毒が人の心の中にあることを気づかせちまうやつでもあるから、ややこしい。ちなみに話が合わないというのは嘘だった。すぐりが抒情《じょじょう》アニメ派なことは確かだけど、僕がついマーベル話に熱をこめちまうときも、「アベンジャーって新しいヒーローの名?」なんてとんちんかんな質問を挟みながら、興味深い顔で聞き入ってくれる。きちんと伝えることが苦手な僕の言葉を、すぐりはいつも綺麗《きれい》な顎を柔らかく動かしてうなずきながら、受け止めようとしてくれた。案の定、田口と大狩が嬉々《きき》として突っ込んでくる。

「じゃあさ、じゃあイッチーがニューヨーク行かんとなると、振られるのはけってーやろ?」

「付き合《お》うてないし、べつに」

そう、僕らは付き合ってるわけじゃない。ただ一緒に時間を過ごすのが楽しくて。すぐりの声を通して聞くNYの街自体が、自分の中でぐんぐん色を帯びていくのが驚きで。互いの気持ちを確認するとか、そんな大胆なこと考えるだけで、頭ん中ぐらぐらするけどさ。

「でも行ったとなると、エンキョリで振られるのもやっぱ決定。松尾、可愛いけんなぁ」

「おまえらうるせーし。それより、ムーンガールも賢かとね、やっぱし」

話を変えながら、すぐりのことをほんのちょっぴり『ムーンガール』の天才少女、ルネラ・ラファイエットみたいだな、なんて思った。もちろん言わなかったけど。相棒の赤い恐竜デビルダイナソーと意思疎通して戦うルネラは、活発でちょっとそそっかしくて存在自体がカラフルで、なぜだかはるか昔のNYに恋してるすぐりに、ちょっとだけ似てる。

すぐりが百年前のNYを好きな理由も、どうして歌がとてもうまくて声が通るのかも、一緒に過ごす時間が増える中でわかってきた。

すぐりの声が通るのは、「あっち側」の人間だからじゃない(それもあるかもしれないけど)。コーラス部で副部長をつとめていて、独唱パートを担当した合唱コンクールでも表彰されたことがあるらしい。それを聞いて以来、放課後、すぐりの声を聴きたくて、わざわざ音楽室の前を通るようになった。でも残念ながら、僕の耳は何人もの声の集まりからすぐりの声を聴き分けられるほどには、優秀じゃなかった。そのぶん、目の前ですぐりの声が自分にだけ向けられると、単純に幸せな気持ちになった。

「将来は声楽科とかそっち方面、行くとね?」

自分では将来のことなんて一ミリも考えちゃいないのに、すぐりにはそんなことを訊いてみたくなった。今、文化祭のために練習しているというYUIの「ファイト」を、誰かの声が混じった合唱なんかでなく、すぐりの独唱だけで聴いてみたいなと願いながら。

「ううん。歌は大好きだけど。将来は、うーんとね、違う方に行くって決めとうけん」

それで、百年前のNYをすぐりが好きな理由にも関係していると知ったのだった。すぐりの母親は看護師で、自分も同じ道に進みたいのだと、僕と同じ十四歳とは思えない凛《りん》とした声で明かした。母は県立病院で働く看護師だったが、みずから希望し訪問看護師になったのだと話すすぐりの大きな目には、母親への尊敬と親しみが溢《あふ》れている。僕の中にはいくら探したってきっと見つからないものを、すぐりはそのきらきらした瞳と声にたくさんちりばめている。家族や音楽、愛犬。すぐりは愛《いと》おしく思うものをわかりやすく声にした。

「でね、でね、イッチーのご両親、ロウアー・イースト・サイドにお店を出すつもりらしいと言っとったやろ?　それ聞いて、私、わーっと思うてしもた。ヘンリー通りって歩いた?　ね、ね、もしかしてリリアン・ウォルドって知っとう?」

「……それ、誰ね?」

「あ、ごめん。話が先走りするってよう言われる。心が、声より先に走るけん」

夏休みの三日目。眼鏡橋《めがねばし》から川面《かわも》を眺めながら、すぐりが初めて僕を「砂原くん」ではなく、「イッチー」と呼んだ日。そして僕なんかがまるで見ようともしない、届かない将来を見据えていると知った日。トトロのガーゼハンカチでおでこをパタパタ叩きながら喋るすぐりは、遠く近くに揺れながら、その夏、僕のそばにいた。ずっといた。

リリアン・ウォルドのことは知らなかったよ、もちろん。ていうか、日本の中学生で知ってるやつがどれくらいいる? きっとめっちゃ少ないはずだ。普通の十四歳はマーベルとかジブリとかアイドルとかどこのちゃんぽんがうまいかとか(長崎限定だ)、そんなことばっか考えてるはずで。誰が大昔に外国で活躍していた訪問看護師に、胸を熱くしたりする? 僕らが想像上のスーパーヒーローに胸ときめかせるのとは、わけが、いや人間の根本が違うって気がするよな。もちろんすぐりも自分で調べたわけじゃないらしい。看護師としての誇りを抱いている母親の本棚でふと見つけた本がきっかけだったと明かした。

十九世紀末のアメリカ。新天地での豊かな生活を目指し、ヨーロッパから多くの移民が流れ着いたロウアー・イースト・サイドで、貧困に苦しむ人々を助けるべく、「公衆衛生看護協会」が誕生した。その初代会長が、看護師であり医学生でもあったリリアン・ウォルドという女性だったらしい。貧富の差が激しい環境で病院にも行けず病に苦しむ人々を訪問看護師として助けたのが、公衆衛生看護の開拓者リリアン・ウォルド率いる女性たちだったのだ。その拠点がヘンリー通りに今も残されていて、ソーシャルサービスを提供するランドマークとなっている、らしい。そんな場所あったかな、ちっとも思い出せないけど。

「彼女たちはおっきなナースバッグを抱えてね、ときには小さくて古いアパートの屋根から屋根をつたいながら、病気で苦しむ人々を助けたんやって」

すぐりにとっては、その昔にはアメリカで最も偉大な十二人の女性の一人に選ばれたその公衆衛生看護師の祖と呼ばれる女性が、鉄板のヒーローってわけらしい。ワンダーウーマンでもキャットウーマンでもブラック・ウィドウでもなくて。なんでだろ。ちょっとヘコむな。引いたりはしないけど、なんか萎《しぼ》む。同じ年で、そこまで考えてるのかってさ。

心が声より先に走る、か。僕の心はずっと立ち止まったまま、声にさえも届かないのに。

でもナースバッグを抱えた看護師たちが、古い煉瓦造りのビルの屋根から屋根をつたって弱きを助ける光景を想像したら、そしてその後尾に細っこいすぐりが懸命についていく姿を思い浮かべると、ふっと心がゆるんだ。もう一度去年の夏に戻って、ヘンリー通りを歩きたくなった。知ってたら、写真なんか撮ってきてやるんだったな。

「住むとしたらこの辺り。家賃も安かたいね」と親に言われ、なんだよこんな地味くせえ地域、ミッドタウンのドアマン付き高層コンドじゃないのかよってがっかりした去年の夏。でも今、あの夏に戻ったら、「よかね、この辺り」とかなんとか答えたかもしれないな。

でも戻ったとしても、もうあの頃のすぐりはいない。いや、すぐりはいるけど、僕のことはもうあいつの瞳には映らない。あのとき、すぐりは怒ってた？　泣いていた？　耳に手をあてて必死にすぐりの声を聴こうとするけど、もう何も聞こえない。すべてが遠すぎて。

何がいけなかったんだろう。どんなダメなことをやらかした？　今でもわかんねえよ。きっとこの先も絶対わからないだろう。失うことがわかってるなら出会わなきゃよかった。

すぐりじゃなくて、あのときの自分を恨む気持ちになった。なんであのとき、夏休み前の教室で、これ見よがしにアメコミを開いたりしたんだよ。さっさと田口の教室に行ってりゃ、きっとすぐりは僕に、僕なんかに、話しかけてこなかったはずだ。

アメージング・ファンタジー。驚くような奇跡なんて、起こらなかったはずなのに。

中学を卒業した年、こっちの高校は四年制だから二年のクラス、十年生に九月からの編入を決めるとき。昔から夢を抱くのが得意な両親は、競争の激しいマンハッタンで飲食店を開くよりもさらに無茶なる野望を、息子の僕に託した。NYで優秀な生徒が集まるトップ九校の特別高校、スペシャライズド・ハイスクールの最高峰であるスタイベサント高校に編入できるんじゃないかって幻想を抱いたんだ。後で知ったけど、こちらである程度の暮らしをしてる日本人の子供は、その九高校のどれかに通っている率がかなり高かった。

「マンハッタンの公立でいちばん偏差値が高いのはスタイベサント高校だけど、人種の多様性をはかるためにアジア人の枠も多くて、入りやすいらしいよ。日本人も多く通ってるらしいし、一応編入試験受けてみようよ。そうすれば日本人のお友達だってできるじゃない？」

いやいやアジア人枠の問題じゃないと思うけど。僕は呆《あき》れた。自分の息子の低空飛行な成績を長年見続けてきて、どの口が「NYのみならず、全米でもトップにランクされている進学校に編入しろ」

なぁんて無理すぎる難題、吹っかけられるかね。

むろん正規の共通試験(SHSAT)の受験もしておらず、日本の成績もどうってことない僕が、笑っちまうような倍率の学校に編入できるわけもない。僕のツメが何かと甘いのは、この母親の息子だからだと実感したよ。

いやもしかして。息子のことなんて、見ていなかったってことかもな。

母さんは鬱陶《うっとう》しいほどに息子の僕にあれこれかまいすぎる気《け》があるけれど、もしかしたら。もしかしたら、それは僕という本人じゃなく、僕の向こうにある母さんの創り出す別の誰かを見ているんじゃないかって。それはきっと、僕の顔をした、僕とは違う人間だ。

むろん特別高校への編入野望は撃沈。その夏行われたメイクアップと呼ばれる特別な後追いSHSATの悲惨な結果は、僕が特別でないことを裏付ける証拠になっただけだ。映画みたいな現実はそうは転がっていないのはわかってた。スペシャルな高校に、スペシャルでもなんでもない僕が滑り込めるわけもない。イチバンでなくていい。誰かより何かが優れていなくても全然かまわない。当たり前にいつも思ってた。でも正面切って「あんたはうちの学校にはいりませんよ」と否定されると、まぁちょっとはヘコむもんだけどね。

「やっぱり奇跡って、起きないところには起きないのねえ」

こっちに来て、意識的に長崎弁を使わないようにしてる母さんのあっけない言葉。それが僕を楽にさせるためだったのか、本音だったのかはわからない。どっちでも関係ねえし。

結局、家の近所にあるこのグランド・アカデミー高校に滑り込んだ。アメリカでは高校は義務教育だから、学区内に住んでいる者なら自動的に入れる公立高校だ。偏差値は中の下、日本にいたとしたら行ったであろう県立校と似たようなレベルだけど、僕は逆に奇跡が起きなくてほっとした。奇跡の持続は、難しいから。

日本人の友達ができるとか、両親の日系社会における自己満な見栄《みえ》を叶《かな》えてやるとか、わずかに妄想してみた事々は諦めざるを得なかった。でもひとつ最初の意志を貫徹できたところといえば、「マーベル」や「アメコミ」のハッシュタグで、また誰かと繋がれたってことだけだ。高校でようやくできた友達と「コスプレで祭りに行こうぜ」と盛り上がったあの時間。くじらがなんの気なしに放った、「バンドやろうぜ」という声のまぶしい輝き。

それらは、これから何を選んでいいか、何になるかもまだわからない中途半端な僕たちには、魔法の言葉だったんだ。バンドを組むなんて、特別高校に編入するよりハードル高いと思ってたのに。くじらの提案を思い切って、喉をごくりと鳴らして呑み込んだとき。

世界はぐんと広くなり、まぶしい光彩を放ち始めた。そう、違うんだ。

バンドもコスプレも遊びなだけじゃない。外の世界に対し、いつだってぐずぐずと受け身で生きてきた僕が、初めて友達に背中を押されて一歩踏み出した。それがどんなにくだらないことでも、いやくだらないことだからこそ。楽しくてくだらないそんな外界を、ネットや漫画の中だけでなく自分の手で創り上げられるのかなって、甘いことに信じかけてた。

それを、「なんて」って、簡単に言い切っちゃうわけ？　なんだよ、なんてって……。

自分が何にここまでこだわっているのか、わかんなくて。

ただパンパの言葉を聞いたとき、世界がまた狭くなった感覚に襲われたんだ。僕を取り巻く世界が、モノクロに縮小コピーしたみたいに縮んでいった。元通りになっただけなのに。見下げてんのか悔しがってんのか、どっちなんだろ僕。遊びより仲間より、家族や祖国愛を勝たせた友の勇断を。それさえわかんない薄っぺらな自分に、きっとイラついてる。

エセックス市場を出るとそのまま地下鉄の階段を下りて、F線に乗る。メトロカードの残高が足りないらしく「ちょい待って」と販売機に向かったくじらが、舌打ちする。

「シット！　また故障かよぉ」

三台並んだメトロカード販売機はどれもOUT OF ORDER。それがたまたまの故障でないことを僕たちはすでに知っている。両隣のイースト・ブロードウェイ駅とセカンド・アヴェニュー駅でもよく見かけるけど、わざと壊されていることが多いんだ。そして改札口の横では、いかにも悪いこととして生きてますって風貌のやつが目くばせしてくる。ワルい輩《やから》は違法にくすねたメトロカードを使い、客から金をとって改札を通過させて儲《もう》けている。悪事に気づいた警官たちが時々見回りにくるが、組織化されているようで「サツがきたぞー」と見張り役と連絡を取りあっているから、イタチごっこだった。面倒なやつらと関わりあうのを避けたい僕は、いつも目をあわせないようその脇を通り過ぎている。

「あいつらから買ってみっかな」というくじらを、パンパが生真面目《きまじめ》な顔で引きとめる。敬虔なカトリック教徒の家に育ったパンパは、こういうところはしっかりしてるんだよな。

「やっぱさ、悪いことの手助けをするのは、僕、よくないと思うんだ」

オーケーオーケー、わかってるって。くじらが肩をすくめる。仕方なく、僕がくじらの分もメトロカードをスワイプしてやりながら、皆してホームへの階段を駆け下りる。

この街に住んでまだ一年にも満たないけど、ダウンタウンの東のはずれに暮らすというのはこういうことだと、日々、身体と心で感じ始めている。アップタウンの高級住宅街とも、ましてやすべてが整った日本の地方都市とも違う場所。

きっと僕は、ここではずっと異邦人なんだろうな。そのことを楽ちんに感じる。痛くてもみっともなくても、異邦人だから仕方ないって。そんな言い訳にできるから。

実際は、長崎にいたって似たようなもんだったのを、忘れたふりしてるんだ。

いまだに目を落とせば、裏通りの吹きだまりに割れたウォッカのポケット瓶や、下手すりゃ使用済みの注射針が交じっている地域。路上が汚いか汚くないかで、コミュニティーのレベルは一目瞭然。アッパー・イースト・サイドみたいに路上を常に清潔に保つ人間を雇ったり、街路樹の根元に季節の花を絶やさなかったりするビルの持ち主なんていないんだから。

車上荒らしに割られて粉々に砕けた車の窓ガラスがきらきらと舗道に輝いている。それを綺麗だなぁなんて思っちまう。深夜そこかしこで耳に響くカー・アラームの音は、夜更けの通りがけっして安全じゃないことを警告してくれる。

手の届く場所にいくらでも悪いこと汚いもんがあるから、臆病な僕はいつだって、ポケットに手を突っ込んで歩かなきゃならないんだ。

地下鉄が来るときは音より光より先に、風でわかる。ホームにわずかな風が吹いて、それが少しずつ強くなる。小遣《こづか》いをためて買った大切なア・ベイシング・エイプのキャップを手で押さえた。そうしなきゃ飛ばされるぞ、というぐらい強くなった風と光が闇から迫ってくる。わずかに足が一歩だけ後ずさる。数度しか乗ったことのない東京の地下鉄みたいに親切なガードなんてないし、少し前も誰かがホームから故意に突き落とされたというニュースがあったからだ。NYにも路面電車があればいいのにな、とこんなときは思う。闇の中から忽然《こつぜん》と現れるんじゃなく、光の、太陽の下で街中に同化して走る路面電車が。

ドアが開き、人々が降りてくる。車内はそう混んでいなかったので、ドア近くの金属の支柱を取り囲むように僕たちは位置を定めた。すると、後から乗り込んできたゆるいパンツをずり落ちそうなほど腰穿《こしば》きした男が、間近で演説を始めた。

職を失った、ドラッグはやっていません、今日の食事のために少しでもいいから恵んでください。チェンジ・プリーズ。神のご加護を。男はいかにも金を持ってなさそうな僕たちをスルーして、白のレザーがまぶしいアディダスの足を引きずり、めぼしをつけた客の前でアピールする。演技力、足んねえよな。くじらが耳打ちしてくる。この前見た盲目のアコーディオン弾きの方が勝ってたな。うなずく僕に、じゃこがダメ出しする。

「あれも失敗。同じ車輛《しゃりょう》から降りて次のドアに行くときに、白杖《はくじょう》振って元気に歩いてったじゃん？あれ見た客は、ぜってえ次は払わねえもん。演技なら最後までやり通さなきゃ」

「どっちにしたってさ、いいパフォーマンス以外はお金をあげちゃだめだと思う。本当に助けが必要な連中は、金を恵んでもらったらそのまま居心地のいい路上に落ち着いちゃって、助けの手を差し出す保護団体からも見つけてもらえにくくなるって。母さん、言ってた」

パンパがまたとろとろと説法を唱《とな》えそうになるのを、「どんなコスプレがいちばん桜まつりでウケるか」とくじらが話を変えて盛り上がり始めたところで、ふいに目の前に座っている男と目が合った。髪を三分刈りにした、眉が薄くて目つきのやたら鋭い男だ。

頭に、とっさに母さんからしつこく言い渡されている地下鉄三カ条の鉄則がよぎる。

ヤバそうな人間とは目を合わせないこと。何かが書かれた紙や冊子を渡されそうになっても手を出さないこと（たいていは宗教関係で、受け取れば寄付をねだられる）。人との距離はなるべく取り、万一相手に触れてしまったら即座に謝ること（ぎゅう詰めの路面電車に慣れている身としては少しぐらい身体が触れても意識しなかったが、こっちではかなり失礼なことらしい）。アイム・ソーリーは言わなくてもエクスキューズ・ミーは必須語だ。

眼力《めぢから》にとらわれたかのようにしばらく目を合わせちまった後、僕はとっさにそらそうとした。そのときだ。相手は僕だけに見えるように、黒い長そでシャツの左のそで口をちらっとめくりあげた。小さなかぎ十字の刺青《いれずみ》が覗く。あ、と肩がこわばる。ナチス・ドイツのかぎ十字がうちの高校の校庭の舗装面に幾つも描かれ、騒ぎになったことがあった。

ユダヤ人の多いロウアー・イーストという場所柄、うちの高校にもユダヤ人が結構いる。彼らを狙った嫌がらせは、校内の誰かが仕掛けたのか、外部のしわざかはわからない。

その際に今、NYでもじわじわと広がっているヘイトクライムに関して、改めて注意を喚起する校内のお達しがあった。これか？　これって、嫌がらせなのか？

でも僕、ユダヤ人じゃないし。見れば誰だってわかる。自分を安心させようと、目をそらす。三人はまだ「やっぱアベンジャーズが最強じゃね？」「意外に民族衣装でブラックパンサー」なんて盛り上がっている。僕だけ声が出ない。金縛りにあったみたいに固まってる。

目をそらした僕に、男がワークブーツのつま先でそっとスニーカーをつついてくる。肩がびくつき、視線がつい相手に戻ってしまう。この地下鉄内に僕とこのかぎ十字だけが存在しているかに思えてくる。男は僕を見てにやりとするから、あれ意外にフレンドリー？　と安心しそうになると、そいつはかぎ十字の左手で自分の頭を指した。次に僕の頭を指す。

え？　男の薄い唇が動く。なに？　なんつった？

「猿は、猿の国に帰れ」(Apes should go back to ape land.)

歌うような声だった。世にも残酷な歌を口ずさむような、小さくて邪悪な声だった。でも僕にはその声が届いた。オッタク〜と授業中に誰かが揶揄《やゆ》する日本語よりさらに明確に。

ようやく気づいた。帽子だ。僕のキャップのロゴとマークを見て、類人猿の帽子をかぶったアジア人を見て、こいつはそうつぶやいたんだ。気づいたら、血の気が引いた。

それは僕がこの街に来て初めて、見知らぬ人間から、正面切って受けた侮辱だった。

人種多様主義を目指す公立校のゆるぎなく守られた世界の中。多少の悪意やからかいはあっても、度を越したヘイトスピーチからは教師やカウンセラーが守ってくれる。教師のおかげだけじゃない。「人種を差別するやつって無知でかっこわりぃよね」なるNYのティーンエイジらしい価値観がもたらす安全圏。でもほんの少しだけ外に出れば、こうもあっけなく悪意にぶつかる。そのことに気づかなかったのはたぶん鈍感かラッキーだっただけ。

そしてそのときの僕は、これはただの火種で、あっという間に黒い煙に包まれることになるなんて予想もしちゃいなかった。自分の外側の世界なんて見ようとしてこなかったから。

妙な気配に気づいたのか、「ん?」という表情で、三人が顔をこちらに向ける。

「や、やっぱコスプレはアベンジャーズだけでなくさ」僕はとっさに話に加わろうとする。

「幅、持たせた方がよくない? たとえば……何かな、えっと、ほら」

接続詞ばかりの言葉が上滑りする。さっき自分の耳に届いた声を上塗りするため必死に話し続ける。

だめだ。目の前の男がまだ何か言うんじゃないかと、耳が意識しすぎてる。

そういや『マイティ・ソー』の戦士に日本人いるじゃん? リードあれどうよ。じゃこがせっかく話を振ってくれるのに、気の利いた答えが返せない。自分の喋る声が遠すぎて。

アジア人を狙ったヘイトクライムも多く発生していることは知っていた。でもなんでかぎ十字のこいつが言うんだよ。見当違いな怒りがわく。何か言い返してやった方がいいのか。いや、地下鉄三カ条追加事項。相手の挑発にのらない。学校でも習っただろう。

僕は今聞いた言葉を呑み込んだ。僕だけのものとして、誰かのヘイトを呑み込んだ。

こうして誰かの怒りや悪意、失笑や嘲りを呑み込み続けたら、風船みたいにふくらんで、いつか破裂しちまいそうな気がする。だから、なかったものにしなくちゃいけない。

何も見なかった、何も聞こえなかった顔で、僕はホーガン役の浅野忠信《あさのただのぶ》のハリウッドにおける活躍について、つたない英語で唱え出す。映画好きな三人はへえと興味深げに聞いてくれている。男は黙ってる。大丈夫。つま先をまた蹴られても、目さえ合わせなきゃいい。

車輌がセカンド・アヴェニュー駅に着いた。男が腰をあげ、僕は身体が分解しそうなほどの安堵で力が抜ける。でも降り際、そいつは言った。今度は僕とじゃこの顔を交互に見て。

「猿の惑星なんて、いいんじゃねえか?」(How about Planet of the Apes?)

不意打ちにあっけにとられていると、僕らを押しのけるように男が降りていった。どこにでもある。そう、差別がまだまだ横行するこの国で時折遭遇する珍しくもない光景だ。どこにでもいるクズ人間。どこにでもある白人至上主義。一々反応してちゃ、身ィもたないって。

「なんだ、ありゃ?」くじらが軽く言い放ち、ただのクレイジーな男扱いしてその場を完結させる。軽やかな着地。けど、男の隣にいた年配の女性がふいに放った言葉で場が覆《くつがえ》された。何もなかったことにならなくなった。女性は僕を見上げ、優しげな声で言ったんだ。

「ヒー・イズ・クレイジー。気にしちゃだめよ」

銀髪の女性に、とっさにあのかぎ十字よりも憎しみがわいた。この人には、男がさっき言ったことが全部聞こえていたんだ。何もわかってないくじらは、「ですよねえ」と熟女キラーの必殺スマイルをサービスするから、女性も理解者の顔で微笑みを浮かべる。

そのとき、今さらのように気づく。この四人の中で、黒人でもアジア人でもないくじらがもっとも人種差別から遠い場所にいる人間だってことに。だからいくらだって、鈍感になろうと思えばなれることに。針の先ほどの嫉妬《しっと》。くじらがいかに見映えがよくても、女子にモテても、違う人間もいるもんだと構えていたのに。なんで今さら、そんなこと。

でも哀《かな》しいのは、そのことじゃない。お気に入りのこのキャップをもうかぶらないようにしようかな、なんて思い始めてる自分が、めったくそみじめで、情けない。

降りる客と入れ違いに人々が乗ってくる。無表情な乗客を眺めることで、僕は自分の身に起きたことから気をそらそうとする。かぎ十字男は降りていった。だから、なかったことにする。できる。列の後尾に黒い肌の男たちが四人。雰囲気でわかる。たぶんミュージシャンかパフォーマーだな。NYの地下鉄は、座ってるだけで宗教勧誘のカードを膝に置かれたり、シェークスピア劇が始まったり、光るヨーヨーを売りつけられたりと、結構忙しい。皆さん商売熱心だよ。このおっさんたち、結構年がいっている。父さんより一回り近く上だろうか。平日の昼間なのに仕事はないのかな。これが仕事なんだろうか。よれて皺《しわ》のよったシャツに履き古されたスニーカー。でもホームレスみたいに汚れた感じはなくて。クリントン通りの公共ガーデンのベンチで昼間からたむろって、スピーカーでサルサを流してるおっさんたちみたいなゆるさと気楽さをまとっている。

楽器を持たない四人のうちの一人がボ、ボンと低い声でリズムを取り出し、手品でも芝居でもなくアカペラかと察した。すぐさま他の三人が同調し始める。ピクリと鼓膜が動く。

いつもは侵入者たちに負けねえぞとばかりに話をやめない僕たちは、なぜだか黙った。何かが違う、と肌で感じたから。聴き慣れたメキシコ人のマリアッチでも、時代遅れの曲を切々と歌うフォークソング・シンガーでもない。いや、下手したら、もっと時代遅れかもしれないんだけど。どこかが違う、と四層の声が告げてくる。

痩せた男の一人が、その貧相な様相に似合わない伸びのある声で歌い出したとき。耳が、いや心臓が、ざわっと震えた。間近で聴いているから、声がデカいってだけじゃない。闇の中に閉じられた地下鉄の空間を突き破って、どこかへと抜けていくような声。あとの三声が車輌のリズムや滑るレールとなって、弾む声の塊を形づくっていく。なんだっけ、この感じ。ああ、そっか。あれに似てるんだ。ブルックリンやクイーンズへと続く地下鉄路線が、イースト川を越えて地上に出たときのあの感じ。窓の外に光る川面や連なる橋の鉄骨、曇った空からこぼれてくる陽射し。

そんなものが一気に降り注いで、こっちの目をくらませるあの瞬間。

旋律は聴き覚えがあるどころか、イントロあてクイズだって即答できるぐらい聴き慣れた曲なのに。初めて映画の中で耳にしたときのように、僕を刺す。痛いほど声に刺される。

「スタンド・バイ・ミー」

愛する人にそばにいて欲しい、と四つの声が、軽やかに、でも切々と歌い上げる。

声は絶妙な間を取り、ときにすれ違い、絡まり、僕を取り囲んでくる。四つの影が見える。白い陽射しに焼けた線路の上を歩く四人の少年たちの姿が、目に浮かぶ。

やべえよ。あの映画結構好きだったんだよな。ロブ・ライナーが撮ったときは、僕はこの世にはまだいなかったけど。両親の思い出の映画だとかで、すでにうざったくなり始めていた家族団らんタイムに観せられた。自分と同じ、クラスでイケてない少年たちのひと夏の冒険。それからあっという間に、何度も観返すぐらいに好きな映画になったっけ。

スティーヴン・キングの原作小説だって読んだし、父さんが買ったサントラ盤は、家族ドライブ旅行のBGMとしてひと夏中活躍した。バディ・ホリーのギターも痺《しび》れるけど、やっぱり締めのベン・E・キングのタイトル曲は鉄板だな。父さんがハンドルを握りながらしみじみと言い、その曲は僕にとって初めて好きになった洋楽として、記憶に刻まれた。

ただ、すでにマーベル映画に夢中になり始めていたこともあり、僕の興味は別の方向へとそれていったのだった。何年も前に夢中になったゲームのように、興味はとうに失《う》せてるのに懐かしくて。「どうしてあんなに夢中になったんだっけ」という情熱の名残《なごり》だけが、淡く残っている。聴き慣れすぎた曲は、あっという間に僕の中のお蔵入りスタンダードと化して、最近じゃあ iTunes のプレイリストからも削除しちまったけど。

どうして、それが。今日に限って。

この一見しょぼくれた身なりのおっさんらの歌を聴いたときに限って。

皆の反応をそっとうかがう。じゃこはベースラインを取っている男に合わせ、鶏《にわとり》みたいに首を忙しく動かしてリズムを取っている。地下鉄ミュージシャンのレベルには特に厳しいじゃこは、西四丁目駅のホームにいるグルーヴジャズのバンドくらいにしか反応しないのにな。パンパは静かに聴き入りながら、揺れている。ぶ厚い唇に、うまいものを食べ終えたときにうっすら浮かべる、あの満足げな笑みをのせたままで。そして、くじらは、

くじらと、目が合った。白い顔の中で見開かれた青翠の瞳が「な」というように斜め上に動く。なんの「な」なのさ？　目で問いかける僕から視線をはずすと、なんとこいつ、歌い始めたんだ。一緒に。こういうところがあるんだ、くじらは。普段は女子受けする気取ったポーズばっかキメてるくせ

に。目を離した隙に、とんでもないことしでかすような。

最初は控えめに。でも徐々に、くじらの声は地下鉄ホームに吹いてくる風が強まっていくように高まっていく。あのまぶしい光さえ近づいてくる気がした。その瞬間、僕の中でくすぶっていた重たい煙も、かぎ十字の薄い唇も、背中を丸めた猿も少しずつ遠くなって、トンネルの彼方《かなた》に、びゅんびゅん吹っ飛んでいって、消えた。くじらとおっさんたちの声が、消してくれた。


唐突に歌い出したくじらに、おっさんたちは一瞬おやっという顔をする。だがすぐににんまりと髭《ひげ》面《づら》を笑みで崩すと、くじらの顔を見て歌い出した。

くじらの声はオクターブとまではいかないけど、リードを取っている男の三度、いや五度は高いんじゃないかな。へえ、こんな高い声も出せるんだな。

しかも彼の声は主旋律の音程に惑わされることなく、ぴたりと一定の距離を保ったままどこまでも重なっていく。まるで彼らと長いこと練習してきたかのようなタイミングだ。

やっぱ、鳥のあだ名を授けりゃよかったかな。くじらなんかじゃなくてさ。妙な興奮でぞくりとする。翼を広げ、その下の柔らかな羽毛を震わせながら自由に声を奏で、どこまでも飛んでいく鳥。四人の大人たちの安定した声さえ、その飛翔力にはかなわない。

低めで骨太の彼らの声に、くじらの伸びやかに澄んだ声が重なったことで、音の層はますます厚みを帯びる。狭い車輌の通路に立つ人々の間を軽やかに飛び抜けていく。

何より、男たちの歌う声もくじらに挑発されたかのように、さっきより断然でかくなってるんだ。まるで宇宙が膨張していくように。曇り空が焼けていくように。

車輛は、声のベールで満たされていく。ダーリン、と皆が優しく歌いかけられながら。

その瞬間、僕はすぐりもこの歌声が聴けたらいいのに、と思った。すぐりが好きなこの街で、一緒に聴けたらよかったのに。思考停止なんかせずに、願い続けた。

歌うことをやめちまったすぐりがこの歌声を聴いて、あの澄んだ声にまたメロディをのせてくれたらいいのに。僕はそばにいてやれなかったけど、誰かのために。僕じゃなくていいから。今、あいつのそばにいる人たちのために。後悔と祈りで壊れそうなほど願った。

気づくと、いちばん端の座席に座っていたおばあさんが、こちらを見て微笑んでいる。すぐ近くに座ってスマホでSNSの画面を熱心にスクロールしていた女性が、視線は落としたまま小さな声で歌い出した。でもあくまで邪魔はせず、五人の織りなす上等なパイ菓子みたいな音の層を崩さないボリュームで。

いつもは聴き慣れた地下鉄ミュージシャンやホームレスの演説に無反応な、耳の肥えたニューヨーカーの乗客たちの表情が、柔らかにほどけていくのがわかる。

背広を着た男性客が自分のエアポッドを耳からはずし、この四プラス一の即席アカペラグループにゆっくり視線をやったとき。僕は彼らが、この場所に完璧に受け入れられたのを知る。洗礼を受けた信者みたいに、おっさんたちのくたびれた服の繊維さえ輝きを帯びる。

じゃことパンパは急なアクシデントに笑いをこらえきれないような顔でにやにやしてる。

でも僕はなぜだか、呑気《のんき》な笑みなんて浮かべられない。全身から血の気が引き、その血がどくどくと喉の辺りに集まっていくのがわかる。間近の金属の支柱をぎゅっと握った。

歌いてえ。僕も一緒に。

でもぜったい無理。できるわけない。一緒にハモりたいけど、ハモれないから。

こんな奇跡的な声の均衡《きんこう》を保ったアカペラの中に飛び込む自信、ないもんな。なら、下手なギターで伴奏でもつけたいかといえば、違う。この世界に楽器はいらない。必要ない。

ただ、ハモりたい。歌いたいんだ。その深いハーモニーの森に一緒に分け入って、木洩《こも》れ日や鳥の声、湖に浮かぶ得体の知れないもんを見たときの驚愕《きょうがく》だって、すべて共有してみたい。スクリーンの中のあの四人の少年たちみたいに。声をかわし、共有したくて、
気づけば、奥歯をぎゅっときつく噛《か》みしめて耳だけ澄ましてた。ばかみたいに。苦手な歯医者で「はい、口開けてえ」と言われ、逆に歯を食いしばっちまったときみたいに。

男たちは、地下鉄が次のブロードウェイ・ラファイエット駅に滑り込むより少し前の絶妙のタイミングで歌い終えた。とたんに拍手が響く。ベースを担当していた男が慣れた仕草で手にしていたプラスチック容器を掲げながら、通路に踏み出す。そのとき、男がくじらを振り返って言った。カモン、一緒に来てよ。ぎょっとした顔でためらうくじらの背を、僕たちは「どーぞどーぞ、こんなもんでよかったら」って顔でぐいぐい押し出してやった。

だって、面白《おもしれ》えじゃん。無精髭《ぶしょう》のおっさんが一人で回るより、可愛い顔したティーンエイジ・ボーイがお供した方が、そりゃあ効果はあがるってものだ。

「おまえら、おい、やめっ……」かっこつけのくじらは抵抗したが、男は人差し指でくいくい合図している。結局諦めて長身をかがめるように男の後をひょこひょこついていく。

乗客たちの手が次々に自分の財布やバッグに伸びる。いいサインだ。今までも人気の地下鉄パフォーマーがかなりの稼ぎをはじき出すのを見て、NYのミニマム時給、超えてんじゃねえかとくじらがジェラってたけど。今日もかなりのもんだよ。客たちの手の動きや身じろぎでわかる。中華料理店のテイクアウトでよく見る六オンスのプラスチック容器は、あっという間に満タンになっていく。一ドル札だけじゃない。わ、十ドル札まであるよ。

リードを取っていた男はそこから五ドル札を抜き出してくじらに渡すと、肩をこづいた。

「よう、ヤングボーイ。あんたの声はたいしたもんだよ。そこでな、提案なんだが。この後の車輌も一緒に回んないか。一割の分け前でどうだ」

おいおい、地下鉄パフォーマーのおっさんズから商談受ける高校生ってどうなんだ。

「あ、や、ちょっとこの後、友達と用事あるんで」

くじらは、もごもごした声で精一杯拒否の姿勢を示した。行きゃあいいのに。僕らが茶化すと、

「やめろよぉ」と普通の高校生の顔で照れている。さっきまであんなに自由に声の光を放ちまくって、澱《よど》んだ地下鉄内を照らしていたことなど、忘れた顔で。

惜しいなぁ、稼ぎそこねたぜ。おっさんらもにわかに商売人の顔になって肩をすくめる。

もうすぐ駅に着く。何か言いたい。何か、言わなきゃ。

さっきまでつまっていた喉をひっかくように、僕は言葉を探す。車輌は減速して、ブロードウェ

イ・ラファイエット駅に滑り込んだ。何か言わ、

「あっ、あのっ」僕が唐突に発した半分裏返った声に、すでにくすんだ銀色の扉の方を向いて降りる準備をしていた男たちが振り返る。

「あ、あのっ。アカペラってどうやって歌うんですか。どうやったら、うまくなるんすか。アカペラ用楽譜とかいりますか。どうやってハモりを練習すれば……」

矢継ぎ早の質問に顔を見合わせる男たちだけでなく、くじらもじゃこもパンパもあっけにとられてるのがわかる。やべ。イタかったか？　だよな。くじらの唐突さが乗り移ったか？

ドアが開く。降り際にリードを取っていた男が、笑いまじりに言葉を投げてくる。

「内緒だ。若いおまえさんらがうまくなったら、俺らの商売あがったりだからな」

なんだよ、ケチだな。僕が口をつぐんでいると、順に降りながらコーラスの男が言う。

「歌うだけだよ」もう一人のコーラスの男が「一緒にな」と声をかぶせる。最後にベースの男がウインクする。「F線で歌わないって約束するなら、今度会ったときに教えてやるぜ」

声の太さも高さも違う、その黒い肌の濃淡も異なる男たちは、降りるとすぐに違う車輛に乗り込むために、汚れた窓の外を通り過ぎていく。追いかけて隣の車輛に移れば、続きが聴けるのか？　ガチで教えてもらえんのか？　一瞬思ったけど、くじらが一緒に歌って稼ぎに協力しない限り鬱陶しがられるのはわかっていたから、踏みとどまる。ただより高いものはなし。そんなに親切な大人たちがこの街にいるわけがないことを、知ってるから。

ジャスト・シング。トゥゲザー。歌うだけだよ。一緒にな。違う声域と音程で投げかけられた言葉

を胸に落とすと、五線譜に書かれた連符みたいに、しゅっと連なった。

地下鉄がゴトンと大きく揺れた後にまた走り出す。三人のにやついた視線が痛い。

「で、なんだったわけよ？　さっきのは」

くじらが僕を覗き込んでくる。からかいまじりというより、意外にも率直な声音《こわね》で。

「アカペラ用の楽譜とか練習方法とか、知ってどうするわけぇ」

じゃこは、やや詰問する口調。そんなちりめんじゃこみたいな目で刺すなって。

「結構稼いでたもんね、あのおじさんたち。この車輛だけで、三十ドルは軽く超えたんじゃないか。全部で十車輛、三時間やるとして、儲けを人数分で割ると……えっと、えっと」仕方ないんだろうが、急に金の亡者みたいな顔つきになったパンパは、頭で何やら苦手な計算をしている。違うんだよ。くじらが商売を持ちかけられたからとか、だったら自分らで稼いでやっか、とか。そんな気持ちで言ったわけじゃない。僕は、ただ、本当に、
本当に。その先を考える前に、地下鉄の薄汚れた窓ガラスに映った自分を見やる。

くじらの完璧な歌声にうまくハモれる自信もないやつが、何言うか。

あの歌を聴く前まで感じていたイラつきが追いかけてくる前に、僕はおずおずと言った。

「えと、あのさ。バンドやんの……撤回してもいいか？」

「なんでよ？　延期じゃないのかよ」

「だからさぁ、なんならエアバンドでもいいっつって……」

「それって、僕のせい？　僕が、楽器や衣装なんて買えないとか、言ったから」

厚い唇をもごつかせるパンパに「違うんだ」と首を振り、大きく息を吸った。

「アカペラ、やりてー。やってみたい。どうせならエアバンドとかじゃなく。楽器がうまくなる自信もないから本物のバンドでもなくて。歌だけでやんのは、あの、どうかなって」

それは、僕のめったにない、精一杯の、意思表示だった。さっき、かぎ十字男にからかわれて声も出せなかった。悔しかった。その呑み込んだ声を必死に吐き出そうとする。

え――――。音程の異なる声の層が、西四丁目駅に向けて長い区間をごうごうと猛進する地下鉄内に響く。NYタイムスを広げていた老人の男性が眉を寄せ、こちらをぎろりとにらんだ。そこから、目的の三十四丁目駅で降りるまでの僕たちの展開は早かった。

そう、高校生の僕らは面倒なことは嫌いで。でも楽しいことのためならばかみたいにその面倒さえ抱え込み、地下鉄が川を渡るより速く突っ走る。誰より早く楽しさの塊を感じてやろうって思う。スケボーでオーリー決めたときみたいに濁った空気の中ではじけたいから。

「だって。だってさ、アカペラだったら楽器もいらないし。弦の張り替えもチューニングもいらないだろ。ドラムの置き場所にも困らない。上級生が仕切ってる軽音部に入らなきゃ練習室使えないから、自分たちだけでやろうっつったって、スタジオ代だってかかるし」

つべこべと言葉を並べる。本当はそういう理由だけじゃないのに。好きなもの、好きになったばかりのものを仲間に熱く語るのは、なんだかこっ恥ずかしくて、こういうときだけ回り道しちまう。特に学校の部活やグループ授業で人と群れるのが嫌いなじゃこは、「軽音部もコーラス部も僕はパス」とうなずいてから、思慮深い声を出す。

「楽器がなければ歌を……。パンがなけりゃケーキを食べればいいじゃないってわけか」

「ま、まぁそんなとこ?」何か違うと思いながら適当な相槌《あいづち》を打つ僕に「でも」と続ける。

「本当はあれ、そんな世間知らずのお嬢様みたいな意味じゃないんだよなぁ。知ってっか」

マリー・アントワネットの言葉だというぐらいしか知らない僕たちは、首を振る。というか、じゃこにかかると話がややこしい方向にずれていくんだよな。

でもじゃこ自身は話をずらしているつもりはないらしい。僕みたいに愛想笑いしないし、たいてい仏頂面だからとっつきにくくて、教室では何考えてるかわからない、と皆に遠巻きにされている。でもいつでも毅然《きぜん》としてる。ちょっと自信過剰気味だけど、嘘やおべっかを言わないから、じゃこの言葉はいつもそのまんま受け止めることができた。

「あれさ、訳がどっかでねじ曲がったんだよな。ケーキじゃなくて本当はブリオッシュ」

「バターたっぷりでうまいよなぁ」と舌なめずりのパンパ。だからそこじゃないって。

「ブリオッシュはパンより安かったんだよ。当時高かった小麦が少なくてすむからさ。まぁアントワネットはそんなことさえ言ってないって説もあるけどな。でも僕が言いたいのはそこじゃなくて。パンよりブリオッシュは甘くてうまいってことだ。んで、声も楽器より甘い。優しい。実はさ、僕もさっき聴いてて思ったんだ。声って、楽器より柔らかくて甘くて、もっと人間の身体が欲するものに近いのかな、なんてさ」

声は、甘い? 優しい? 何やら哲学的すぎて、よくわかんね。ああでも、少しわかる気もするな。あいつの、すぐりの声は、本当に甘くて優しかったから。で、どうなんだよ、きみらの意見は。じれったくなったところで、「実は」とくじらが切り出した。

「俺、ガキの頃少年合唱団に入れられててさ。結構楽しかったんだよ。ハロウィーンで通りを練り歩いたりすると山ほどお菓子もらえるし。でも何か物足りない気がしてやめちまった」

「へえ。くじらにもそんなウィーン少年合唱団のお坊ちゃまみたいな思い出があったのか」

「お坊ちゃんじゃなくても入れるって。でもそうだな、その合唱団は歌がお坊ちゃんみたいだった。力強い太鼓《たいこ》のリズムとか熱さがなくて、静かに流れるドナウ川、みたいなさ」

あれ、と似たような感覚を思い出す。さっきのおっさんの曲を聴いたとき、わ、すげえと一気に取り込まれたけど、聴き続けていたらほんの少しだけ何かが足りないような、何かが欲しい気がしたんだ。鳴り響く太鼓みたいな、大地のリズムみたいな、力強い根っこが。

「その後に、もっとずっと人数も規模も声域も少ないアカペラを聴いたときに、おー、かっけーと思ってさ。あんな中で歌えたら、気持ちいいんだろうなと思ったんだよね。でもみんな楽器持ってるっていうし、バンドの方が確実にモテっからさ、言わなかったけど」

それでさっき僕に「なんだったわけ?」と訊いてきたとき、期待を寄せるような不思議な瞳をしてたのか。くじらも最初からアカペラ、やりたかったのかな。ちらと思った。

「僕も試しにやってみてもいいぜ。さっきのベースのパート歌ってたおっさんみたいに、ベースラインを声で表すのって、ちょっと快感だなと思えたから。いいベーシストってさ、皆歌えんだよ。寸分たがわず、自分の弦の動きを声で表せるんだよ。面白いチャレンジになりそうだな」

「お、担当パート決定じゃん。あとは」と、くじらがパンパに期待の目を向ける。

「僕、歌は苦手だよお。教会のゴスペルは感動するんだけど、僕が歌うと音程ハズしまくるから、いつも歌うふりしてるんだ。だけどもうドラムも買えないしなぁ。むぅぅん」

太く発したパンパの困惑の声が響く。パンパの声は腹の底にずっしり響くんだよな。情けないこと言ってんのに、困った声さえ、森の奥から聞こえる太鼓の音みたいにこっちの胸の底を叩いてくる。なんとかこいつにも歌わせたいな。この安心できる声でさ。

自分はうまく歌える自信なんてないのに。人の声が聴きたいって思ってる。なんでだろ。

「ボイスパーカッションなんていいんじゃね？」そのとき、くじらが言った。

「何それ？」僕たちは首をかしげる。

「言葉の通りだよ。声でさぁ、パーカッションのかわりをするわけ。音程というより、リズムだな。ほら、さっきのおっさんたちすげえよかったけど、リズムが物足りなかったじゃん？　根底にドン、パッ、ドンってどっしりした鼓動がありゃ、最高だったと思う」

「そうっ、それそれ！」人に触れるのが苦手なのに、思わずくじらの肩を揺さぶっちまう。

足りなかったものは、鼓動。胸を、耳をずんずんあったかいリズムで叩いてくる鼓動だったんだ。

そのぶん声の厚みはあったけど、あそこに心臓の鼓動があったら、完璧だった。

飛びながらも大地に足はどっしりついているような、そんな不思議な感覚になれそうで。

「くじら、勉強はできないけど、音楽と女の子に関することだけはひらめきがすげえな」

熱くなった自分が気恥ずかしくて、わざと軽口を叩いた。くじらにこんな口をきけるようになったのは最近だ。皆といると、臆していた心が少しずつ軽くなる。

「女いなくてかっちょいいギター弾けないやつに言われたくないってさ」じゃこが茶々を入れてから、真面目な顔になる。「ま、じゃあ、方向性は決まりだな。要《かなめ》のハモりのコーラスがリードしかいないってとこがやや、いやかなり不安だけど。見切り発車ってことで」

言われてはっとした。だよな、そうだった。僕は必然的にコーラスで。ハモり担当で。

え、そうなの？　言い出しっぺのわりに深く考えていなかった僕は、何をどこから始めればいいのかと、にわかに焦り出す。隣でパンパが「僕がやりたかったのはドラムで、パーカッションじゃないんだけどなぁ」と不安げにぼやいている。低く、気持ちのいい声で。

「自信のない顔すんなよ。おまえの声、結構面白えぜ」と、じゃこがこづいてくる。

「いつもポーカーフェイスみたいな面してるくせに、実は、感情がすーぐ声に出るとこ

なんだよ、それじゃ単純バカみてえじゃん。でも言われて、はっとした。僕はさっき、声で自分の感情を殺した。声で必死に動揺を隠して、関係ないことべらべら喋ってた。

「僕さぁ、じつはさっき地下鉄ン中で」

少しの間をおいてから、ぼそっと切り出した。やっぱ、こいつらに隠しておきたくない。

「前の席に座ってる男から、その、差別発言みたいなこと言われて……」

「なんだっ、それ！　なぁんで言わねえんだよ、そういうこと、俺らにその場で」

くじらが案の定、憤慨した声を出す。言ったらどうなったのかな。喧嘩《けんか》になったのかな。こっちは四人だし、くじらは腕っぷし強いからやりこめてやったりできたのかな。でも、

「それまで楽しく喋ってたから……その場の空気壊すのヤで。聞こえないふり、した」

ふいにじゃこが僕を見る。痛みの滲《にじ》むその目を見たとき、感じた。じゃこも気づいていたのかもしれない。目くばせも何もしてこなかったのは、あのお節介なおばさんみたいに、言葉にすることで嫌なことを現実にしたくなかったからなのか。僕もある、そういうの、よく。パンパもつぶやく。そんなことに動じない諦めのまじったどっしりした声で。

やっぱりくじらを抜かした僕たちは同類なのかなと思うと、さみしさに安堵が混じる。

「おまえ、オトナだな」

「え」意外な言葉をくじらに言われ、僕はうつむいていた顔をあげる。違う。大人だからじゃない。臆病だから、聞こえないふりしたんだ。自分がそのことを痛いほどわかってる。

「でもさぁ、俺たちの前では聞こえないふりしなくてもいいんでないのぉ。別に皆して相手に言い返すとかそういうことじゃなくさ。言えば一緒に怒ったり笑ったりできんじゃん」

僕は黙ってた。じゃことまた目があう。どちらからともなく目をそらし、窓の外を見る。真っ暗な窓の外のかわりに、僕たちが窓ガラスに映ってる。聴いたばかりの「スタンド・バイ・ミー」の歌詞が耳の中で鳴っている。ごうごうと鳴る車輛の音に負けずに、鳴り続ける。

無言になった三人はただ、僕のそばに立ってる。立ってくれている。

地下鉄を降りると、三十四丁目駅のホームでまたさっきのおっさんズに会った。ずっと車輛を回りながら歌っていたんだろうか。だとしたら、それもまた結構、疲れるんだろうな。

向こうも僕たちに気づいたが、さっきくじらを口説《くど》いたときみたいな愛想のいい顔は見せない。どっちかといえば、面倒な小僧にまた会っちまったよ、という露骨な顔。ここはそういう街だ。すべては通り過ぎ、またやってきて、新しい出会いとすれ違いが淡々と繰り返される場所。二十五セント硬貨みたいにざらりと鈍く光って硬質で、何かをつかまなけりゃ、あっという間に手からすり抜けちまう。でも僕は、手を出したことさえなかった。

僕は足早に、今度は下りホームへと向かおうとする彼らに走り寄った。アカペラを教えてくれだなんて、しつこく詰め寄るためじゃないよ。義理を返す。そんだけだ。

ポケットの中をもぞもぞ探ると、今日の軍資金二十ドルの中から四枚一ドル札を抜き取って、リードを取っていた男に渡した。男は「お」という顔になり、途端に相好を崩す。いいよね、この豹変《ひょうへん》具合。さすが日々小銭を集め生き渡るストリート・ミュージシャン。

「あの、さっき、渡すの忘れちゃったから。僕たちから一人一ドルずつ。少ないけど」

僕たちってなんか勝手に決めてんぜ。だよな。背後から聞こえるヤジを無視して続ける。

「さっきは、あの、いい歌を聞かせてくれて……、ありがとうございましたっ」

あっけに取られている男たちに背を向けると、これまた、なんだよという顔の仲間のもとへ僕は駆けていく。本当は、いい歌を聞かせてくれたお礼だけじゃない。

でもそれが何なのかは、わからない。今はまだ。

「おまえ、その意味ねえかっこつけをもっと女子に有効に使えば、女できんのに」

「女、女言うなっ。女子にしかいい恰好《かっこう》しないくじらに言われたくないって」

「僕らからなんて言ってたけどさぁ。むしろくじらの労働力を提供したんだから、さっきの五ドル以外にももっともらうべきだったんじゃねぇか。なんか納得いかないなぁ」

ぶつぶつ言っているじゃこを無視して、僕はパンパに向き直った。雑踏の三十四丁目。目的地に急ぐばかりで、立ち止まって向きあう者などいない通勤ラッシュの渦の中で。

少し迷ってから、掌に出したくしゃくしゃの紙幣、十ドル、一ドル、五ドルの紙片の中から十ドル札を抜き取って、パンパに差し出す。残金六ドルかぁ、しょぼかね。

「……これ」

「何？」

「えっと、おまえの、その親戚の人たちに」

胸底で、「透明になってしまった人たちに」とつけ足した。僕も含めて。

「い、いいのかよ」

パンパが、ぶ厚い掌の中のアレクサンダー・ハミルトンの顔を困惑したように見下ろす。じゃこ以外はけっして金に余裕があるわけじゃないし、くじらやパンパの家も政府から支給されるＳＮＡＰ（フードスタンプ）で買い物をしている。店で食品を買うために見せるＥＢＴの磁気カードは、「うちの家庭の収入は月二千五百ドル以下です」という無言の証明書みたいなもんだ。

うちだって開店の資金繰りに苦労してるみたいだし、ギリ路線なんだろうけど。母さんがぼやいてたよな。アメリカ経済に負担をかけないはずの就労ビザ保持者がそんな申請をしたら、今の政権下じゃ逆にビザ剝奪、なんてことになりかねない時代だからねえ。

だからこそ、友人間で金の貸し借りはしないのが暗黙のルールになってる。こういうことはかえって互いのバランスを崩すから慎重に避けてきた、その御法度を僕は破ってる。できた大人たちは偽善でも行動が大事とのたまうが、僕らには偽善はまだかっこわりぃから。

「や、パンパにやる、とかそういうんじゃなくて。あれだ、寄付だよ寄付」

「寄付と金をあげるのってどう違うんだ？」って、くじら、よけいな突っ込みすんな。

僕だってわかんね。でもＳＮＳで、「僕の誕生日はギフトの代わりにこちらに寄付してねー」と医療関係や動物愛護団体への寄付リンクをさらっと貼ってる若いやつらは、偽善というよりはクールな印象で。ＯＫ、寄付したよーという反応も軽ぃ返しで。へぇ、アメリカの寄付文化って、日本に比べてずっと浸透してるんだな、とひそかに思ってたよ。

でもパンパはそんなことやりっこねえし。仲間からもきっと金なんて集めたくない。だから軽くやるんだ。できる範囲で。やっぱかっこつけてんのかな、これって。

「かー、なんでよ、どうしちゃったんだよ、今日のリードくんは。頭ん中のネジひとつはずれたんじゃねえの。というか、そういうことやられっと、俺らの立場ないんすけどぉ？」

じゃこの声に冗談だけでなく多少の憤りがあるのを僕は知っている。責められて当然だ。

「いいんだよ。じゃこはアカペラ用に役に立ちそうな楽譜とか音源でも買って提供してよ」

「それ、かえって高くつくから」

「で、くじらはさっきのメトロカード代返せよな、絶対」

「ケチくせぇ。ああいう場は普通おごりだろがっ」

つうか、どうせ渡すなら持ち金全額だろうよ、普通。だよなぁ、こいつ、こういうとこが中途半端だから女が……。「サンキュー」と小さく、だが重々しくつぶやいてパンパが紙幣をポケットに不器用にしまうのを見ないふりで、じゃことくじらがほざいてくる。

「これはメトロカードのチャージ代に取っとくの」

「やっぱセコいわー、こいつ、根が」「ジャパン・マネーはこうして作られる……」

「るっせえ」

僕たちはじゃれながら、肩をぶつけあいながら、階段を上っていく。ダウンタウンの煉瓦造りのビルとはまるで違う、無機質な高層ビルのきらめく窓の連なり。そこには今日もスパイダーマンなんて張りついていやしない。ビルに照り返す夕暮れの光が頭上から射してきて、僕は一瞬まぶしさに目を細める。そう、この残りの六ドルはカードのチャージ代に取っておくんだ。未来のために。未来をチャージして、進めるように。先に先に、と。

透明扱いされて、いや、ときにはみずからを透明扱いして、そこに立ち止まったままになんてならないように。

金ないから、マーベルの衣装なんてTシャツさえも買えねえな。かわりにタイムズスクエアのホコ天に座り込んでさ、イケてるアカペラ動画でも探すって案、どうよ。辛子たっぷりのプレッツェル食いながらね。気に入ったのがあったら、じゃこ様、音源ダウンロード頼むぜえ。口々に言いあい、路上への一歩をでっかく踏み出す。

そのとき僕は、田口たちとのLINEトークを今日一日チェックしていなかったことに気づいた。

03 鼻歌さえも、歌えない

2018.04-2020.02

「ここさぁ、ラブが溢れるパワースポットなんて言われとるけど、そぉんな簡単にラブなんて溢れとーわけなかね」

袋橋《ふくろばし》から見る今日の川面には、眼鏡がちゃんと見えている。空の晴れ具合によって、二連半円アーチの石橋が水に映る加減は違うから、ちゃんと丸い眼鏡の形にならない時間も多い。

私はハート形の石よりも、時間ごとに変わる水面《みなも》の眼鏡の輪郭を思わず確認してしまうけど、真智《まち》は違う。欄干《らんかん》にカーディガンの袖をわざと長めに着た腕をのせたまま、言った。

「ラブなんてなかぁ、どこにもなかね」

形のいい唇をとがらせながらも、アイプチをした目はしっかり護岸のハート形の石を探している。ハートの石に触れれば恋が叶う、なんていうキラキラした説を全面的に信じる年じゃないけど、やれることはやっとこうという精神は健やかだなと思う。

ハートの石は何個もあるけど、右上に「i」の形の石があるハート石が最強なんよ。そんな話、私もリキ入れて誰かにしたことがあったっけな。アイ・ラブ・ユーの意味やけん、という言葉は恥ずかしくて、当たり前すぎて、声にはできなかったけど。

季節はずれの修学旅行なのか、見慣れない制服姿の女子高生たちが、飛び石の上で人文字のポーズをつけているのが可愛らしい。眼鏡橋の上に立った仲間が「もっと横ー、右ー」と注文をつけながら、彼女たちをスマホで写している。「こっちー？」と川から上ってくる声もまた清々《すがすが》しくて、澄んだ水のようだ。

こんな声の子たちに四重奏で歌わせたら、空に溶けるほどよく伸びていくんだろうな。

そんなことを思った途端、喉の奥にきん、と氷を押し当てたようなつめたさが走る。

「いいなぁ、すぐりはモテるけんねー。ラブ散らばっとーもんなぁ、そこら中に。また告白ばされよったと？　ブラバン部だっけ？　二年の。付き合わんの？」

「うーん、ブラスバンドやけんね、ビミョーかな」

「なんでね？　ブラバン、いけんと？」

「なんかスポーツ部に比べて文化部って地味な感じするし。軽音くらいやろ、イケるの」

「軽音にチャラいけどかっこいい先輩おるよね。そういえばさ、すぐりは中学のとき何部やったと？」

「……ハンドボール部」

とっさに嘘、ついた。ハンドボールなんてルールも知らないのに。それだってバレーやテニスに比べて地味ぃ？　けらけら笑う真智の声も、涼しげで気持ちのいい声だ。

「あ、ハートまためっけ！　私、視力がよかけん、こっからでもわかるのに、あの子らまだ探しとる！　あー、言ってあげたい。そっちじゃなくてあそこだって。うずうずするー」

「やめな。自分で探すのがパワスポの醍醐《だいご》味やろ」

私は笑って諭しながら、ふいにハート形の石のことを知らなかったその子のことを思い出す。川面があの日も揺れて、私に目も合わせようとしないそいつのことがじれったくて、わざと気を引くようなこと言ったのに。肝心な「・i」に続く言葉は言えなかった。

風が強い日は眼鏡はゆらゆらと歪んだり、天気が良すぎる日はレンズがぴかぴかに輝いて、すべてを反射してしまうような丸眼鏡になる。完璧にすべてを映す眼鏡なんて、あるのかな。私の心に眼鏡がかかっているとしたら、今もまだ歪んだままなんだろうな。

今朝、昇降口でコーラス部の副部長だという二年生に声をかけられた。

「松尾さんて、長崎南中《みなみちゅう》のコーラス部だった松尾すぐりさんでしょ？」

コーラス、という言葉を聞いた途端、どくんと首筋の血管が波打つ気がした。「え、そうですけど」という声がこわばってしまう。嫌悪感までわいてくる。下駄箱のクラスと名前を確認して待ち構えていたんだろうか。人のよさそうな、髪がさらさらして優しそうな上級生に何を言われるのかと怯《おび》える私の目は、すでに敵意がこもっていたかもしれない。

片岡《かたおか》、と自己紹介したその人は、「ね、コーラス部に入らん？」と誘いをかけてきた。

「私、北中《きたちゅう》でコーラス部やったんだけど、見とるんよね、県の合唱コンクールで南中が優勝した二年前のとき。そのとき、松尾さんが歌う『君《きみ》をのせて』を聴いて、えろう感動してしもうたと。独唱部分は四小節しかなかったけど、あーもっと聴きたかぁって」

感動がおさまらんで、家で『天空《てんくう》の城《しろ》ラピュタ』観直してしもうたとよ。ジブリ、好きなんで。そう親しげに笑う片岡さんはきっととてもいい人なんだと思う。先輩面もしていなければ、「突然ごめんね」と最初に断る声も控えめだった。きっと何もなかったら、コーラス部なんかでなくただの上級生だったら、ジブリの話で盛り上がって打ち解けられたのかもしれない。

でも私を思い出したくない時間に連れて行こうとする人は、そんな人は、敵だ。

「すみません。もうコーラスには興味ないんで。なので、入部とか、できません」

リップクリームを塗り忘れたせいで乾いた唇で、精一杯低い声を出す。私の担当はメゾソプラノだったけど、アルトよりもっともっと低く聞こえるようにと喉を絞りながら。

「そうなんね。残念。でも気が変わったら、練習だけでん覗きに来てね。部長が受験の準備でもうすぐ引退なんやけど、最後のコンクールに最強メンバーで挑みたかね、って話しとって」

部長を思いやるように唇を綺麗な形で上にあげる。この人はどんな声で歌うのかな。先輩が優しくて思いやりのある部は、きっと後輩も萎縮《いしゅく》せずのびやかに声を出せるだろうな。

そんなことを一瞬考えかけたときに、夕立ち前の黒い雲みたいな影が頭にのしかかる。私が中二のときにコンクールで歌った曲まで知ってるってことは、その後のことまで知ってるんだろうか？　病気のことも？　中三で休学した数カ月のことも、その後のことも？

知ってて、同情して、もう一度歌って欲しい、ううん、歌わせてあげたい、なんて思っちゃったりしたんだろうか。でもこの人は、腫《は》れ物に触るような目なんて、していない。けど、してなくても傷つける人だって、いたじゃないか。いや、傷つけたのは私なのかな。

上履きを乱暴にすのこに落としたら、ばんと大げさな音がして、ゴムのつま先が変な方を向いた。

「もうすぐ、ホームルーム始まるんで」

乱暴に足で上履きをたぐり寄せてつま先を入れると、逃げるように背を向ける。コーラス部の、「歌」の世界の、優しい使者から。

まだ十六年しか生きてないのに、振り返りたくない過去から、背を向ける。

今朝の出来事を振り切るようにいったんぎゅっと目を閉じてから、眼鏡橋の半円形のアーチに目を凝らす。アーチ石に使われている石材は安山岩《あんざんがん》で、石の接合には漆喰《しっくい》を使っているのだと、建築素材を扱う会社に勤めるお父さんが言ってたっけ。私には長方形の石は煉瓦に見えるけど、正確には石造りと煉瓦造りの眼鏡橋があるらしい。

「こがん橋みたいに、石や煉瓦でできた建物がたくさんあるとね？　ニューヨークには」

「そうそう、石っぽい建物、多かったばい。ミッドタウンはぴかぴかの摩天楼って感じやけど、それ以外は古い建物ばかりやけんね。凝った石の彫刻がついたビルとか」

そんな話をあの子とこの橋のたもとでしたのは、たった二年前のことだ。なのに、はるか遠くのことに感じる。今頃は、こんな石造りの建物がたくさんある遠い街で暮らしているんだろうか。あまり喋る方じゃないのに、マーベルの映画や漫画の話になると目をきらきらさせて話していたっけ。たぶんあのひと夏で、私はそれまで知らなかったマーベルの世界を、そしてあっちは私の好きなジブリや新海誠映画の知識を一気に増やしたはずだ。

「やっぱさー」私は唐突に声をあげる。おせっかいな真智は、まだ修学旅行生がハートの石をどれだけ多く見つけられるかが気になるらしく、視線を河原の方に落としたままだ。

「ブラバンの先輩、付き合《お》うてみようかなー。担当、サックスなんだって」

「えー」と振り向く真智の目は好奇心に輝いて見えるけど、つけすぎたアイプチの糊《のり》のせいかもしれない。どちらにしても、真智はいつだってまぶしい。

「文化部ビミョーなんやなかと？」

「でもサックスなら、ジャズとかも吹けるんかなって。でもなぁ、やっぱやめとくか」

「なんやー、すぐり、ころころ変わるけんなぁ。ジャズならいいとか意味わかんなかー」

真智の笑い声もころころと転がる鈴みたいに可憐だ。歌えばいいのに。また思うけど、自分は音痴だと言い切る真智の歌声は、鼻歌でさえ聴いたことがない。

自分は離れたのに、また音楽の近くにいるのもいいかな、と思うなんて、どうかしてる。音楽室に近づきたいと思うなんてどうかしすぎてる。一年半前、ハート形の石にこっそり願掛けしていたのは私だ。でもその理由は知られたくない。真智にも、あの頃の友達にも。

ぜったい、知られたくない。なぁんか、嘘だらけだ、私。


真智と別れてから、バスで県立病院まで向かう。真智には、お母さんと駅前で買い物をして一緒にご飯を食べるのだと伝えた。

「仲良かもんねー、すぐりとママン。看護師さんて尊敬できる仕事ばいね。そんな疲れる仕事なのに家族にも優しいなんてえらかよね。うちの母親なんて、あんま疲れなそうな歯医者の受付なのに、それでもあー疲れた疲れたって家族に当たるけんね、人間ちいさっ」

真智のお母さんは厳しくて、二重《ふたえ》のプチ整形をやりたいという真智の嘆願《たんがん》が却下されてから、どうもぎくしゃくしているらしい。確かにうちの家族は優しい。そして、あんなことがあってからはもっと優しくなった。私も人に優しくなりたい。もっと、もっと。でもどうしていいかわかんない。もどかしい。だから看護師みたいに、「優しくするのが基本」みたいな職業につけばルールがあって楽ちんなんじゃないか、と小ずるいことを考えてる。

でも私、本当に訪問看護師になんてなりたいのかな。もう今は、わからなくなってる。リリアン・ウォルドのことを関係ない男子にまで熱く語った十四歳のちょっぴりイタい私は、もう川に流されてどこかに行ってしまったから。

そしてあの頃に描いていた未来は、どこか遠い川面で歪んだままだ。

バスで病院前に着くと、すでに予約時間ぎりぎりだった。眼鏡橋で時間つぶしすぎたか。

内分泌科の町山《まちやま》先生はおっとりした食いしん坊で、診療室の机の引き出しによりよりを隠していたりする。ねじれた形のらせん状の中華菓子はうちでも定番のおやつで、お母さんが寺町本店の壱順《いちじゅん》のよりよりをいつも買い置きしている。でもさすがに診療室で白衣の先生にお菓子を勧められても、「いえ、いいです」と断るしかないって。ほら、看護師さんにまでたしなめられて、町山先生は「厳しかねえ」とぼさっとした頭をかいている。

人肌に温められた超音波のジェルが首筋を滑っていく。まるで温かな波に撫《な》でられているみたい。普段はもっさりして、よりよりとちゃんぽんのことしか考えていなそうな町山先生は、超音波画像を映し出すモニターを眺めるときは急に引き締まった顔つきになる。真剣な横顔を見ると、守られているような不安なような、心もとない気持ちになる。

時々、機械を持つ手が同じ箇所で止まる。何度もその辺りを旋回するようにぐりぐりと首に押し当てられる。波が渦を巻いて深く沈んでいくように。どきりとする。また悪いところが見つかった？　途端に、平穏を保とうとしている心の波もざわついて、私はじっと画像が映し出されるモニターを見つめてしまう。どんなに凝視しても、黒い夜の波間のように粗い粒子でざらついた画面の海は、どう読み取っていいのかまるで見当もつかない。

私が聞きたくないのは、たったひとつの言葉だけだ。

「はい、おしまい、と。問題はないから、また半年後にね。でも気になることがあったらいつでも来て」

「はい。ありがとうございました」

よかった。今日も恐れていた言葉が先生の口から出ることはなかった。一方で、ずっとこのまま私は恐れ続けるんだろうな、と考えた途端、背中にずんと嫌な重みがのっかる。いったん重いものを背負わされてしまった人間はその重みを忘れない。忘れられないんだ。

だからこそ、一日一日を大切に扱わなくちゃならない。心でははっきりわかってるのに、時々それさえ投げやりになる。前に進めなくなる。傷は薄くなっても恐れは消えないから。

「松尾さん、かなり傷も目立たなくなってきましたねぇ」

顔馴染みになった若い看護師さんに声をかけられて、「はい」と私は笑顔を作った。優しさをきちんと受け止めて、返せる人間になりたいのにな。また、柄にもないことを思う。

病院を出ると、濃い橙《だいだいいろ》色の夕陽が街路樹のナンキンハゼに照り返して、まぶしさに目を細めてしまう。家に帰ったら、恐れていた言葉を私はあえて、軽々しく使うだろう。

きっと同じように、その言葉を恐れ続けているお母さんやお父さんを安心させるために。

特に最近、訪問看護ステーションから派遣される看護師として働くお母さんは、中国で発見された新型肺炎のウイルスにナーバスになっていて、大型クルーズ船の乗客感染の行方を神経質にニュースで追っている。

二〇二〇年二月一日、クルーズ船ダイヤモンド・プリンセス号の乗客で、一月二五日に香港で下船した八十代の男性が、新型コロナウイルス感染症に罹患《りかん》していたことを確認。

二月五日、二日前に横浜港に到着したクルーズ船の乗客乗員のうち十人の新型コロナウイルスの感染を確認。二月七日には計六十一名が陽性。二月一五日の今日は二百八十五名か……。

どこまで増え続けるんだろう。検査をするから増えるんだ。あの日、検査をしたから、私のがん細胞が見つかったように。検査なんてしなければよかった。そうしたら、知らないでいられたのに。そんなばかげた後悔を抱いたあの頃の自分がよみがえり、喉がつまりそうになる。今日の夕飯何かな。気を散らせるために考えながらも、緊張の解けた身体には食欲が戻ってきそうにない。きっとまた、緑の野菜が食卓にたくさんのってるんだろうな。

「えー、またブロッコリーとー？」昨日の食卓の会話を思い出す。

「昨日は胡麻和《ごまあ》えで今日はほら、すぐりの好きな焼きあごドレッシングやけん、味違うやろ」

アブラナ科の野菜は免疫力がつくばいね。そんなことを言ってはブロッコリーや菜の花をやたら食卓にのせるから、お父さんも私もちょっと飽きてきたぐらいだ。

すぐりは特に感染には気をつけんばね。手洗いにマスクと、私が小学生のときみたいにしつこく言うお母さんを私は前みたいに「もうぉ、うるさかぁ」と邪険にできない。お母さんが悲しむのがわかるから、傷つくのがわかるから。だから今日もあえて明るく言うんだ。

——本日の検査も問題なし。サイハツの心配、なかとやってー。

軽やかに聞こえるように心の中で二回リハーサルして、街路樹の下でバスを待つ。

大丈夫。きっと明日も来年も大丈夫。二年前、どうしてもそう思えなかった愚かな自分を塗り替えるように、繰り返す。黒く生暖かい波は、いつしか心から引いている。

一昨年《おととし》の春のことは、感情でなく、色と音で覚えている。ツツジの鮮やかなピンク。稲佐山《いなさやま》公園に咲き誇っていた花の色を瞳いっぱいに映しながら、私と同じくメゾソプラノ担当でパートリーダーの祥子《しょうこ》と歌っていた。三週間後にコンクールを控えていた曲のパート練は、普段なら音楽室か互いの家でやる。でもそのときは、彼氏ができたばかりの祥子がロマンティックに浸っていて、花に囲まれた場所で歌いたいなんて柄にもないことを言い出したのだ。稲佐山公園に八万本も植えられているという大輪のツツジは、ヒラドツツジが中心だ。私が好きな雲仙の高地に自生するツツジはミヤマキリシマという名だけれど、長崎人はみな親しみをこめて雲仙ツツジと呼んでいる。

鮮やかな草スキー場の緑を吸い込むように、声を出す。私のジブリ好きは知られていたけれど、コーラス部には他にもたくさんファンがいた。だから、ジブリ映画のユーミン・メドレーは部長権限で強引に決めたわけじゃない。ちゃんと話しあって、これなら部員それぞれの声域も生かせるから、と決めた課題曲だ。二年のときは部長に推《お》されて独唱《ソロ》パートを持ったけれど、今回は独唱はなしで、「声を重ね合わせる」ことだけに集中する構成だ。

ピアノ無伴奏の曲も入れたいと顧問の朽木《くちき》先生や部員に提案したときは、「アカペラみたいで緊張する」という意見が一年生から出たけど、それもわかってもらえた。

いつも情感溢れるピアノを弾いてくれている織《おり》ちゃんが、「伴奏も楽しいけど、中学最後の年にすぐりと一緒に歌えて嬉しい」と言ってくれたときは、ちょっと泣きそうになった。

だから、織ちゃんのためにもこのコンクールは成功させなくちゃならない。様々な感情も、美しい場面を思い起こさせる季節感も、中学生で最後になる大きなコンクールで、精一杯声を通して表したい。たぶん歌うのが最後になる、このメドレーで。

「やさしさに包《つつ》まれたなら」から「ひこうき雲《ぐも》」に移ったそのとき、薄い水色の空には本当に飛行機雲がうっすらと筋をひいていた。私は緑の芝に描かれたピンクの濃淡のグラデーションを見ていたけれど、祥子がほら、と私をつついて、空へと視線をうながしたのだ。

白く薄く流れていく飛行機雲は、空の中に吸い込まれていく魂の尾っぽのようだ。

その瞬間、あ、と思った。だめだ、と思った。泣くな、すぐり。

両親がアメリカに新婚旅行に行ったときに、ファーマーズマーケットで買って食べたみずみずしくて美しい薄緑色の果実に感動して、私につけた名。気に入っていたその名で自分に呼びかけたけど、だめだった。無理だった。

やっぱだめ、と諦めた途端、たまっていた最初の熱いひと筋が許されたように頬をつたう。

歌えない。もうこれ以上、一節も。

「す、すぐり、どがんしたと？　なんで、泣きよーと？　何があったとね」

最後まで歌えなかった「ひこうき雲」。おろおろしながら私の手を握ってくれた祥子の手の湿ったぬくもり。あーあ、泣いちゃったからには、話さなきゃなぁ。胸がしめつけられるほど苦しいのに、一方で冷静に説明の段取りを考える私の心は、すでに閉じかけていた。

今、考えたってわかる。「死」をテーマにした寂しく優しいこの曲を、あのときの私が歌えるわけなんてなかったんだ。


祥子の前で泣いたことで、私は自分自身に諦めがついていた。手術の覚悟なんてまだまだできてないけど、他のことからは解放されたい。歌えないとわかったし、もう無理しなくていいんだ。皆の前で「ここは映画のあの場面、思い出すとよか。ほら、すーっと飛行機雲が生まれたときの、あの空の色」なんて無理に笑いながら、イメトレをしなくたっていい。

ポケットティッシュを一個空《から》にしたら、あとはゆっくりと祥子に話すことができた。

学校の健康診断で要再検査の項目があったこと。触診で伝えられた喉仏の脇にあったしこりには気づいていなかったし、そう言われて触っても、まだわからなかったこと。だから、何かの間違いじゃないかと思ってた。そう、まだあのときにはきっと間違いに違いないからとさして心配もしないまま、近所の耳鼻科に行ったんだ。あの頃の私の生活は、学校でも可愛いともてはやされ、皆の推薦で部長にもなって、自信と笑顔と音楽に満ちていた。

安易な私の予想に反して、すぐに県立病院の放射線科に回され、超音波検査を受けた。そのときもまだ、「きっとなんでもなかよ」とお母さんと話していたのに、さらに細胞診を受けさせられることになった。細い細い針が何度も首の中で何かを探るように動き回り、ついに「まだやるとですか？」と声を荒らげたことだけは、祥子には話せなかった。気の弱い祥子なら、首に針を刺すと聞いた時点で、かぼそい悲鳴をあげるだろうから。

甲状腺悪性腫瘍。ステージ3。そう告げられたときに私はぽろぽろ泣いたけど、お母さんは泣かなかった。目には透明な水の膜が張っていたけど、「手術とこれからの治療、どうかよろしくお願いします」と町山先生に深く頭を下げたときも、その水はこぼれなかった。

ただ、声が震えていて。強い風に打たれた蝶《ちょう》の羽みたいに、びりびり破れて震えていて、

「甲状腺、どこにあるかわかると？」私はトーンを一音半ほどあげて、祥子に訊いた。

ううん、と今はつられて涙をためている祥子が、いやいやをするように首を振る。

「このへんばい」

私は言って、すっと祥子の首に指先をあてる。傷なんてひとつもない、これからもずっと傷つきそうもない、すべすべした祥子の首に。

一瞬、その指に力がこもりそうになる。え。私は「こんな感じで」と広げていた自分の指を、慌てですべらかな肌から引き剝《は》がすように離した。

なに？　私、今、何しようとしたと？

胸が波打っている。花のピンクが急に毒々しく胸に広がったようで、喉がつまりそうだ。いやつま

りそうなのは病気のせい。喉にはびこる病変のせいだ。他の誰のせいでもない。

「蝶がね、羽広げたみたいな形で、喉ぼとけの両脇に広がっとるんだって」

ちょうちょか、なんか、可愛かね。何をされようとしたかわかっていない祥子が、くすんと洟《はな》を啜《すす》って笑顔を見せる。白いブラウスの襟から伸びる祥子の首筋から、私はそっと目をそらした。

手術はコンクールの後だから参加しようと思っていたけれど、やっぱり無理だと思う。

そう伝えたときに、祥子はこくん、と何度もうなずいてくれた。つらかったね、すぐり、なんも知らんでごめんね、ほんとごめん。そう言って、しゃくりあげながら。

「メゾソプラノのパート一人減るけん、パートリーダーさん、調整頼むね」

私は部長としての責任も皆の同情もすべて投げ捨て、しずかに学校から、音楽室から、私を囲んでいた優しい笑顔たちから、遠ざかった。


アメージング・ファンタジー。

あの子が、夏休み前のうだるように暑い教室で読んでいた英語のコミックの名だ。

その表紙に書かれていた言葉で中二の夏に話しかけ、そこから親しくなったその子は、私にニューヨークの話をたくさんしてくれた。私が話しかけた理由への義理みたいな気持ちもあったんだろうな。彼が英語が結構できること（それも、転入生の高橋くんにその座を奪われていたけど）、近い将来ニューヨークの街に住むかもしれないこと。

私が話しかけた理由はそれ以上でも以下でもないと、その子は信じていたし、私もきっとそうだったんだと思う。最初は。でも本当はどうだったんだろう？　今は思い出せない。

重たすぎる前髪や、つぶしていないぶ厚い学生鞄。校則をしっかり守ってますという雰囲気のきっちりした制服の着方。背中を丸め、同じように白いシャツのボタンを几帳面《きちょうめん》に上まで留めた男子たちと漫画を覗いては、他の人にはわけのわからない話をしてるグループ。制服をいい感じに着くずし、ソックスのブランドにもこだわりがあって、いつも目立つ運動部の男子たちとはまるで空気感の違う彼らは、教室にいても、いないように見えた。

それがいろんな理由が重なって、あの中二の夏の日、私の目に飛び込んできたのだ。「ニューヨーク」でも「アメコミ」でも「英語」だけでもない、理由で。

それは「好き」という感情が、教室で背を丸めて座るその子の身体から、綺麗な放物線を描いて漂っていたせいかもしれない。仲のいい男子が欠席らしく、その子はその日一人で漫画に目を落としていた。私だったら、一人でお弁当を食べたり、皆がはしゃぐ教室で静かに座っていたりするだけで自意識過剰になり、きっともぞもぞと居心地が悪くなるだろう。

でもその子は、そのアメコミがとても大切で愛おしいから、まずは好きなものの全体像を瞳でしっかりとらえようとするみたいに、一心に表紙にまなざしを落としていた。話しかけたらぎょっとした顔で「あ？」とあげた声も、笑っちゃうほどとまどっていて。

こんなに感情と声が繋がって表現されていること、この子は自分で気づいてるのかな。

ふいに思った。私には、仲間同士できゃらきゃら笑っていても、「カースト上位」の男子とふざけあっていても、どこか表面からしか声を出してないと感じるときがあったから。

だから、思い切り情感をこめられるコーラスが、歌が、私には大切だった。必要だった。そんな話は、なかなか私の目をまっすぐに見てくれないその子に説明しても伝わりそうもなかったから、言わなかったけど。

マーベルやジブリの話、映画にまつわる音楽の話。喋るほどに、内容だけでなくその子の声の抑揚がわかるようになった。進路の話や三者面談といった、彼にとってどうでもいいことと、『アベンジャーズ』のキャラの話では、声のトーンがまるきり違うのもおかしかった。この子、自分が思っているより、ずっとずっと正直で素直なんだろうなって。

それでも三年に進級する前の春休みには、ぽつぽつと進路の話もするようになった。両親と渡米することを迷っていたその子に、私は夏休みの頃は「絶対行くべきやってー」と推しまくっていた。そしたら、私、ぜえったいニューヨークに遊びに行くけんね。

私は同じ言葉を、仲良しグループの佳奈美《かなみ》やよっぴにも発した。自分たちのグループとは「違う」空気のグループにいる男子に話しかける私を、彼女たちは珍しがり、からかっていたから、なんとなく、理由が必要な気がしたのだ。

本当は友達に、「誰と話したいか」「それはどうしてなのか」を説明する理由なんて、ちっとも必要ないはずなのに。言い訳みたいに、私は友達のからかいを笑顔でかわした。

「だってさ、砂原くん、英語できるし。ニューヨークに友達いるとか、なんかいいやろ?」

「意外に計算高いのう、すぐりちゃーん」

けらけら笑って私をこづく佳奈美やよっぴには、伝わらないかなと思っていたんだ。

好きなことを分けあう楽しさや嬉しさは、相手にルールなんて求めないこと。でももっときちんと曖昧《あいまい》な自分の気持ちを伝えていれば、理解しようとしてくれたかも知れない。

言葉が、声が、私に足りなかったから、きっとあんなことが起こったんだと思う。

夏休みには「ニューヨーク、絶対行くべき」と推していたのが、冬休みには「高校はこっちでおばあさんの家から通って、それから決めてんよかかもね」と私の言葉は変わっていた。もしそうなったら、一緒の高校を受験できるかな。進路面談も始まる中で、いつその言葉をその子に言おうか、さりげなく伝えられるだろうか、と迷っていた春休み。

けれど、中三の新学期早々の健康診断が、すべてを変えてしまった。そこからの検査の連続の二週間で、身の回りのあらゆることが変わっていってしまった。

でも、どこでどう変わってしまったんだろう。遡っても、その頃の記憶は曖昧で、どうしてもわからなかった。ただ、私は傷つけられて、同じぶんだけ傷つけた。

余裕がなくて、不安でたまらなくて、謝ることなんて考えもつかなかった。

「え、コージョーセン？」

「うん、悪いできものがあるんだって。甲状腺ってところに。喉の、ここらへん……」

超音波検査の結果を伝えたときに、その子はとまどった顔をした。その声が低いことだけで、私はなんだか苛立《いらだ》った。あ、あまり関心のない声だ。アベンジャーズやワンダーウーマンの変身のタイミングがいかに大事かを語る声とは全然違うその露骨さに、聞きたくないんだろうな、と察した。私はただ、すぐさま「大丈夫？」って言って欲しかったんだ。

じゃあ景気づけに駅前のカフェで特大イチゴパフェおごっとう、とか、私に好意を寄せている青島《あおしま》や滝沢《たきざわ》といった目立つ男子グループならすぐ言いそうな気の利いた言葉。その子にも、そんな器用な台詞を言って欲しかったかというと、わからないのだけど。

私がどんなに怯えて細胞診の日を迎えたか。首に針を刺すのがどんなに怖いことか。慰《なぐさ》めて欲しくても、安心させて欲しくても、その子は口をもぐもぐさせて、聞きたい言葉を言ってくれなかった。私の怯えを払ってくれなかった。その不明瞭なくぐもった声は感情を灰色の雲みたいに覆い隠していて、私を不安にさせるばかり。

私は彼にとっての「あっち側」にいっちゃったんだろうか。マーベルやアメコミやゲーム。それ以外のことが、その子にはどうでもいいことだとしたら、そっちの部類に放り込まれてしまったのかな。だったら、語るのも聞くのも面倒だし、迷惑だろう。

そんな風に思ったのが始まりだった。彼の反応は、細胞診の結果が悪いものだったと伝えたときも同じだった。

「え、大変やね……」

そんだけ？　不安の絶頂にいた私は当たるものを探していたのかもしれない。不安な表情を必死に隠す両親はあまり器用じゃないから、私を毎日懸命に励ましながらも、ぽろぽろと彼らの心配がこぼれ落ちて伝わってくる。だからむやみに当たることなんてできない。

でもこの子からは、その声からは、何も伝わってこない。合唱時にどの人が声をうまく出せていて、どの人の音程が微妙にずれているか。音や声をより分け、きちんととらえていた私の鼓膜は、この子の前では閉じてしまったらしい。

「傷がね、こがんして」私はわざとらしい仕草で、自分の喉に人差し指を横一文字に走らせる。「大きく横にできるんだって。後々まで、残るかもしれんたいね」

いつもあまり私の目を見ないその子が、こちらを見る。怯えている目だ。すぐに目をそらされた。きっと首に変な傷のできる私のことなんて、もう見たくないのかもしれない。

そう、子供じみていると言われるかもしれないけど、そのときの私には、再発よりも後遺症よりも、一生甲状腺ホルモン剤を飲まなくちゃいけないことよりも、首に傷がつくことがいちばん怖かった。十五歳の私には、いっとう耐えられないことだった。

「そしたら」

「え?」その子の唇の端がゆっくりとあがるのを見ながら、次の言葉を待った。

「そがんしたら、タートルネックとか着たら、見えんのやなか?」

「タートル、ネック……?」

「うん。だってほら、首んとこ隠れるやろ? あ、ばあちゃんはとっくりって呼ぶけど」

何を言ってるんだろう、この子は。おばあちゃんがタートルネックをなんて呼ぶかなんて、訊いてないよ。制服のブラウスの襟をどれだけ開けるのか。どの角度で開けて禁止されているネックレスをちら見せして、どのくらいの分量をカーディガンの襟もとから出したら、可愛いか。そんなことを真剣に話しては、休み時間にも髪をとかしたりリップグロスを隠し塗ったりする女子たちを見たことがないんだろうか? それを、制服の下にタートルネック? そんなん着たら、かえって目立って、笑い者になるに決まってる。

ああそっか。きっとこの子には何も見えてないんだ。見えてなかったんだ。

訊いたらいけなかったんだ。告白もされてないし、きっと付きあってなんかないんだから、私たち。ただ、マーベルとかジブリとかニューヨークとか、好きなものや場所の話をして、何かを好きという心を分けあってた。ただそれだけなんだから、それ以上の言葉を、声を、要求したって仕方なかったんだ。私がぐるぐると声にならない思いをめぐらせるかたわらで、まだ喋っている。その声がだんだんと熱を帯びてくる。目の前の私や、私の抱える厄介ごとから離れて、徐々に遠ざかり、自分の世界へと戻っていきながら。

『キャプテン・マーベル』っていうマーベル初の女性をヒーローにした映画が来年公開されるの、知っとう？　それがさ、アベンジャーズの『インフィニティ・ウォー』と来年公開の『エンドゲーム』を繋げる隠し要素が結構仕組まれとるみたいで。そんで、そのコスチュームがこうタートルネックなんやけど、結構かっこよかわけ。コミケのコスプレイヤーでまた真似する女の子、出てくるんやろうなあ……。あ、すぐりにも似合うかも……青がね、めちゃきれか色なんばい。すぐり、ナウシカの服のブルーがすごく好きって言っとったやろ、空に溶けそうで綺麗やって。だからこれも……、

「へぇ、着てみようかな」とでも私が言うと思ってるわけ？　女性ヒーローのコスプレして喜んで、一緒にコミケなんて行ったりすると思っちゃうわけ？　私が？　面白いね。

鼻で笑おうとしたけど、ちっとも笑いになんてならなくて。かわりに、低く声を吐く。

「なんか、イッチー、サイテー」

え、え、どうして。きびすを返す私の背中で不明瞭な声がする。そんな声じゃ届かないよ。授業で指されたときの返答も。体育でボールをパスする声も。あんたの声はいつだって、どこにも届かない。私は心で毒づき、仲のいいグループのもとへと上履きを鳴らして走って行った。私のいる境界のあっち側へと、戻っていった。そして、もう振り向かなかった。

それから手術の日を迎え、その後も、私は喋ることはなかった。その子とは、二度と。学校で、彼が提案した無様なタートルネック姿を見せることはなかった。術後、何カ月も休学したのは学校の皆に傷を見られたくなかっただけじゃない。声が出なくなったから。

どうして声が出なくなったのかは、わからなかった。

術前に、甲状腺の手術では声帯を動かす反回神経という神経に影響が出ることはあると、聞いてはいた。リンパ節にも転移していたから、大きく切ったせいかもしれない。術後にドレーンが取れたとき、おそるおそる声を出してみたら、出づらくて怖くなった。喉がしめつけられて、口が酸素不足の金魚みたいにぱくぱく動く。高い声も出なかったし、つめたい風が喉元を通り過ぎるようなかすれ声が漏れただけだ。時間とともに出るようになるから大丈夫だよ。先生は言ったけど、翌々日には、そのかすれ声さえ出なくなってしまった。

私が拒絶したのかもしれない。神経を操って声を出したり、呼吸をしたりすることを、私自身が拒んだせいだろうと、お母さんに連れて行かれた心療内科の村田《むらた》先生にも言われた。心因性発声障害。改めて声帯の検査をした後、私には新たな病名が加わった。

村田先生は町山先生にも連絡を取ってくれて医学的なことを把握した後で、穏やかな声で言った。

「変な質問だけど、すぐりさんは声を今、出したいかな」

はあ？　当たり前じゃないか。なんて失礼で変てこな質問をする先生だろう。声が出ないなんて、そんな不便なことはない。でも、心の確固たる意志に反して、私は首をかしげていた。わからない、という風に、いぶかしげな顔で。

「焦らず、ゆっくり待てばいいよ。きっと出るようになるから。手術も成功してるし、神経はちゃんと温存されているから、日常生活のペースが徐々に戻っていくとともに、ちゃんと元通りの声が出るようになるから。それまでは筆談でいいから、ここにも通ってね」

うなずく私の横で、お母さんが全身で安堵する気配が伝わってきた。私が素直にうなずくだけで、それまで息を止めるように背筋を正していたお母さんの全身から、力が抜ける。お母さんを、悲しませたくなかった。

町山先生の指導によるストレッチやマッサージと村田先生によるセラピーのおかげか、ただ一時的なショックが解かれたのかはわからなかったけど、声は一カ月後に戻ってきた。

でもその声は、とても自分のものとは思えなかった。術後は夏休みを含む三カ月間、学校を休学させてもらった。コーラス部のみんなから届いた花と私の好物のカステラぷりんも、遠慮がちに祥子から時折届くLINEも、本当は無視したかった。

でもできない。だから、返信した。

ありがとーメガ嬉しい。カステラぷりん、おいしかー（ハート目）。もうすぐ戻るけん、待っててね。

嘘をつくたび、ますます元通りの声から遠ざかっていく気がしながら、私は感謝の気持ちを明るく表すLINEのスタンプを注意深く選ぶ。送信。また本当の声が遠ざかる。

そして、久々に学校に行ったときに、その子が完璧に無視されていることを知ったのだった。元から目立たない、透明マントをかぶったみたいにひっそりしていたその子が、あからさまにシカトされたり、悪意の視線を向けられたりしているのは気になった。でも理由を訊いたりしたくなかった。長崎南中の生徒がよく見るネット掲示板で中傷されて炎上してるのを知ったときは怖くなったけど、あえて覗いたりはしなかった。私にはもう関係のないことだから。

とりあえず、いつもの地味グループの男子三人だけが、その子を見捨てず、でも矛先は自分には向かないようにと用心しながら近くにいるのが、彼にも救いだったろう。

「サイテーだよね、砂原」

「ほんと、オタクって考えることがもう、ばりオタクすぎて、ついていけんよね」

「すぐりが優しくしたけん、舞い上がってつけあがったんやろね」

え。

「タートルさんなんてあだ名つけるとか、マーベルの衣装着たらよかやん、とかその発想自体、キモいし。ありえんたい」

何？　タートルさんて？　混乱しながらも、私はじきに把握していった。確かに私は怒って祥子には彼の反応のことを話した。でもマーベルのコスプレの話は、心配しすぎる祥子の笑いを取るつもりもあった。それがまた別の人に伝わり、回り回ってかなり脚色されたらしい。タートルさんか。ほんとにハイネックのインナーとか着なくてよかったな。

コンシーラーで隠してもうっすら浮きあがる首の傷は、迷ったけれど結局覆うのはやめたのだ。そのかわり、今までみたいにブラウスの襟をさりげなく開けたりはしない。真面目グループの子たちのように、きっちり上までボタンを留める。それでもやっぱり傷は隠せない。クルーネックの体操着を着るとさらに目立つから、私は理由をつけては体育の授業を休むようになった。先生はそんな私に理解を示す顔でうなずいてくれる。

皆は私を腫れ物に触るように扱い、すっと首元から視線をはずす。でも、ときにはじっと容赦《ようしゃ》のない視線を注いでくる子もいた。やけどの傷痕や大きすぎるほくろのように、見つめてはいけないものをつい眺めてしまう視線。まなざしは好奇心と哀れみをほとばしらせて、私の首を射る。私が見つめ返すと、とまどったようにそらす。

そんなに見たいなら、もっと見ればよかやん。私は心で毒づいて、人の目にさらされて褒められることが当たり前だった去年の自分には、もう戻れないことを知る。

きっと、タートルネックじゃなくてもよかったんだ。キャプテン・マーベルの話でなくてもよかったんだ。あのとき、あの子が何を言っても、私は拒絶したはずだ。

家族や女友達や他の大切にしてきたものを拒絶できなかったから、あの子をスケープゴートにしただけ。憎む相手が欲しかっただけ。間違った噂は、細いミミズのようにケロイド状に盛り上がってしまった傷痕から皆の意識をそらしてくれる気がして、私は訂正する機会を失ってしまった。私が首に飼っているミミズは、私の嘘を食べてくれる気がした。

私が学校に戻ってくるのと入れ替わりに、その子は学校を休みがちになった。彼が中学を卒業後にニューヨークに移住したとき、正直、ほっとした。加害者と、オタク男子に揶揄された可哀《かわい》そうな病み上がりの少女。なんなら、声を失ったカナリヤ。私のキャラをこっぱみじんに崩壊させたそんな世間の目や関係が断ち切れて、心底安堵した。


私は謝りたかったのかな？　謝って欲しかったのかな？

もうわからない。逃げるように遠くに行ってしまった子のことなんて、歌えなくなったユーミン・メドレーと一緒で、マジに考えたって仕方なかとよ、うん。

もう少しでこの町にもまたツツジが咲き乱れるだろう。毎年、変わりなく。

でもきっと、私はまだ、稲佐山公園には行けない。あの公園に咲き誇るピンクのじゅうたんを見て、鼻歌さえも歌えないよ。

04 トラブルめいたシラブル

2020.02

この二〇二〇年の年明けから春にかけての日々を、僕はきっと忘れないと思う。それほどに、すべてのことが覆ってしまった、春にはまだほど遠いNYの凍える季節。

僕は無知で何も知らなかった。長崎から、それこそちゃんぽんみたいに雑多な都市に突然放り込まれ、わけもわからず生きていた。日々を重ねてた。ただ、それなりに。

でも、マーベルやアカペラというハッシュタグで仲間と繋がれて。全然わかんないなりに、手探りで歌う練習も始めたりしていて。学校の授業も、日本と違って気ィ抜くと容赦なく単位を落っことされて進級できないから、勉強もそれなりに頑張らないといけなくて。

中三の年に感じたような絶望や無力感からは少しだけ、ほんの少しだけ離れた場所に足を踏み出せた気もしてたんだ。それが、限りなく逃避めいた現実からの脱出だとしても。

それでも変化は苦手だし、昨日と今日の間に、今日と明日の間に、たいして大きな変化は起こらない、起きて欲しくない。そう信じてた。

でも違ったんだ。あの日、猿のロゴがついた帽子をかぶっていた冬の日、地下鉄で見知らぬやつに嘲笑《あざわら》われた。ディスられた。あの日から確実に、何かは始まっていたんだろう。

それが、新型コロナなんていうとんでもない威力を持ったウイルスのせいだけじゃないことは、僕にだって感じ取れる。何も知らず、非力な僕にさえも。いちばん怖いのはウイルスそのものじゃなく、もっと別の、人間の心が生み出した巨大な黒い力なんだってことに。

二〇二〇年三月一日。NY州で初の新型コロナ感染者が確認された日。

そこから少しずつ、いやもしかしたらそのかなり前から、今まであった昨日もあるはずの明日も、すべての人を巻き込んでいびつに形を変え始めていたんだ。

「リード、そういやさぁ。アジアでなんか妙なウイルスが流行ってるみてえじゃん。チャイナから来たやつ、罹《かか》るとえっれえヤバいらしいよな。日本のダチとか大丈夫なんかよ？」

二月のＮＹはばかっ寒ぃ。緯度的には青森辺りと同じらしいが、九州生まれの僕には、ここはシベリアかよってうくらいに、さみぃ。いや寒いというより、つめたさに突き刺されて痛さしかない。それでもよく晴れた放課後は、エセックス市場のイートイン・コーナーには寄らず、公園やこのウィリアムズバーグ橋のマンハッタン側のたもと辺りで過ごすことが多くなった。屋内だと思い切り声が出せねえもんな。くじらは言うけど、それよりも僕は、近くに人がいる屋内で堂々と歌える自信なんてまるでないし。

ディランシー通りは交通量も多く、でかい声で歌っても橋を渡る車の音にかき消され、周囲を気遣う必要もない。くじらがウイルスのことを持ち出したのは、練習後の腹ごなしとばかりに、一枚九十九セントのピザを二枚平らげた後だ。うまいけど油っぽくて、僕は一枚で十分なやつ。くじらの問いかけに、はぐらかすみたいな言葉を返した。

「うーん、なんか横浜に停泊してるクルーズ船でずいぶん感染があったみたいだけど……。うちの方は南だし、まだそんなでもないみたい」

「そっかぁ。おまえよくほら、なんだっけ？　ＬＩＮＥ？　こっちじゃ全然流行ってないアプリ、熱心に見てただろ？　心配なのかなと思ってさ。あっちの友達とか」

「あ、うん、最近あんま連絡とか、取ってないから」

そっか、ま、近くにいる友が大事ってやつだな。くじらは軽く言い、「質にもよるけどね」とじゃこが皮肉っぽく茶々を入れ、「でも遠くにいても、会えなくても心は近いよ、うちの親戚家族」と、ドミニカの親類と密な関係を保っているパンパが素直な声を出す。

おまえ、そういうこと口に出すのクセーよ。そっかなぁ、思ってることは口にした方がいいと思うけどな。三人が軽くやりあう中で、僕は尻ポケットのスマホをそっとさする。

知ってたんだな。僕がＬＩＮＥをしょっちゅう見てたこと。そりゃそうか。なんだそのアプリと覗かれたから説明したら、「スタンプがクール！」なんて口々に沸きながら、結局誰も使わなかったっけ。こっちじゃＬＩＮＥはあまり知られてなくて、ワッツアップやテキストばっかだもんな。

そして僕が最近は、日本との唯一のパイプラインのはずのそのアプリにめったに返信しなくなったこと、つまりは、日本の友達とはもうほとんど縁が切れてるってことも、気づいてんのかな。どう思ってんのかな。

くじらはそれ以上、日本のことについて追及してこなかった。気を遣われたのかと思うと、やるせない。日本に上陸したウイルスの猛威のことじゃない。

その猛威のことを話したり心配したりする日本の友達が、もう僕にはいないらしいってことが。

気になるのは、「俺らアホやけん、どんなウイルスだって罹るはずなかとねー」なんてふざけてほざいてそうな田口や山脇たちのことじゃなくて。もちろんばあちゃんは気になるけど、あいつ、すぐりのこと。病気、喉の辺りだったよな。甲状腺といったっけ、大丈夫なのかな。そんな状態でばか強力なウイルスにやられて、肺炎にでもなったら……。

気になるけど。すげえ気になるけど。もちろん、ＬＩＮＥのトークには今も書き込めない。

すぐりは僕とのトーク履歴を削除したのかな。こっちにはわからないけれど、してるかもしれない。

なんならブロックとかされてるかもな。でも僕は消さない。消せない。寒さの中で、尻ポケットのスマホだけが熱を放ってる気がする。

二月頭、日本ではすでに新型コロナウイルスの感染拡大が大きなニュースになっていたが、アメリカでは報道も街の様子も、まだちょっと他人事みたいな雰囲気があった。それより毎年猛威を振るいまくるインフルエンザの方が米国民には脅威《きょうい》らしい。僕も母さんにドラッグストアで早《は》よワクチン打ってこい、と急《せ》かされるものの延ばし延ばしにしてる。注射嫌いなんだよな。ガキみたいな理由もあるけど、異物が自分の中に侵入してくる感覚が。

日系スーパーで買った使い捨てカイロを貼って、寒風吹きすさぶディランシー通りで足踏みする僕らの頭の中も、まだ遠くにいるウイルスのことよりは、アカペラのことでいっぱいだった。橋へと続くディランシー通り界隈《かいわい》の歩道は、ちょっとした小広場になっている。観光客誘致のために、市がせっかく気を利かせて花なんか植えたものの、周りは再開発の殺風景な工事現場だらけでひと気も少ない。だからこれ幸いと、練習場所に使うスケーター連中も多い。僕たちも、先輩スケーターに邪魔扱いされながらもよく練習したものだ。

でも最近は、スケボーもエセックス通りのコートで壁打ちするハンドボールもお預け。

あの日、地下鉄でおっさんズのアカペラを聴いて以来、我々四人の興味は音楽一辺倒になってる。聴いてばっかの立場から一歩踏み出すのには勇気がいったよ。でもくじらのばかポジなテンションと歌のうまさに引っ張られ、他三人も自然につられてるって感じかな。

「ま、目に見えないウイルスのやつは置いとくとして。それよかさぁ。なんか、なんかさ、今の曲の出来映え、なかなかだったと思わね？　特に俺のサビ部分？」

褒めて褒めて、なんなら撫でて、と言わんばかりのゴールデン・レトリーバーばりにくじらが鼻息を荒くする。『アベンジャーズ／エイジ・オブ・ウルトロン』のイメージソング「イン・メモリーズ」。あの日、「バンドやんねえか」とくじらが突拍子もない提案をかまし、歌い出した曲。僕らをあっけなく打ちのめしたバラードを、アカペラ課題曲の一曲目に選んだのは当然の流れだろうな。じゃこが数度は低い声の温度で、それでも悦にいった顔で返す。

「まぁな。なかなか上出来なんじゃない。アカペラ初心者にしては、さ。特に、俺らのコーラス？まぁ、正確には俺のアレンジしたシラブル部分が、ハマったって感じだよね」

じゃこがすかさず、MYをOURに言い換え強調する。くじらが「冷静すぎるユーがニクいわん」と身体をなよっとくねらせる。ときに調子に乗りすぎるくじらに、じゃこが冷や水ぶっかけて突っ込むのは毎度のことだ。最初のうちは人気者のくじらを平然とこき下ろすじゃこにひやひやしたが、今では面白いから便乗してる。

パンパも天然だから、相手のカーストに応じて言葉を選ぶなんて器用な真似はしない。くじらはむっとするでもなく、逆にイジられて喜んでるふしがあるな。やつが禁止されてる電子煙草のジュールを吸ってるのは知ってるが、わざと真面目なパンパの前で吸い出して説教くらったりもする。俺、ニコチン中毒でやめらんないの、許してえん、なんてスリスリしてさ。ひょっとして、こいつドMか？

シラブルというアカペラ用語を知ったのは、一月の中間試験をひぃこらと終え、ミッドウィンター・リセスと呼ばれる短い冬休みに、本格的にアカペラの練習を始めてからだ。

余裕のある家は冬休みにスキーに行ったり、暖かいカリブ海やフロリダで過ごすらしいが、僕らは誰も旅行のことなんて口にしない。この界隈はヒスパニックや黒人の労働者階級が多いから、リッチキッズの多い学区とは、校内の雰囲気自体が違うんだろうな。

じゃこは例外で、さらに長い休みには家族で豪華クルーズツアーに行くらしいが、退屈だから今年から俺は断固拒否ると、今から宣言してる。うちも母さんがマイアミに行きたがったけど、店の開店準備でそれどころじゃない、と父さんに説得されて拗《す》ねてたっけ。

万一そんな話になったら、僕もNYに居残るつもりだった。高校生にもなって親とビーチで寝転がるより、まだまるで輪郭の見えないアカペラに挑む方が、ずっと有意義ってもんだよな。あれ、有意義なんて言葉、初めて使った気がするな。

何に意義があって、何にないのか。そんな面倒なこと考えるより先に、この謎の四人組は、少しずつだけど声を出し始めてる。凍てつく空気を白い息で溶かしながら。

「ドリブル？」「トラブル？」「そりゃホーラブル《ひでぇ》」なんて、いつものごとく皆して実のないおふざけ。まだアカペラのことを完全に理解していない僕らに、じゃこが呆れた顔でシラブルの定義を教えてくれた。日本語でいうと「音節」のことだけど、アカペラ的に言えば主旋律の背後で歌われるスキャット、正確には歌詞以外のコーラスで、アー、ウーといった発音のこと。初心者の僕らは、むろんどんな風にそのトラブルめいたシラブルをくじらの完璧な主旋律につけてハモればいいのかなんてわからず、途方に暮れた。

見かねたじゃこが、選択科目の作曲の授業で使っている楽譜作成ソフトで、アカペラ譜を作ってきた。楽譜アレルギーのパンパなんて、四重に音符の並ぶ画像を見た途端、「無理だよぅぅ」と、熊が化けて出たような恨めしい声出したけどね。そこで楽譜を元に、じゃこが口伝えで教えてくれることになったんだ。ボイスパーカッション担当のパンパは、すぐに規則正しく声を打ち込めるようになった。さすがにリズムに強いだけあるな。

呑み込みの悪い僕だけが一歩、いや数歩、出遅れてる。何度も繰り返し個別パートを練習するのは、だるい作業だ。地道な練習とか根気とか、苦手分野だし。音程を取るのが完璧なじゃことくじら、リズムの土台をしっかり支えるパンパの間で、僕のハーモニーだけがあっちにつられ、こっちにつられで、情けないことこの上ない。悔しい。じれってえ。

三人は、そんな僕をお荷物扱いしない。ときには容赦なくダメ出ししてきながらも、辛抱強く合わせてくれる。最終的にようやく声がバランス良く重なったときは、胸がときめいた。

いつも聞いている自分の声。そこに三人の声が調和した音節は、バイブを刻んで、まるで別のところから生まれ出た声という生き物のようで。実際は、僕らのもんで、

二月の寒風が声をさらって、まだ固いマグノリアの蕾《つぼみ》が震えたかのように、僕自身もぞくっとしてた。NYの冬、嫌いじゃないな。そのとき、初めて思った。

ピザを食べ終え、寒がりのパンパがエセックス市場か図書館にでも逃げ込もうと提案するのを、

「あと一回だけおさらいしようぜ」と、くじらが諭す。

「このまま頑張れば、俺らちょっといい線いきそうじゃね？　どうせアカペラやるならさ、最高峰を目指そうぜ。アメリカン・アイドルとか出ちゃって、審査員が感動で目ん玉むき出すぐらいの。いや

それより、王道のグラミーってか」

中学最後の年、くじらは将来マーベル映画のヒーローになるために、突如役者を目指すことに決めたらしい。そして無謀にも、なんの受験準備もなしに芸術関連のプロを目指すなら全米一と言われ、有名人の子供も多く通うラガーディア芸術高校、通称ラガーディア・ハイをさらっと受け、まるっと落ちたと豪快に笑っていた。高校の選択科目にも部活にも演劇はあるのに、今は役者のやの字も出さないけどね。女の子相手と一緒で、熱しやすく冷めやすいのがくじらの弱点だよ。声も面も、天からの贈り物を授かっているってのに、あっさり生かすのをやめて別の道にいっちまいそうな、じゃことは別のヤバさがある。

そして僕は、自分も「特別高校」と呼ばれるその九校のうちの一校、しかも最難関のスタイベサントへの編入を試みたことをなんとなく言い出せずにいる。言えばきっとくじらは「落伍者仲間っ」とウケてくれるだろうが。だって自分は、くじらと違って冗談でもそういう「スペシャル」な場所を目指しちゃいけない、目指すべき人間じゃないと知ってるから。

結局、もう一度だけ「イン・メモリーズ」を通してさらった後、図書館に逃げ込むことにした。シュワード公園図書館。隣接する公園を見守るように建つ、古めかしい煉瓦の建物は、日本の小綺麗な図書館とは趣《おもむき》が違う。近所だからよく通りかかるけれど、この時間の西日を受けてぼんやり光るその建物が好きだった。

くじらの部活の日は、残り三人はまずこの図書館に向かうことも多い。くじらは、テニスやバレーボールの部活を掛け持ちしていて、週に何度か練習があるんだ。

「あんま興味ねえけど、スポーツ万能なのがモテの必須条件だかんな」

くじらは豪語するが、実際、日本でもこっちでもそれは同じだ。友達が作れるからと、僕も母さんに強引に勧められ、新学期には一応バスケ・チームのトライアウトを受けた。結果は見事不合格。日本と違い、優秀でなきゃ部活にも入れないのが、実力主義なアメリカの高校の現実だ。ま、正直落とされてほっとしたけどさ。

隣のシュワード公園のコートで行われるバレーボールの練習試合で、くじらがアタックを決めるたび、女子たちの歓声が図書館の曇ったガラス窓越しに聞こえてくる。僕らは近くて遠い華やかな気配を肌で感じながら、苦手な代数に頭を抱えるパンパのために自習室でノートを広げる。汗臭いくじらがスポーツバッグを肩に図書館に顔を出すときは、陽はかなり傾きかけている。

試験のときはおまえらにお世話になったよなぁ。まだ数週間まえのことなのに、くじらが振り返ってさくっと笑う。優等生のじゃこが「はいはい、お世話させられましたぁ」と返す。こんなとき、いつものじゃこの仏頂面もちょっとゆるんで見えるな。

うちの学校はグレードでいえば下の方だし、学校に来なくなったと思ったら、ギャングの道に入ったなんて生徒も珍しくない。なんたって、校門では金属探知機を持ったセキュリティに抜きうちでボディチェックをされるほどだ。でも通っている生徒は、まぁそれなりには勉強してる。NYに来た当初は、それが意外だった。中間と期末試験で成績が決まる日本の学校と違い、こちらは宿題や提出物、クイズ（小テスト）、クラス・パーティシペーション、そして年二回の恐怖のリージェントテストと、バランスよくこなしていかないと卒業に響くからだ。入るのは簡単、出るのはくそ大変。日本と逆のパターンだ。

僕とパンパは授業で積極的に発言したり、ディベートで討議を仕切るパーティシペーションは苦手だから、そのぶん提出物や試験は取りこぼせない。単位落としてサマースクール通いなんてまっぴらだしな。

僕が特に苦手なのが、ディベートの時間だ。机を丸く並べ、賛成派と反対派の二手に分かれたチームがテーマに沿って討論し、論理的な議論の仕方を学んでいく。いかに相手を議論で打ち負かすか？そんなの学んだって仕方ないよ。僕の負けは決まってっから。相手の主張に圧倒されて、いーよいーよ、それで、と引き下がる方が楽ちんだし。だからあえて主張しない。したくない。英語でも日本語でも、きっと結果はおんなじだから。

ソロ発言はしないが、ディベートで相手を理論詰めで言い負かすのが得意で、落第ラインの六十五パーセントも難なくクリアするのは、頭のいいじゃこだけだ。残りは皆ギリだから、やばいんだよ。高校卒業資格を判定するリージェントはハズせない上、大学の入試判定に響くSATの試験対策もそのうちやらなきゃならない。NYの高校生は忙しすぎるっての。

「俺なんて、答えがわかんなくてもつい手ェあげちまうけどなー」くじらが首をすくめる。

「なんのためにさ？」きょとんとした顔で訊くパンパに、くじらは当たり前の声で豪語する。

「そんなん、目立ちたいからに決まってんじゃーん」

くじらはほんっとわかりやすいなー。皆でからから笑いながらも、そんなことができるやつは異星人だと、残り三人はわりと本気で思ってるよ。異星人と遊ぶのは楽しくて、驚きに満ちている。たとえスポーツコートで一緒に声援を浴びることは、一生ないにしても。

そんなわけで勉強なんて好きでもないが、誰かが転ぶと居残りや補習で遊びに影響が出るから、僕も落ちこぼれない程度には真面目にやっている。そう考えると、学校生活自体がちょっとリレーに似てる。日々を友達と一緒に繋いで、繋げて、学期というレーンを進んでいく。試験のときしか必死で勉強しなかった日本じゃ、考えたこともなかったけどさ。

「花のシティーの高校生が図書館とか地味すぎね？　ガキとじじばばしかいねえじゃん」

くじらはそんな僕ら三人に最初は驚いていたが、最近はFやSワードを連発しながらも結構ついてくるようになった。まぁみんなのいちばんのお目当ては、棚にずらりと並んだグラフィック・ノベル、つまりはMANGAのコーナーなんだけどね。

図書館でかったるいリサーチ・ペーパーにない頭を突き合わせ、どうにかオンライン提出をすませた後は、漫画でお清め。その前後にハモりの練習したり、スマホアプリで録音した音源を聴き返して、ああだこうだと反省会したり、マーベルのキャラについて熱く意見交換したり。なんてことはない、いつもの放課後。変わらないはずなのに、銀色の鉄橋に反射する二月の西日が、いつもより少しだけまぶしい。春が近いんだな。

昔は春が来ると思うと、その始まりの気配のまぶしさに気おされ、憂鬱になったけど。

この街の春の気配は、僕を憂鬱にさせたりしない。もっと厳しくて、そっけない。

「歌って腹、減んのなぁ」

「くじら、さっきピザ食っただろうが」

「あんなちっこいスライスじゃなー。あー、金あったらホールで食いてぇ。今日は体育の授業もあったから、よけいだよな。ま、化学でも代数でも減るけどな」

体育、とくじらが言ったとき、「Xーメン」のページを開いた手が、ほんの一瞬だけ止まる。

僕がスピーチクラスでからかわれたように、今日は体育の授業でパンパがコケにされた。学校では人種を揶揄しないやつらも容姿をからかう。残酷に、巧妙に、人種差別じゃないですよって顔で。人より太って走るのが遅いパンパが皆の揃っている体育館のトラックに向かうとき、誰かが大声でBGMをつけた。ドン、ドドン、ズンッズズ。気づいたパンパが止まると音がやむ。歩くとまた歌う。象が歩くときのテーマソングみたいな低い太鼓音を声が模す。パンパが歌うボイパとはまるで違う不快な嘲笑まじりの声。パンパが照れたように笑い、皆も大笑いした。校庭のない大都会の高校の体育館には、悪意が漏れ出す隙間がない。くじらは例によってコア（必須科目）のピリオドがずれているので知らない話だ。

僕もじゃこも、そんな音楽は聞こえませんよってふりした。見ざる、聞かざる、言わざる。ああ僕も猿扱いされたっけ。地下鉄の出来事を僕は後で告げたけど、パンパは何も言わない。だから僕もじゃこも体育の話題にはそれ以上触れず、コミックのページに目を落とす。

さっきのことなんてさぁ、気にすんなよ。

そんな言葉を口にした時点で、すべては現実になっちまう気がしたから。

物語の中ではウルヴァリンが鉄の爪をかざし、悪者は倒され、話はびゅんびゅん進んでいく。その勢いに、身をまかせようとする。小さな言葉ひとつで傷を負う自分のひ弱さを、鈍感さで塗り替えるみたいに。パンパも、今日に限ってやけに静かにページをめくっている。いつもならくすくす笑ったり、うげえなんて目をひんむいて驚いたりしながら読むから、「るっせえよ、もっと静かに読めっての」と皆にイジられんのに。

やけに静かな横顔に、思い返していた。出会った頃は、僕はパンパのことを鈍感だと思っていた。そして、それが少しうらやましくもあった。自然と、外敵から身を守る鈍さを身につけてるみたいで。でも、もしかして、違うのかもしれない。ふさふさしたまつ毛に覆われた瞳に、いちばんいろんなもの映してるのは、こいつなんじゃないかって。

正式には「ヒューマン・ビートボックス」と呼ばれるボイスパーカッション。最初は「そんなのできないよぉ」とひるんでいたパンパは、確実に技を身につけてきている。ぶ厚い唇を震わせ、舌の動きや口の開きを組み合わせて音を出し分け、ビートを刻んでみせる。

僕はパンパの心臓のビートをじかに聴いている気がして、どこか安心して声を出せる。皆もそうなんじゃないかな。何も言わないけど。言葉という形になんか、できねえけど。

結局、図書館では皆しておとなしく漫画を読んでいたが、外に出たとたんにじゃこがふいに言った。視線の先、公園の木々が裸の枝の隙間から夕陽を透かし、金色に輝いている。

「桜まつりの準備もしなきゃなんないけどさぁ。その次の目標もそろそろ欲しいなと思ってさ。NYのアカペラ・コンテストとか、ちょい調べてみたんだよね」

「コン、テスト?」競争やランク付けの類が苦手な僕は、思わず用心深い声を出す。

「そっ。有名なとこだと、ユース・アカペラ・コンテストっつうのがあるみたいだぜ。ほら、ここ。NYタイムスの記事にも大きくのってる。そうだなぁ、俺の夢はNYタイムスのエンタメ欄に、でかでかと記事がのること。よし、これに決ぃめた」

検索魔のじゃこが、スマホのブラウザを素早くスクロールして映し出された画面をかざす。

「おっ」と声を弾ませるくじらの横で、パンパの目が開く。うまそうなものを目にしたときみたいに、少したれ気味のまぶたがきゅっと上がっている。僕はパンパの白目に、その澄んだ白さに、一瞬見とれた。漆黒の肌の上でそこだけが強い輝きを放ち、ずっと見ていたいのに目をそむけちまう。

ちょっと前に、じゃこ以外は試験の結果がボロボロでくすんでた僕らに、くじらが言ったことがあった。ま、そのぶん俺らには歌があるしな。くじらのキメ台詞はこそばゆかったけど、まぶしかった。そのときも、僕はそっぽを向いた。嫌な言葉だけでなく、嬉しかったりまぶしかったりする言葉も、僕は聞こえないふりしちまう。

「コンテストかぁ。賞金出んのかな」パンパは低い声に興味をにじませ、おっとり続ける。

「それよか大物になったらさぁ、自分の意志を公衆に伝えられるんだよね？　ほら、人種差別を容認する大統領に抗議して、国歌斉唱のときに片膝ついて起立しなかったNFLの選手たちみたいにさ。そしたら僕、ドミニカの大統領に法律を変えるよう、嘆願してみせるんだ。そうだ、ねえ、国連で歌うのなんか、どうかなぁ」

「ちょ」皆の意気込みにあとずさる。ほんと、こいつらこうなんだ。バンドやろうぜって決めたときだってまずかっこいいあだ名探しに飛びついたみたいに、すぐ方向がずれていく。

夢。僕はその言葉を聞くと、なぜだか胸の奥がぎゅうと絞られ、イラつくようになっちまった。あまた記憶の早戻しボタン、勝手に押されてるよ。ストップ。振り返り停止。

「夢とか大志とかさぁ、でかいこと考える前にまずはレパートリー増やさなきゃだろ。マーベル路線でいくなら、今回みたいにアカペラ向きの曲探してアレンジしなきゃなんないし」

「なんだよ、リード。おまえが言い出しっぺのくせにやけに堅いじゃーん。ないのかよ？　目指したくなるようなでけえ目標。やる気出るじゃん、こう輝かしいゴールがあるとさ」

夢？　なんだろ。僕は近視で、遠くの未来なんて見えやしない。目の前のこと一個一個にしか反応できないし、したくない。そんだけで精一杯だよ。だから……、
ぐっとつまって、適当に思いついた言葉を胸から引っ張り出し、並べ立ててみる。

「とりあえず、僕はF線の地下鉄パフォーマンス・デビューとか、かな。だってさ、アカペラの極意を教えてもくれないくせに、F線では歌うな、とかあのおっさんらに言われて悔しいじゃん。それでさ、彼らみたいに稼げるようになって自信ついたら、グランド・セントラル駅の構内でも歌ってみるってどうかな。あそこなら、人通りも多くて目立つし」

そこまで話したところで、「あー、だめだめ。グラセンは」じゃこにダメ出しされる。

「あそこは目立つぶん、許可がいるんだよ。ちゃんとさ、年一でオーディションとかあるわけ。MTA（ニューヨーク州都市交通局）の公認の地下鉄ミュージシャンになるためのね。許可証なしでいきなりあんな目立つ駅で歌いでもしたら、鉄道警察官《トランジットポリス》にとっつかまるって。そんで学校に報告でもされたら、やべえことになんだろ」

「じゃあさ、そのオーディションに受かりゃ話は簡単だよな。市のお墨付きってことだろ」

くじらが軽く言ってのけ、僕は焦った。言い出したことを後悔する。オーディション？　そんな厄介で緊張するものに挑戦するなんて、とんでもねえっ。でも、正式許可をもらってグラセンで堂々と歌えたら……。そんな考えがちらと頭をかすめ、慌てて打ち消す。

そう、僕はグランド・セントラル駅が好きだった。初めて行ったときから、ずっと。

メイン・コンコースの真ん中に立って見上げたとき、薄いブルーの天井に描かれた星々に吸い込まれそうになった。それは本物のマンハッタンの夜空よりずっとリアルで、この駅に発着する地下鉄や鉄道の路線の数々が、星を繋いで走るきらめく星座みたいに思えた。

一度、稲佐山公園に夜景を眺めにすぐりと登ったのを思い出す。夜景は無数の星のようで、星々は家や人々や車、すべてのものを結んで葉脈状にきらめいていた。いつかイッチーとマンハッタンの夜景も見たかね。すぐりは小さな声で言ったんだ。僕の小さな夢に加わったその言葉は輝きを失ったあとも、落ちてきた星くずみたいに心に散らばったままで、

「そう簡単なもんじゃないらしいぜ。ってか、目標がF線かよ！　NYの数ある地下鉄路線の中でも特に小汚くて、線路にゃネズミがちょろつくわ、ホームは雨漏りするわのF線すかぁ。せめて金持ちが多い、アッパー・イーストを走るQ線とかさぁ」

「それ以前にぃ、悪評高きMTAのお墨付きって、僕、あんまり嬉しくないんだけどぉ」

「ちっせえ……なーんか全体的にちっせえ。輝いてない。全然シャイニングじゃない」

僕は小さく笑った。ちっさい夢だと、触れればもろく壊れる夢だと、自分でも笑ってしまいたかっ

た。だって夢なんかさ、本気で見ない方がいいんだよ。本気で見たら、壊れたときが怖いから。夢が壊れたら、すべてがぐしゃぐしゃと崩れていく気がするから。

大切な人との関係も。人の中身も。未来の設計図も。僕はそれらの言葉を、自分よりずっと輝いて見える目の前の六つの瞳に向かって言おうとし、そっと喉にしまう。

「ま、いいじゃん、いいじゃんよ。オーディション。アメリカン・アイドルにゃがくっと落ちるけどグラセンでもさ。なんか燃えんだよなぁ、オーディションって響き。俺、実はなんでもいいのよ。好きなことで目立ってついでに金儲けられて、あそこから出られりゃ」

あそこ？　訊き返す僕に、くじらがへらへらした笑いを引っ込め、形よくとがった顎を東の方にしゃくってみせる。そこにはディランシー通りを挟んで南北に、巨大な煉瓦造りの団地群が続いている。ロウアー・イースト・サイドの東南側に多い古びた高層住宅街だ。

「俺らが住んでるとこだよ。ブロッコリー。そこに住んでるだけで、相手に収入低いっすよぉって自分から申告してるような場所をさ、俺、いつか抜け出す。夢とかでなく、現実に」

建物群は見た目はよく似ているが、実際には二種類ある。低所得者向け住宅、通称プロジェクトと、億を超える値段もざらじゃないコーポラティブ・アパートメント、略称コープが、通りを挟んで隣り合わせに立ち並んでいるのだ。春になるとプロジェクトの広い公共庭の木々に葉が茂り、遠目にはブロッコリーみたいに見えるから、僕らはそう呼んでる。

「プロジェクトの辺りは物騒だから、夜はあまり近づかない方がいいわよ。この前も発砲事件があったみたいだし。撃ったの、まだ十代の子らしいわよ。怖いわねえ」

母さんにはNYに来た早々注意されたが、学校の友達に住んでいる人が多いと伝えてからは、あまり言わなくなった。かわりに、ため息をつく。僕に聞かせるみたいに。

「そういう場所だものねえ。この街って、なんでもかんでも交じってるよね。お金持ちと貧乏人も、人種も、トレンディな店と古臭い商店も。日本だったら高級住宅地には安アパートなんてめったにないけど、この辺りじゃ隣り合わせだものね。ウェストチェスター辺りまで行けば違うんだろうけど。うちももっと学区のいい地域で家選びすればよかったかしらね」

諦めたように言うが、学区がいい地域は、税金も家賃も街の美観レベルも、なんでも高い。レントコントロール下で家賃が安いからとこのエリアを選んだことは忘れてるらしい。

そんな言葉を聞いたり、実際に学校内や地域にわかりやすく存在する格差を目の当たりにするたび、なんだかもやもやする。考えたくもないリアリティを、少しは考えてみればって、突きつけられてるみたいでさ。

母さんたちは、どうしてNYを選んだんだろ。ここは、そういう街なのに。

実際、僕にはそっくりな建物はあまり見分けがつかない。くじらは言い捨てるように「全然ちげぇよ」と肩をすくめるけど。投げやりな響きが、母さんの放つ声音と少し似ていた。

「そうかなぁ。僕は好きだよう？　生まれ育った団地だし、友達もいるし」

くじらの家と棟は違うが、近くのプロジェクトに住んでいるパンパが、口をとがらす。

「近所同士仲良くてさ、夏の夕暮れになるとサルサとかメレンゲ流して飲んで踊って。そういう場所でみんなでこのまま暮らしていけたら楽しいと思うな。家賃だって市が助けてくれるおかげで安いしさ。金がたまったら、親戚の困ってる人も呼び寄せられるといいな」

それはダウンタウンでよく見る光景だった。BBQ《バーベキュー》が許可されていない公園で勝手にグリルを持ち出し近隣の人々が陽気に集《つど》う光景は、NYというよりどこか南国の島みたいだ。

家賃の高いコンドミニアムに住んでいるじゃこは、こういう話題のときはスマホをチェックするふりをする。僕は知らないことだらけだから、質問魔と化して笑われたりするけど。

でも今は、皆の思いが「夢」という言葉に交差して、僕もやっぱり、なんも言えない。

ただ、あのプロジェクトの公共の庭でも歌えたらいいな、なんてふと思う。仲いいやつらの家族と一緒に皆で歌ったり食べたり、楽しそうでさ。人が集まる場所なんて、特にラテン系のノリなんて苦手なのに。そういうの暑苦しくて鬱陶しいはずなのに。家族、かぁ。

パンパとくじらの相いれない意見に妙にもたついた間ができたところで、解散になった。

そして、未成年の僕らは、それぞれの家族のもとに帰っていく。パンパは仲が良くて敬虔なクリスチャンのファミリーのもとへ。くじらは色っぽいと先生にも評判のシングルマザーのもとへ。じゃこは自室に楽器や録音機器の整った広いドアマン付きのコンドへと。

そして僕は、NYでちゃんぽん麺を広めてみせるという夢と目標の達成のために、日々鼻息荒く奮闘する両親のもとに。その重さと暑苦しさがちょいうざくて、つい自分の部屋にこもりがちになっちまう、エレベーターもないアパートメントに。

くじらは「あそこ」、つまりはこっから出るために歌う、みたいな響きだったな。へえ、そうなのか、となんか意外だったよ。僕も「あそこ」から出るために、出るためだけにNYに来た。ってことは夢が叶ったってことなのか？　や、それは違うな、とだけわかる。

じゃあ僕は。僕は、なんのために歌いたいんだろ？　わかんね。よくわかんねえけど。

とりあえず今夜は皆についていくためにもハモりのパート練しとくか。ギターで音程を取りながら、じゃこの書いた楽譜を追ってみよう。頭の中にちらちら、パンパのまぶたが開いたときの白さがよぎる。真っ白な、でもこれから音符が書かれるのを待ってるみたいな透明な白さだったな。

曇った白い息を吐いて通りを歩きながら、暮れていく空を見上げた。

05

閉じられていくドアの前で

2020.03-04

長崎ちゃんぽんの店をＮＹで出すというのは、父さんの、そして後には両親の長年の夢だった。父さんは長崎市内のそこそこ有名なちゃんぽん店の料理長として長く働いてきた。

父さんの熱き弁によると、長崎のちゃんぽんは長崎市内で明治中期に生まれた。今も続いている中華料理店の初代店主が、当時日本に訪れていた多くの貧しい中国人留学生に、安くて栄養のある食事を食べさせたい、という気持ちから編み出したものだという。

元からハリウッド映画とロック好きでアメリカかぶれなところのある父さんは、留学してアメリカで勉強したかったらしいが、家が貧しくて夢は叶わなかった。そこで自分も将来、海外の留学生に自分のちゃんぽんを食べさせたい、と願ってきた。鎖国時代の出島《でじま》に独特の文化が生まれたように、ちゃんぽんで新しい文化を生み出したい。シェフのわりには細っちい身体に似合わない、そんな大いなる雄大な志を抱いちゃったわけだ（だから九年前にリンガーハットが西海岸にアメリカ第一号店を出したときは、相当悔しかったらしい）。

豚肉や野菜、かまぼこといった十数種の具材と、唐灰汁《とうあく》という長崎独特のかん水で製造した麺が絶妙にからみあう長崎のソウルフードは、その名の通り混沌としてスープにも深いコクがある。

「様々な人種ん入り交じるメルティングポットのNYに、ぴったりんヌードルやろうが。日本人だけでのう、いろんな国ん人たちがラーメンよりも夢中になるに違いなかさ」

アメリカン・ヒーローにでもなったつもりで語る父さんと、「よかばいん」と瞳をキラキラさせうなずく母さんをガキの頃から見続けてきた僕は、彼らの明るさの反動で陰キャになっちまったのかもしれないな。

その、妙に明るくポジティブで、事業オープンに向けせわしなく猛進していたうちの家族に不穏なムードが漂い始めたのは、三月に入ってからのことだった。

三月一日。NY州で初の新型コロナウイルス感染者が確認されたその日は、両親が今夏にはオープンする予定の店舗の賃貸契約をかわした日だった。ロウアー・イーストで人気の目抜き通りは、人気レストランや洒落た店が並ぶラドロー通りだが、そこには予算が足りず、契約したのはディランシー通り沿いのしょぼい、いやこぢんまりした店舗だった。

携帯電話ショップと、やたら露出度の高いラテンっぽい服や、安物雑貨を売るよくわからない店に挟まれた、ウナギの寝床みたいな店。ここで数カ月後にNY初のちゃんぽん店を開くため、これからキッチン設備や店回りを急ぎ足で整えていく手はずだ。

目の前に行きかう車とブルックリンへと続くウィリアムズバーグ橋を眺めながら、長崎発ヌードルを食べるアメリカ人たち。そんな光景を想像すると、不思議な気分になるな。初めて。初めて僕は、なんだか果てしなく遠くに来たのかなって気持ちになっちまう。

クロージング。不動産の最終契約をすませることをこっちではそう呼ぶけど、妙な響きだな。何かが始まるのに、すべてがぱたりと閉じるみたいな言葉を使うってのは。

「ねえ、本当によかったのかしら」

その晩、山のようにテーブルに積まれた書類の束を前に、母さんはちっとも晴れやかじゃない声で言った。そりゃあよかったとやろう。眉を曇らす母さんに、父さんがいつもの鷹揚《おうよう》な声で答える。心配性で慎重な母さんをなだめるのは、いつだって父さんの役目だ。

「さんざん探して探して、なんとか予算内におさまる店舗ばようやく見つけたんやけんさ」

「だってついにNYでも感染者って……。日本の経過を見てると、嫌な予感するのよ。前に言ってたみたいに、最初からお店なんて借りずに、ポップアップ店舗やストリートフェアで様子見てからにした方がよかったんじゃないかって」

「やっぱり店があってこそやろうばい。日本だって、まだ爆発的な拡大なんてしとらんやろ。しかもこっちはまだ感染者一人。逆にチャンスかもしれんぞ。うちは高級レストランばやろうとしとーわけやなかと。安価でうまか、しかもこっちじゃまだ知られとらんヌードルば提供しようってんやけん。そがん商売は、いつだって不況にこそ強みば発揮するっさ」

「不況って……そうなるのかしら。だったら、ますます……」

「やけん、たとえん話ばいね。おまえはいつだってそがんして、土壇場《どたんば》になると悪か面ばっかり追いかけ始める。面じゃなくて麺、ヌードルばいねえ、おいたちが追っかけるとは」

いつもの父さんのイタい駄洒落に母さんも「くだらんこと言うて」と長崎弁で苦笑する。

「一葦もデリバリー手伝《てつど》うてくれやな、オープンしたら」父さんが振ってくるから、「時給次第かな」と軽くいなして、狭い自室に直行。古い煉瓦の壁にねばっこい空気が張り付いているみたいな気がして、黄色っぽい街灯に照らされるヘンリー通りを見下ろした。

僕もどこかで、事態をなめていたのかもしれない。母さんがNYタイムスのサイトでまめにチェックする感染者数を、朝礼みたいに朝飯時に一々報告してきても、「インフルの数に比べたら全然少なかね」と、父さんと聞き流していた。

でも、始まりは「1」だったその数字は、嫌な速度で日々更新されていった。

澄んだ海に落ちた墨汁みたいに、不吉な形で見る間に広がっていったんだ。

三月七日、クオモ州知事が非常事態宣言を発動したときの州内感染者数は七十六人。それから数日後の夜、近くのトレーダーサムにお使いに行かされた。朝食に必要なパンと牛乳を買い忘れたからってさ。人使い荒《あれ》えんだよ。いくら開店準備で忙しいからって、買い物くらいしといてくれよな。口の中で文句を唱えながら、この辺りで人気のそのスーパー、日本人にも人気の通称トレサムに足を踏み入れた僕は、びっくりした。なんや、これ?

夜九時を回るその時間帯は、いつもなら店内はがらすきのはずだった。それが、尋常じゃない混み具合なのだ。いつもは混んでいても十数人のレジの列が、店内にとぐろを巻いている。すかすかの棚。客たちのどこか澱んだ空気感。僕は呑気な声で、フレンドリーなことで知られるそのスーパーの店員に尋ねてみた。何かあったんですか？　いわく、非常事態宣言のせいで買いだめに走る人が多く、数日前からこんな状態が続いているらしい。

ハリケーン時のように宣言が出ても一、二日で混雑は終わるだろうとタカをくってたのは間違いだったらしい。仕方ねえから母さんが嫌がる別のイケてないスーパーに行くか。

そのとき、店員の顔がどこかこわばっているのに気づいた。何かに怯えるような、妙な顔つき。母さんみたいにこの状況に過剰反応してんのかな。彼女がこわごわと訊いてくる。

「あなた、中国人？」

その瞬間、訊かれた言葉の意味がよくわからなかった。なんでだ？　えと、ジャパニーズ……ですけど？　そう答えた途端、彼女が表情をほっとゆるませた。彼女が怯える対象が自分だったこと、それをあからさまにされたことに、暗いショックを受けた。

数週間前、自宅からほど近い地下鉄駅で、マスク姿の中国人女性が男に暴行を加えられる事件があったのを思い出す。おまえが病気を連れてきたんだろう、と言わんばかりに、拳《こぶし》や傘で男は女性を攻撃していた。「俺に触るな」「汚いウイルスをまき散らすんじゃねえ」と罵り続ける男の姿がビデオにおさめられ、ネットで一気に広がった。でも、拡散されたのは、ヘイトクライムへの警鐘のみならず、憎しみや蔑視そのものでもあったんじゃないかって、

僕は愚かにも、そんなことにも気づかなかった。

あのときは、暴行男のことを無知で愚かなやつだと決めつけていた。猿呼ばわりされた、あの地下鉄でのときのように。でも「親切」で「フレンドリー」なはずの店員にまで、その黒い染みは広がっていたんだろうか。それともやっぱり、彼女だけが「特別」だったんだろうか。平和な日本からやって来た僕には、わからないことだらけだった。

「今度は中国人かぁ」じゃこは、さめた口調で言ってたな。今度は？　僕が訊き返すと、

「三十年くらい前は、この街で黒人と韓国人がすげえいがみあってたらしいぜ。うちの店も卵を投げ入れられたり大変だったたって。で、少し前はヒジャーブをかぶった女性がことごとく攻撃されてたじゃん。俺らが生まれる前の同時多発テロの後もそうだったらしいし」

「ああ……イスラムの」

「それでもさぁ」くじらが続ける。「そのウイルスって、中国から来てんだろ？　アタマわりぃ俺だって、そうなん？　中国がわりぃの？　とか単純に思っちゃうよな」

「でもさぁ。たとえそうだとしたって中国人全員が悪いことにはなんないよね？　僕が縄跳びで後ろ跳びができなくたって、黒人全員が後ろ跳びできないってわけじゃないのと、同じことでしょ？」

おまえ跳べるようになれ！　な、ブラックの名誉のために！　くじらがパンパの厚い肩を叩いて皆でいつものように茶化して笑ったが、喉の奥に何かがひっかかったままだった。

うちの高校にもイスラム教徒は少なからずいるが、NYに越してきた当時、校内でもヒジャーブをかぶった女子が通学時に差別的暴言を浴びせられるという事件があった。続いて、狭い校庭に描かれたユダヤ人を揶揄するかぎ十字。まるで大規模ないじめだ。でもいじめに人種が絡んでいる構造を、

僕は経験したことがなかった。外見とか、貧乏だったりとか、いろんな理由でいじめられることと、人種で差別されるのでは、どう違うんだろう。マスクをしてるからと殴《なぐ》られ、スカーフをかぶってるからと襲撃され……。なんだよ、それ。

なあ田口、大狩、おまえらならどう思う？　こがんとき、どうするばい？　気づくとめったに開かなくなっていたLINEのグループトークを開いていた。人差し指が動いて書き込み画面をタップする。でも何も書けない。書きたい言葉なんてひと文字も浮かばなかった。

三月七日にNY州に非常事態宣言が発動された六日後の三月一三日、大統領による国家非常事態が宣言された。この国のトップのおっさんは立場と発言力を駆使し、ツイッターでそのウイルスを何度もチャイナ・ウイルスと表現していた。

挑発、扇動、悪者あぶり出しケッテー、てか。

「それ」、つまりはアジア人への差別偏見は、元からあったものなのか。ウイルスのために増殖されただけなのか。それとも、新たに生み出されたものなのか。考えるのは無駄なことのような気がした。考え始めたら、自分の無力さに、臆病さに、気づかされちまうから。

それでも、「それ」は確かに、目の前に姿を現し始めた。

毎朝、感染者数やアジア人が差別にあった被害の報告を母さんに聞かされ、日系スーパーで買う柔らかな食パンを齧《かじ》る。家を出る。学校に行く。かったるい授業、苦手な体育。気配を消したくなるディベート科目。ただ、学校という守られた敷地内に入ると、そんなウザくて単調な流れまでもが、忍び寄る嫌な気配から僕を守ってくれるかに思えた。

そして放課後のアカペラ練。三月のまだハンパなくつめたい風の中で、声を出すこと。それでいい、それですべてだ。今は、よけいなこと考えたくねえし。

そんな居場所も、数日後にはついに奪われたんだ。

三月二日から日本の小中高で臨時休校が要請されたが、それを追うようにNY市でも全公立学校の休校が発表されたのは、三月なかばのことだった。

三月一五日、NY市長は三月一六日から四月二〇日まで全公立学校を休校にすることを発表したのだ。同じ日に、NY州で新型コロナウイルス感染による五人目の死者が出ていた。

三月二三日、正式にNYの公立校におけるオンラインによる遠隔授業《リモート》が開始した。

公園での練習の後に駆け込み、漫画を読みふけったり宿題をしたりした市立図書館の扉もロックされた。自分たちの小さな世界から、僕らは締め出された。

毎日どこかの鍵が閉まっていく音が、その春、立て続けに聞こえてきた。

中三のときも、そして渡米してきた当初も。あんなに学校に行きたくなくて、吐き気がするほど行きたくなくて、それでもなんとか通っていたのに。いざ来なくていいと言われると、肩透かしをくらったような気分だった。ああ、この感覚は、こっちの学校に来て山ほどある選択科目から、「決めるのは自分だ」と言われたときに似てるな。何を選ぶも、選ばないも、自分次第。数日後にはオンラインのリモート授業が始まったけど、リモートなんていくらだってサボれる。机で堂々と漫画を開いてもバレやしない。でも、どうなんだ?

授業中のじゃことの目配せも、平気で漫画を読むパンパに「見つかるぞ」と投げつける紙くずも、廊下でかわすくじらとの同志めいた笑みも、そこにはない。感情が伝わらず、相手と視線を合わせる必要もない。便利だったはずのオンライン画面が、やけに殺伐と映る。

なんでもないことを紡いで続いていく日常が、こんなにも大きな意味を持っていたなんて。そんなこと、いつだって失ってみるまで気づかないものなんだな。


中三の春、手術を終えたすぐりが学校に来なくなったことは、別の教室にいた僕にも伝わってきた。僕も行きたくなかった。長崎南中のやつらがよく見る地元のネット掲示板であることないことさらされ、僕はとんでもなく嫌なやつになっていた。「タートルさん」とあいつを揶揄して呼んだことになっていた。いや、呼んだのと変わりないかもしれないな。

つめたい目、嘲り、非難。そんなものから逃れるために、学校には行きたくなかった。

でも、すぐりが来ないなら、僕は行かなくちゃいけないんだろう。ばかみたいな理由だけど感じていた。僕が何かをしでかして、それだけじゃないかもしれねえけど、すぐりは学校に来ない。なら、僕は行って受け止めなくちゃならないんだろう。正義感なんて微塵もないはずなのに頑なに思ってた。

息も絶え絶えで通学路を往復し、でもときにごく少数の友達と笑いあう時間は楽しいと思えて。もうだめかもしれないという切迫感と、こんなもんかなという諦めの狭間《はざま》でどんどん無気力になっていたところで、ようやく卒業を迎えた。

そのまま地元に残って高校に通うなんて、ありえない選択肢だった。だから、逃げた。

これから、のはずだった。ＮＹにやってきて、まだ始まったばかり、だった。

「異国に放り込まれた日本人」という小さな葛藤《かっとう》も、授業のだるさも、差別や偏見という棘《とげ》でささくれた心も。放課後のボイトレや桜まつりのコスプレ、アカペラごっこというささやかなお楽しみで、平らかにならされていくと思っていた日々。

それが突然、消えた。

ブロードウェイやオペラハウスの封鎖、ライブハウスやレストランのクローズ、州間の移動規制。立て続けに発される報道に混じり、そのちっぽけなローカルニュースも伝わってきた。

――今年のブルックリン植物園の桜まつりは中止だってさ。

とりあえずアカペラの練習はしようぜ。んー、家出られっかな。そんなんいくらだって理由つけられんだろ。スクールランチは配られるから、もらいに行く名目とかでさ。うん、僕んちはあの無料ミールで助かってるから、妹のぶんも余分にもらえるとありがたいなぁ。

他の三人が言いあう文字がぱっぱとスマホの画面を埋めていく。僕は会話に参加しなかった。だから言ったろ。目標なんて、たてない方がいいんだってさ。何かがぽきぽき折られていくのを見るのは、ひとつまたひとつと扉が閉まる音を聞くのは、萎《な》えっから。

とりあえず何事にもメゲない強気なくじらが、この隙にレパートリーだけは増やしとこうぜ、と「イン・メモリーズ」に続く課題曲の動画を投下してきた。

前から次の曲の候補にあがってたスピナーズの「ラバーバンド・マン」。みんなで集まったときにビデオは観てるから、くじらの「改めての新曲スタート宣言」ってやつだろう。

こういうとこ、うまいんだ。ダレそうな場面でしれっと皆の心をアゲる言動をしてみせるくじらは、天性のエンタテイナーなのかもなと思わせられる。時々、それがウゼえけど。

生まれてもいない時代に流行ったそのバンドのことは知らなかったが、テンポが心地いい曲だった。どこか懐かしい曲調に、「これ聴くと、ガーディアンズ・オブ・ギャラクシーがくるぞくるぞって、一発でわかるんだよなー」と皆で盛り上がり、ほぼキマり。

って、もうやんのかよ。まだ一曲目も完成してないのに？　でもわずかに頭の中で窓が開いて、風が吹きこんできたのを感じる。リプはしなかったが、試しに何度か聴いてみた。

ああ、イントロの演奏をリズミカルに唱えるパンパのボイパが聞こえるような気がするな。じゃこはこの箇所でベース音を挟んでくるだろう。じゃあ、じゃあ僕はどうする？

自分なりにシラブルをつけてみようとしたけど、逆に難しい。アカペラ用の曲でなく、普通の曲に自分でアレンジしてハモる実力はないもんな。僕にはたくさんの要素が欠けてる。くじらのようにビブラートやファルセットを的確に入れ込んで人の心をつかむ伸びやかな感情表現も。じゃこみたいに正確に音を追うだけじゃなく、音のひとつひとつをつかんで聴かせるゆるぎなさも。試しに、おそるおそるリード・ヴォーカルにハモろうとしてみる。小さな声で。シラブルでなく歌詞を一緒に歌う字ハモってやつで。ダメ、だ。

やっぱ、どう重ねていいか、わかんね。ギター・コードの基本和音を思い出し、適当に低くずらして声を重ねる。くっそ、難しいな。音が、うまく取れないんだ。ときに暴走する母さんのミシンの縫い目みたいに、メインの線がリード・ヴォーカルだとしたら、そこから離れたり、くっつきそうになったり。ちっとも本線との安定した距離感を保ってくれない。

ああ、じゃこみたいな絶対音感や、くじらみたいな「与えられた声」があったら、あのおっさんズのコーラス役みたいに絶妙の距離感で寄り添っていくんだろうけどな。こんなんじゃ、平坦すぎてどうしようもない。卑屈《ひくつ》な焦りで自然に声は細り、唇は閉じていく。

これでますます出遅れるんだろうな。追いつけないなと思ったら、何もかも面倒になった。

ああ、そうか。ふいに気づいた。気づいちまった。

僕には、誰かに自分の歌を聴かせたいという願望が、圧倒的に欠けてるってことに。

居間からは今日も、今のうちに撤退して、日本で待機すべきか否かを言い争う両親の声が聞こえてくる。ネットを開くたびに、否応《いやおう》なしに目に飛び込んでくる暗いニュース。

二〇二〇年三月六日、日本政府は新型コロナウイルスの流入に歯止めをかけるため、水際対策の強化を決めていた。中国、韓国からの日本人を含む入国者に、指定の場所で二週間待機するよう要請が出たのだ。三月後半には、東京五輪の正式延期が発表された。

そして四月一日には対象は一気に拡大し、外国人の入国拒否対象を計七十三カ国・地域に拡大する方針が表明された。アメリカを含む四十九カ国・地域が新たに入管法に基づく入国制限対象地域に指定された。同時に、四月三日以降、日本に入国する日本人に対しては、全員にＰＣＲ検査と保健所等による定期的な健康確認が実施されることになった。

「だから早く帰った方がよかったのよ！　いつ自分の国に帰れなくなるか、わからないんだから！」

母さんのヒステリックに叫ぶ声が、ペイントの剝げた壁を震わせる。そんなことありえるのか？

日本人なら誰でも自国に帰国する権利がある。そう憲法が定めてるって、習わなかったっけか。検査とか待機とかはめんどくせえけど。だって僕たち、日本人だし。

そこでパンパが言っていた言葉が、唐突に思い出された。

――いきなり、国籍も種族も奪い取られてさ。はい、あなたたちは今日から何者でもありませんようって宣告されるのって、どんな感じなんだろうな。

もう何も考えたくなかった。忍び寄る巨大な何かに正面から向き合って受け止めるとか、ディベート授業にさえイモってる僕にできっこねえし。

ヘッドフォンで耳を塞《ふさ》いで、結局、歌からも逃避して、ベッドにどさっと寝転ぶ。せわしなく手を動かして戦闘ゲームをしていると、スマホの画面がメッセージ着信の合図で光った。グループトークじゃなく、個人メッセをじゃこが送ってきていた。

――俺のお薦めアカペラグループはこれね。

相変わらず用件しか伝えないぶっきらぼうな文面の下に、動画のタイトルとリンクが貼ってある。じゃこはさっきもグループトークの方に『The Sing-Off』の動画リンクをあげて盛り上がっていたが、僕が反応しないんでこっちに送ってきたんだろう。『The Sing-Off』は何年か前までアメリカで放映されていたアカペラ・コンテストの番組だ。日本にも『ハモネプ』とか『青春アカペラ甲子園』とかアカペラの番組はあったらしいが、僕はその頃はまるで興味がなかったし、見たことはなかった。最近になって動画を掘り出してみたりするが、他の三人にはシェアしてない。日本のアカペラ番組なんて、興味ないかなと思ってさ。

じゃこは時折、グループ内では「ロックじゃない」とか「難解なフリージャズとか俺の人生に必要なし」とか拒否られる動画を、僕に個人メッセで送りつけてくることがある。

承認欲求ってやつか？　じゃこが心酔するジャコ・パストリアスの動画を、いつか僕がかっこいいと言ったせいもあるかもな。ジャコパスの音楽は、実を言ったらよくわかんないけど、孤高のアーティストが抱いた破壊願望みたいなものはわかる気がしたから。

動画、なんだ。ふうん、Syncop8tion ね。シンコペーションの綴りの a を数字の8にしているとこが痛いんだか洒落てるんだか、そのへんのセンスのない僕は、「後でチェックしとく」とだけ返事した。以前も小難しいジャズ系アカペラを送りつけてきたが、夜中にそんなややこしいもん聴く気になれなかったし。その後、ふいに一言書いて送っちまった。

「音、取れない。うまく、ハモれねー」

アカペラやりたいって言い出しっぺの僕が、愚痴って弱音吐いてどうするって話なのに。おそるべし夜の魔力ってやつ。でもあのくぼんだ細っこい目なら、見逃してくれそうに思えて。すべてを覗かれそうなくじらの湖みたいに澄んだ瞳や、「神が導いてくれるよ」なんて慰めてきそうなパンパのつやつやした目より、弱音を吐けそうな気がして。でも「絶対音感を身につけろ」なんて無理難題持ち出したら、即切りしてやる。いやぶっ叩く。

数分の間があり、寝落ちしたかと思ったら、画面がふっと明るくなった。

「新曲の候補か？」

直球で訊いてくるな。Yeah とだけ返事。

「またソフトでアカペラ・スコア作っていくからよ。そう心配すんなって」

じゃこが愛用するミューズスコアというややこしそうな音楽ソフトは、通常の譜面作りよりもずっと簡単らしい。興奮して似合わねえ絵文字まで入れて、その使い勝手を褒めちぎってくる。通常なら原曲のキーとコードをもとにして、リードとベース部分を聴き取り、それに沿ったコーラスもつけていくという正攻法の作業をかなり略して、もっと簡単にアカペラ譜面が作れてしまう優秀なソフト、らしい。どっちにせよ僕には面倒すぎて、手が出せない代物だよ。ずっと一人でこもって音楽を聴く側なだけだったから、まかせられるとこは互いにまかせるというアカペラの共同作業に、まだうまく馴染めないんだよな。

「もちろん、もっと高度で凝った譜面も作れっけどな。ま、最初はきみたちのレベルに合わせて、さっくりしたやつからかましてみようぜ」

相変わらず小生意気なことをほざくのが憎らしい。でも今の僕には、このひねた友人が頼もしかった。頭脳面はじゃこにまかせて、僕は頼りない自分の音程をいかにコントロールするかに専念できる。譜面より実践が大事なのはもちろんだが、便利なガイドブックの道しるべがあれば、始まったばかりのアカペラの旅は少しだけ楽ちんになりそうだから。

その夜じゃこが言った言葉を噛みしめていた。何度も。気づいたらゲームを止めたまま。

「俺やくじらに絶対音感があるからって、おまえが卑屈になることはないんじゃね？」

なんだよ。嫌味か、自慢か。鼻白んでいると、あいつは続けたんだ。

「アカペラで必要なのは、相対音感だからな。そのことだけは、意識しといて」

いやぁ卑屈になんかなってないんだけどさ。ちょっと弱気になってるだけで。

相対音感。移動ド。その言葉は、齧っただけの作詞作曲クラスやギターの練習で聞いたことはある。曲をちらっと聴いただけで、じゃこみたいに色々な音程を、他の音と比較しなくてもすぐにかぎ分けられる能力が絶対音感。対して、その曲で基準になる音から他の音の位置を確かめるのが、相対音感。要は音階の基準は、曲によって自由に変わるってことだ。この感覚を覚えていれば、アカペラの練習をするときかなりしっくりくる、らしい。ということは、相対音感は相手あってのこと、ってわけか。

相手、仲間がいてこその音、声……。

すっかり目が冴《さ》えちまったので、音取りを諦めて放り出していたギターをつま弾いてみる。スピナーズの曲をうろ覚えで。ネットですぐにコードも出てきた。

歌詞わかんねえから、ハミングでそっと歌ってみる。単純な曲調だから、さすがにすぐに主旋律はつかめる。くじらがどんなキーで歌っても、それがくじらの歌うべきドになる。

あいつの移動ド、だ。僕はそれを指針に、自分の歌うべき音程を手探りでつかめばいい。

他は気にするな。惑わされるな。言い聞かせ、一通りスキャットしてみた後で、キーのGを三度上げたBで弦をつま弾いてみる。そっか、これが僕の基調の音だ。試しに歌ってみる。

自分だけだとうまく歌えるな。よし、今度はくじらに歌わせて再挑戦だ。少しだけ闇に光が射した気がした。いつ、次の練習できるんだろ。みんな次第だ。でも、会いたい。数分でいいから、会って声合わせたら、少し前に進める気がするよ。相手あってのこと、か。

カーテンもない窓の外に瞬くイースト川沿いの光の束みたいに、希望が細く長く揺れる。

やっぱ、声って不思議だ。こんがらがった頭の中が少しだけすっきりしたら、声もつられて出るようになる。だらけてるときは声も出ないし、出ても声自体がだれまくってるのに。

気づけば、調子に乗って声を張り上げていたらしい。

「ちょっとお、うるさいわよ。何時だと思ってんの！」

母さんのとがった声がドアを叩く。普段なら一々うるせえってむかつくとこだが、小声でスキャットを続ける。ゲームやマーベル以外は何に関しても飽きっぽいし、受け身の僕だけど。歌うことが好きだなんて、下手くそな身分で、まだ堂々と言えないけど。

でも、もう少し続けてみっかな。だって、
だって、歌うって案外楽しいことだからさ。でも仲間と歌えたら、もっと楽しいんだろうな。一人きりで夜や思い出に沈み込みそうになりながら歌うよりも、きっと、もっと。

バンドやりてーってくじらが突然言い出したときのことを思い出す。思い切りひるんだ僕らが、「くじらなら俺らとやんなくたって、人気バンドのヴォーカルに歓迎されると思うよ」となだめにかかったっけ。校内の掲示板には、すでにそこそこ人気のバンドがメンバーを募集する貼り紙が幾つも出ている。それかくじら自身が募集すれば、もっと精鋭の「あっち側」のメンバーがあっという間に集まるだろう。それなのに、あいつはしれっと言ったんだ。

「だってさ、同じもん好きな仲間と一から始めたら、もっとおもしれーだろ」

一から、だ。ほんとに一からなんだな。厄介なウイルスの感染者が一から何十倍もに増えていくなら。きっと面白いことだって増えていくに違いない。嫌なことを追い越すスピードで。窓から見下ろす通りは、非常事態宣言が出てから嘘みたいに静まりかえっている。

その通りをスケボーで思い切り駆け抜けたいような、妙な疾走感が身体の底でふつふつ煮えてくる。焦りなんだか、希望なんだか、不安なんだか。わけわかんねーな。今の僕は。

二曲目の声合わせは、いつものように学校近くのシュワード公園ですることにした。リモート授業を終えてから、「ちょっと課題のことで相談あって。友達と会ってくる」と家を抜け出す際、母さんにチャイナタウンの方へは行くなと念を押された。マスク女性の暴行事件以来、母さんはやたらナーバスになってるんだ。マスクをしていたからとアジア人が暴行された事件からまだひと月半。それなのに通りにはマスクをする人がかなり増えている。

マスクをする習慣などなかったアメリカ人が、こぞって口と鼻を覆っている姿はちょっと異様で、それだけ事態がヤバいことになってるんだなと、伝わってくる。ドラッグストアの棚からはマスクや消毒液が消えた。かわりに路上や雑貨店でばか高い値で売られている。

父さんは相変わらず店の事務処理で改装業者と会ったり忙しくしているが、母さんはあまり手伝わなくなった。

父さんや僕が外から戻ってくると、神経質に除菌スプレーを吹き付け、着替えをしろと迫ってくる。あげくスーパーで買ってきた品物にまでスプレーをかけて消毒しまくっているが、僕と父さんは諦めて、最近は何も言わない。そして母さんは家にいる時間が増えた分、かわりに布マスク製造マシンと化して、朝から晩までがんがん縫いまくってる。

まるで現実逃避みたいに電動ミシンをダダダと操る鬼気迫る背中に、「僕はいらねーから」とは言えなかった。でも浮世絵や金魚の手ぬぐいマスクはやっぱりこっぱずかしく、外に出たら日本から持ってきた市販マスクにこっそりつけ替えてるよ。じゃこたちにあげたら「クール」って喜ばれたけど、僕的にはマーベルのコスプレよりハズいんですけど。

「よっ」と三人と軽く手をあげて挨拶。いつも授業から放課後という流れでつるんでるから、こうして改めて待ち合わせというのは新鮮なような照れるような。妙な気持ちだな。

この公園や図書館はチャイナタウンに近いから、中国人も多い。太極拳《たいきょくけん》や古琴《こきん》の練習をしたり、平日の昼間だというのにダイスゲームの賭け事に興じるおっさんたちもいる。それがこのところは、いることはいるが、中国人の数はかなり減っている。かわりにベンチに寝転がるホームレスや、たむろして公共の場では違法なはずの酒類をあおり、小競《こぜ》り合《あ》いをする連中が増えた。一気に治安が悪化しているのを、通りを歩いていると肌でじかに感じる。

中央の噴水近くの目立つところでやろうぜと張り切るくじらを三人で引きとめ、閉鎖された図書館脇の目立たないスペースに陣取ることにした。

公園向かいの北京餃子《ペキンギョーザ》店で買った五個一ドルの皮のぶ厚いゆで餃子を各自あっという間に平らげたところで、「リードとじゃこに頼みがあんだけどさ」とくじらが切り出した。

「宿題なら、かわりにやんないぞ」と先手のじゃこ。

「ケチ。ちげえよ。『イン・メモリーズ』の歌詞、二コーラス目なんだけどさ、それぞれおまえらで日本語と韓国語に訳してくんねえ？　で発音を英語で書いて俺におせーて。な」

ええっ、と僕とじゃこは顔を見合わせる。なんでよ、という言葉しか出てこねえぞ。

「ほんとはさ、桜まつりに向けてひそかに考えてたんだよ、この案。あのフェスってアジア人もめっちゃ来るじゃん？　ウケんの決まりだろ。違う言語で歌うと目立つしな。よくアーティストが、海外ツアーでその国の言葉で歌うだろ？　俺、あれ憧れなのよ」

「だって、その桜まつり自体、中止になったわけで」

「いやいや、何もフェスティバルに限ったことでなくてさ。このNYの街自体が人種のるつぼなわけだから、英語で歌うだけじゃなく、他の言葉も入れたらカッケーじゃんて話よ」

「まあなぁ、ノリはチャラいがくじらの言うことも一理あるか。確かに人種の多様性に対応すんのはこれから何するにしても大切なアピールだからな。でも俺、韓国語苦手だし」

じゃこが論理をかざしながらも、細い目をすがめる。じゃこはＡＢＣ（American Born Chinese）ならぬＡＢＫ（American Born Korean）だから、韓国語は完璧じゃないんだ。僕だって訳詞なんてしたことないよ。日本でだって国語の成績悪かったし、作文苦手だし。

面倒くせえなって正直、思う。英語でいいだろうが。英語が母語の人が多い国にいるんだからさ。なのに、くじらの素直な主張が、今日はやけに胸に直球で響いてきて。少しずつ翳《かげ》りを帯びるこの街の片隅で、無理に前を向くことしか、僕らにはできないような気になってる。

「な？　いいだろ？　これから世界に羽ばたく俺らにとって正攻法のアプローチよ、うん」

何が世界に羽ばたくだよ。だが結局、宿題としてその命題は僕らに課せられた。面倒な半面、心に期待が芽吹き始める。くじらが歌う日本語でこの曲を聴きたい。聴いてみてえ。

ただこいつの意欲や才能を、僕たちダンゴムシの実力で完璧に支えられんのか？　いや足を引っ張らずにいられるか。パンパは「いい案だね！　僕、賛成。国連で歌うときもウケそうだし」と無邪気に賛成してるけどさ。どんどん話が大きくなるのは勘弁だが、好きなことに関してこうして仲間と話せる、好きな曲を歌える時間が、今は心から貴重に思える。

だって聴きたい曲が、人前で歌いたい曲、聴いて欲しい曲になることもあり得るだなんてさ。今まで生きてきて考えたこともなかったよ。

聴くだけの、見るだけの、人生だったから。

じゃこが課題曲のスピナーズをスマホで流し始める。横で聴き入ってるくじらが「ああ歌いてえ」って顔になってるのがわかる。青翠の目に光がちょろちょろ躍って、地下鉄でおっさんズの歌を耳にしたときみたいな挑戦的な輝きを帯びてくる。スイッチ入ったな、こいつ。かなわねえなって思いながら、僕はいつもより真面目にじゃこのアカペラ・アレンジ指導に耳を傾け、反復する。繰り返す。何度も。反復の先の体感を手に入れたくて。

前曲同様、じゃこはパンパのためにボイパのパートを歌ってみせた。二度目には譜面の担当パートを指で追いながら歌う。パンパは、前回より素早く的確にボイパのコツをつかみとっている。なんか焦るな。呑み込みの悪い僕は、じゃこの作ったセカンドのパート、シラブルの音符の流れを食い入るように追いながら喉の奥でウー、アー、と反復してみる。

あれ、なんだかスムーズに曲に溶け込むな。そっか。同じシラブルでハモるだけより、音節ごとに変化をつけた方が当然盛り上がるわけか。かわりに僕がついうるさく入れちまいたくなる箇所は、あくまでソロを生かすために、あえて休符使いで控えめに抑えている。サビは各パートを忘れて皆でハモってもいい気がするが、どうなんだろ。後で要相談だな。

ああ、ただのスタート地点に立ったばかりの僕らには、手探りでつかむべきものが山ほどあるんだな。目の前のたった一曲にさえ、理解したい、吸収したいものがつまってる。

その道のりの長さは普段なら僕を瞬殺でくじけさせるのに。今はただ圧倒され空を仰ぐ。

しばらくは各自音取りの自主練をしたり、コーラス三人組で譜面を見ながらブレスの位置やシラブルの発音や強弱のニュアンスを確認しあった後、ちょこっと合わせてみた。

四人で。つめたい木のベンチに、横並びに座ったまんまで。

固い蕾だったマグノリアが真っ白な花びらを開き始めた木の下、それまで僕らの成長を見守る親鳥みたいな顔で出番を待ってたくじらが、長い指を鳴らす。

ワン、トゥー、スリー。軽やかな合図の音がはじき出される。

くじらの歌は、陽気な曲調のせいもあるが、さらに力を抜いて伸びやかだ。こいつは運動でもなんでも本番以外は手を抜く癖があるが、今日は感情や声量をケチって抑えるというより、皆の声を聴くために僕らの側に寄り添ってくれているような感じだ。だってすごく幸せそうな顔してっから。この前、果敢にもラガーディア・ハイの前で良家の女子をナンパし、電話番号ゲットしたぜとガッツポーズを見せたときよりも、ずっと無邪気でまっすぐな表情で。

きっとまだめちゃめちゃなんだろうが、二曲目の声合わせは各自がコツをつかみ始めたせいか、すでにアカペラの初期段階の体《てい》をなし始めた気がする。何しろ曲のノリがいいし。

きっとその日、僕は調子に乗っていた。

孫のお守《も》りなのか、小さな女の子を連れた中国人のばあちゃんが、歌ってる僕らのところにスタスタと歩いてきた。彼女は僕に向かって、何か言った。でも中国語なんてまるでわからないから、意味は通じない。チャイナタウンの東側にあたるこの辺りは福建省《ふっけんしょう》の移民が多いらしいけど、福建語だろうが北京語だろうが、僕には未知の言語に変わりないし。ばあちゃんはぽかんとする僕たちにかまわず、にこにこと話し続けていた。ひとしきり早口で喋ると、勝手に満足した顔になり、孫の手を引いて滑り台の方に戻っていった。

その後には、近くでテイクアウトのランチを食べていた強面《こわもて》の中南米系のおっさんが、親指をナイスの形にあげてくれた。東京と同じで、大都会のこの街はフレンドリーな地方都市とは違う。ペットでも連れてない限り、皆見知らぬ人間に気軽に話しかけたりしない。

けど、普段同じ言語を喋らない人たちが、街角で僕らの歌に褒め言葉を投げてくれた。

だから。だからつい、いい気になっちまったんだ。音楽は頑なにもつれた心を和らげてくれる、なんてさ。そんな甘ちゃんなこと、うっかり信じちまった、のかもしれない。

家に戻ると、僕はミシンに向かう母さんの横で調子に乗って歌ってみせた。「イン・メモリーズ」の自己パートを、アー、ウ、ウーと抑揚をつけた声音で奏でて。なんの曲かわかる？　訊いてみる。つい先日アカペラ話で盛り上がったばかりだったから、母子コミュニケーションのサービスの一環のつもりだった。両親とも、昔は往年のソウルやR&Bをリバイバルでよく聴いていたらしいから、スピナーズも得意分野じゃないかなと思ったんだ。

少し前、夫婦喧嘩の後にため息をつく母さんに、僕は「ハモネプって知っとう？」と話しかけたところだったから、あのノリで。母さんは、前のめりで反応してくれたんだよな。

「覚えてるわよぉ。そういえば、一葦は生まれたか生まれてないかの頃だったかしらね、ハモネプリーグ。アカペラやってる人のコンテストみたいなのでしょ。懐かしいなあ、ネプチューンの原田《はらだ》さん好きだったし、結構見てたのよねえ。ぽちとか、どうしてんだろ」

それから、番組終了の後も青春アカペラ甲子園が続いたことなんかも話したっけな。アイパッドで「原田さん出てこないかなぁ」とハモネプの過去動画を検索する母さんは、少しだけいつもの顔に戻っていた気がする。せっかちで音楽と料理が好きで、NYの日系コミュニティーにも積極的に参加する、こっちに来た当初みたいな朗《ほが》らかでエネルギッシュな女性に。

父さんが帰ってきた後の食事でも、日本のアカペラと、教会音楽に根ざしたアメリカのアカペラグループの違いとか、そんな話題で盛り上がったんだよな。

いつだったっけ。そんな遠くない話だ。でもなぜだか、やけに遠くに感じる。

いつもは「ふぅん」とか「まだ」とか「いや」とか、親に対しては三文字以上の語彙《ごい》を持たない僕は、音楽の話題なら少しは続けられる自分にちょっとだけ満足してた。でもつまんねえことはやっぱ三言以上、話したくない。無理。正しくて必要なことなんだろうけど、喋っていて気持ちが下がるから。進路によっては学生融資を取ることも考えろとか、補習校に行かせる余裕はないから、日本語を忘れないで勉強してねとか、将来の就職は日本かアメリカのどっちを考えてるかとか。そんな、重くて見えない圧に満ちたこと。

ああ、こういうことかと思ったよ。中学のとき、高橋が「絵が架け橋になって人と繋がった」と言ったとき、じゃあ僕は音楽かなと自然に思えた。それしか浮かばなかった。でもそのハッシュタグで同世代と繋がることしか、考えてなかった。親ともそうだったのかって。

そう、僕はいい気になってたんだ。我が子が異国の学校に溶け込めているか心配する親に、友人との交流話を披露し、安心させる出来た息子のつもりにでもなってたんだろう。

でも、ミシンから顔をあげた母さんはきょとんとした顔をした後、さめた目で僕を見た。

あ？　その反応？

「課題提出の相談で友達と会ってたんじゃないの？　このところコーラスだかアカペラだかに夢中になってるとか言ってたけど。まさか、そんなことしてたの？　非常事態宣言まで出されたっていうときに、外で？　集まって、なぁに、お歌の練習してたってわけ？」

さめた顔が、不快なものを見る目つきに変わっていく。

なんだろう、言葉にはしないけど、不快で退屈な、相手を全否定するような顔。曲を、僕を、その後ろ側にあるすべてを。この街でまれに遭遇するアジア人差別者の目に似てる。

「一葦がアカペラに目覚めたのはわかったけど、今、そういうことしてる時期じゃないんじゃない？わかってると思ってたんだけど」

時期？　僕が特別高校の編入試験に落ちたときも、似たようなこと言ってなかったか。

そういう時期じゃなかったってことかしらねえ。何しろNYに来たばかりだし。

そのときの母さんの顔は、残念そうだった。あてがハズれて残念。「特別な側」に入れないなんて、つまんない子ねえ。そう言われた気がした。僕はかっこ悪くなきゃ、みっともなくなけりゃ、そこそこで全然よかったのに。人種均等枠だか、優秀なアジア人の多い進学校だか知らねえけど、分不相応なこと勝手に期待して、あてがハズれて。やっぱりダメかぁ、そういう時期じゃないのかもね、と納得されて。わけわかんね、と白けた。

この人は自分の息子がいつか「特別な側」に入れる時期がくると信じてたんだろうか？　親馬鹿？　見当違い？　ぼそっと訊き返した。

「何かを……何かをやるのに正しい時期って、なんね？　そういうの、誰が決めると？」

「周りを見てればわかるでしょうに。リモート授業が始まって、ここでちゃんと現実と向きあうか向きあわないかで学力に差が出るんだから」母さんはそこで声音を少し和らげた。

「歌とかそんなことより、もうすぐリージェントテストでしょ。そろそろ準備始めた方がいいんじゃない？　あのね、補習校に行かせられる余裕はうちはないけど、お友達の息子さんが日本人が経営する現地の子向けの塾に通ってるんだって。そこなら学費も安いし、学校以外のお友達もできるんじゃない？　ほら今の学校はランクもアレだし。リモートで効率も落ちてるだろうから、まずはオンラインで様子見て、非常事態が明けたら早速……」

「いいよ、塾なんか。新しか友達もいらん。今のやつらと、歌ってるだけで楽しいし」

楽しい。そうだ、楽しかったことが親と喋ってると、楽しくないことにすり替わっちまう気がするのはなんでだろ。今のって？　と訊かれ、三人の名を連ねるしかなかった。

「だから、ケヴィンと、シウと、マリオ……」

四人の中ではいつもあだ名で呼びあってるから、本名を口にすると違和感があるな。

「まぁね、お友達と楽しむのを母さんだって反対してるわけじゃないのよ。仲のいい友人ができたのは本当にいいことだし。でもね、さっきも言ったけど、こういう不安定な状況だからこそ、先のこと見据えとかないと。そういえば、再来月には学期末の三者面談《カンファレンス》があるはずだけど、今年はどうなるのかしらね。聞いてる？」

出た、と胸の中で舌打ちする。これだけはコロナに感謝だ。対面じゃやらねえだろうし。

「今回はオンラインなのか、新学期に延期されるのか、まだ決まってないみたいだけど」

「そう、連絡来たらちゃんと伝えてね。九月からはジュニアだし、そろそろ選択科目も将来に繋がりそうな科目を選んで、進路の相談も始めた方がいいものねえ。こっちの学校は生徒数も多いし、こちらからあれこれ尋ねないと、ヒーズ・ナイスボーイで終わっちゃうんだもの。ね、そのさっき言ってた他のお友達なんかは、どうしてるの？」

今日はやけに探り入れてくるな。いつもなら「まぁよかやないか」と援護してくれる父さんがいないからか、ミシン目みたいに続く言葉の縫い目が途切れやしない。

「今はまだ十年生だし……。みんなまだ……、そがん先んこと、考えて選んどらんって」

普段母さんの前では自然と控え目になってる長崎弁が、なぜだかこんなときだけ口をつく。

「レゴブロックとか、ドローンの仕組みとか。面白そうなの選んどうだけで」

半分、嘘。面白そうだってだけのやつもいるが、ちゃんと考えてるやつも多い。パンパが取っている一見ただの筋トレだって、将来オフィスワークより身体を動かす仕事の方が向いてるからという理由の体力作りだし、進級したらアメリカ政治学を取るという。

作曲クラスを選択しているじゃこは、新学期はシステム開発を上級生に交じって取る気だと息巻いてたな。役者になるのを諦めたくじらは、スポーツ以外にステージワークの部活にサボりながらも参加していた。演劇やコンサート、学校の催しなどのセットアップと解体が中心で「やっぱ俺にはステージって場所が合うからさ。わかってると便利じゃん」と言いながら。僕はすでに3Dプリンターの難しさにくじけて、次の科目は決めてない。

いや、科目は決めても、それはそのときだけの興味だ。将来に繋がるための進路とか、考えられないし。こんなときだけは、リモート授業のみになった今の状況がありがたいよ。

「ふぅん。そんなものかしらねぇ」母さんは妥協したように見せかけ、「でも中学と違って学校に行く機会だって、ファンド・レイジングのバザーが年に二度あるくらいでしょ。他の保護者とも中学のときみたいに会う機会なんてめったにないし。個人を尊重してとかいうけど、その個人が何も言わないと先生とのコミュニケーションも進まないのよねえ。母さん、面談前にまたロジー先生にメールしておくから、なんかない？　こういうのやりたいなとか」

え。またって言った？　今。

ロジー先生は英語担当だが、進路指導のカウンセラーも兼任している。やる気のある生徒には、大学の担当者と相談してくれたりと親切で熱心だが、僕みたいにのらくらした生徒には極端にあっさりしている。面談もハイ、お次ってな感じだ。あいつ優秀な生徒を斡旋《あっせん》するために、ワイロでももらってんじゃねえの。そんな噂をする生徒もいるくらいだ。眼鏡の奥の目がいつもこっちのやる気を秤《はかり》にかけているみたいで、僕は苦手だった。

「またって……、母さん、ロジー先生にメールなんか、してるとね？」

「あ、うん、ほんのたまにょ」母さんはばつの悪そうな顔でごまかす。

「ほら、一葦はこっちに来た頃は、なかなか学校に馴染めなかったでしょ。英語のこともあるし。だからクラス内での様子なんかも、親としては知っておきたいじゃない？」

じゃあどこかで伝わってるのか？　漫画トークで恥さらして、皆に嘲笑された授業のことも。以前持たされていた、日本の弁当グッズ満載の弁当箱の中身を人に見られるのが恥ずかしくて、中学のときの女子みたいに蓋で弁当の中身を隠してたことも。卑屈に丸めた背に、「また臭《くせ》ぇ魚でも食ってんのかよ」と皆の笑いが降ってきたことも？

教師もカウンセラーも、僕らに関心ないふりで本当は見てたのかもしれない。だから母さんは僕が「無料支給のスクールランチを食べるから、もう弁当はいらない」と告げたときに、あっさり納得したのか？　普段なら「あんなパサパサのサンドイッチ」と却下しそうなのにやけに簡単に引き下がったのは、店の準備が忙しくなったせいだと思ってたけど。

やめてくれ。覗かないでくれ。声にならない言葉を呑み込み、話題を変えようとする。

「科目の話……とりあえずファイン・アーツの科目は、ヴォーカル・アンサンブルを取ろうって、みんなで話しとるけん。あとはまた、テキトーに考える」

「一葦は本当に音楽が好きだもんね。まぁ音大でも行かない限り、音楽家になれるってことはないだろうけど。本人が楽しめる科目が多いのはこっちの学校のいいとこよね、うん」

さりげなく未来に釘を刺しながらも、母さんは少し安堵した顔になる。トン、トン、トン。出る杭《くい》を打たれ慣れてる僕には、もともと頭を出したい杭さえ、存在しないってのに。

そうねえ、母さんがいいな、役立ちそうだなと思うのはね……。遠慮がちに選択科目の種類を並べ出す。どこで調べたんだろう、これもロジーのおぜん立てか。

Advertising, Web Technology, Horticultural Science, HR Management….

母さんが柔らかな声で呪文のように唱え続ける、「未来」に役に立ってくれそうな単語には、リズムがない。旋律がない。かわりに、「安全」がある。いったん和やかにまとめて収束しそうだったのが嘘みたいに、部屋の空気が急速に冷えていく。

「だ……から、そういうの、もう少ししたら考えるって言っとるとね！」

イラついたら、ひび割れた声が出た。僕は大丈夫。将来のこと考えてるし、この街にも慣れたし、ちゃんとやれとうと。そんな言葉をかけるのが親に優しくするってことなら、僕はきっと、うまくやれそうもない。自分の部屋に戻ろうとする背中に、言葉がかぶさる。

「もう。周りを見ようとしないそういうとこ、お父さんとそっくりなんだから」

どういうことだ？　よせばいいのに、つい、振り返っちまう。

「現実見ようとせずに、いつだってゲームとか歌とか好きなこと、自分の興味のあることだけで。そればっかりで。団体行動が苦手だからって、クラブにも所属してないんでしょ？　友達と遊んでるだけじゃ、スコアに反映されないんだから。成績平均値《GPA》にだって響くのに」

現実見ようとしないで、マスクばっか大量生産してるそっちはどうなんだよ。

言葉には出さなかったけど、別の言葉がかすれた喉からこぼれ落ちた。

「僕は、父さんとは違う。母さんとも、違う」息つぎしてから、言葉をぼそぼそ吐き出す。

「僕は今興味のあること、楽しかと思うことだけしとる。叶うかもわからん目標たてて準備積むのが楽しいとか、僕とはいっちょん違うし。大学だって日米どっちでどうするかとかなんも決めとらん。母さんは……母さんはなんでNYに来たと？　本当にこん街に住んでみたかったわけ？　ちゃんぽんだって、長崎におった頃はそんな大好きでもなかったやなかとね。父さんの夢に便乗して金儲けしたかっただけで、なんでもよかったんやなかと？　で、コロナのせいで儲かりそうもなかとわかったら、もう帰りたいわけ？」

言ったらいけないことを口にした。言葉にしたら、自分が情けなくなるようなこと。学校で地下鉄でネットで、人を見下す発言してるやつらと同じようなこと。

僕は時々、自分をひどく嫌いになる。蔑《さげす》みたくなる。存在をこの世から消しゴムでがしがしこすって抹消しちまいたいくらいに。

そのまま居間を出ようとしたところで、視界の端に光るものが見えた気がした。

涙、だった。母さんの目に、涙が溢れるほどたまっていた。

時折父さんと派手な喧嘩をやらかして逆上し、眉をつりあげながら泣きじゃくるときの激しい涙とはまるで違う液体。透明な毒のようなしずくが張力を保ちきれず、母さんの頬をつたうのを認めたとき。僕は今度こそきっちりと背を向けた。安普請《やすぶしん》の壁が揺れるほどでかい音をたて、納戸みたいに狭い自分の部屋のドアを閉める。剝げかけた厚塗りのペンキの破片が床に落ちた。家族という箱が壊れる音みたいに、わずかに乾いた音をたてて。

家を出たいな。ちぎれるほど強く思う。一緒にいるだけで、誰かをこうも傷つけるなら、そこに居場所なんてあるはずもねえから。二十一歳までは保護者同伴でなけりゃライブハウスにも入れないこの国で、僕は未成年《マイナーズ》という言葉の意味を激しく呪った。

マイナーズ、少数派《マイノリティー》。

いつだって、マイナスの人間がプラスになることなんて、きっとないから。

僕は、あんたらみたいに夢を背負って、何かあるたび一喜一憂したりなんてしないって。

怒りが負のエネルギーを引き寄せたのか、明け方から腹を壊した。昔から腹はそう強くないけど、昨日食べた激安餃子にあたったのかもしれない。それか昨日は陽射しは明るかったものの気温がまだ低かったし、ダウンでなくかっこつけてシュプリームのパーカを着ていたのがたたって、腹が冷えたんだろう。なんて、あれこれ心で言い訳してっけど。

本当の理由はわかってる。ストレスだ。過敏性腸症候群、という病名を言われたのはいつだろう。小学校で緊張していた頃によくなったけど、しばらくおさまっていた。それがまた中三で再発し、こっちに来てからも、学期の始まりは特に下腹がシクシク、ゴロゴロ、ハンパない騒ぎ。日本と違って、授業中に自由にトイレに行ける環境はありがたいが、学校のトイレでナンバー2（こっちのスラングでうんちのことだと、こっちに来てしばらくして知った）するやつという噂が怖くて、極限まで我慢する。しばらくなくて安心してたのにやっぱり来やがった。一度なると、しばらく抜けないんだよ。

母さんは翌朝には普通に接してきたが、そのことに白けたり拗ねたりする余裕さえない。リモート授業の途中にも、中腰でトイレと往復し続けるしかなかった。こんな情けない姿と腹イタの前じゃ、思春期の葛藤も何もあったんもんじゃねえよな。

「おなか壊したなら西洋じゃチキンスープと決まってるの。滋養がたくさんあるからねえ」

変なところで西洋かぶれを発揮する母さんは、作り置きの鶏ガラから作ったスープの容器を冷蔵庫から出すと、テーブルに置いて買い物に出かけた。昨日のやり取りを後悔して、おかゆを作ってくれるような気の利いた真似はしない。横には日本から買いだめしていた漢方胃腸薬。アメリカ寄りなんだか日本推しなのか、どっちなんだ。

でもそれらは、「いつも通り」を貫こうとする、母さんの意思の表れに見えた。

「アロエヨーグルト買《こ》うてきて。あとココナッツウォーターも」

僕も普段通りに弱々しい声をかける。了解。感情の見えない声とともに、ドアが閉まる。

その途端、力が抜けるほどほっとする。

大人になるっていうのは、こうして「何もなかったことにする」ことに慣れっこになることなんだろうな。じゃあ僕、こんなときだけはいっぱしの大人なのかな?

暇すぎて、何度もスマホを手に取っちまう。久々に覗く日本の友人たちとのLINEトーク。もう半年近く更新されてない画面を見つめながら思う。日本にだって、もう僕の居場所はきっとない。嫌でも嫌じゃなくてもいられる場所は、このLESの古アパートしかないって。救急車の音がやたら聞こえる夜なのに、なぜか静の気配にひたひたと包まれる。

06 邪悪なる使者にへし折られたもの

2020.04-05

三月上旬にはたった数人だった感染者数が爆発的に増加した月末、その頃にはすでに、NYの医療崩壊の現場を生々しく伝えるニュースが次々に報道されるようになった。

四月末になれば学校は開くんだな、と漠然と思っていたが、四月一一日、NY市長はNYの千八百の公立校を引き続き閉鎖し、残りの今学年度もリモート授業を続けると発表した。

学年末の六月末まで閉鎖か。その後は夏休みだから、早くても九月まで学校には行かれないってことか。てんこ盛りにある学校行事や課外授業、対面の試験や、マジ勘弁と思う親と教師とのカンファレンス、スクールカウンセラーとの暗い対話……。そんな事々でNYの学校生活を実感も体感もできないまま、日々だけがとろとろと進んでいく。

当面の目標だった桜まつりも、その後に続く予定だった地下鉄デビューも先が見えなくなったにもかかわらず、僕らは練習に本腰を入れ始めた。といっても、長時間は集まれないから、Zoomでのやり取りが中心。対面で会うのはちょろっとだけ。その分、限られた時間は濃厚だった。僕らはそれを認めたくなくて、会えば悪ふざけばかり口にする。

くじらが提案した「訳詞」に頭を悩ませた僕は、じゃこの薦める英詩のアンソロジー本を貸してもらった。細かな英語のニュアンスを学ぶ英語のリモート授業も、いつもより熱心に聴くようになった。英語でも日本語でも言葉のリズムをつかむのが大切らしい。詩の中には、普段耳にする単語とは違う創造的な言葉が並んでいた。スラングばかりがうまくなってきた僕の脳は、むさぼるようにそれらを吸収していく。その分日本語から遠ざかっていく気がし、漫画以外の本も読む。言葉にも文節にも、リズムや旋律があるのを知った。

すぐりも詩が好きだったな。コーラス部で歌ったマイ・リトル・ラバーの「深呼吸《しんこきゅう》の必要《ひつよう》」を少しだけ恥ずかしそうに口ずさみながら、長田弘《おさだひろし》の同名の本を貸してくれたっけ。

気に入った言葉がうまくメロディにハマらないとき、仮死状態のごとく静まる街をへったくそなスケボーで流しながら、僕は言葉を深呼吸しようとした。マスク越しに。深く長く。

面倒だし、イケてない結果を突きつけられるのが怖いから、本気になんてなんねえ。

そんなみずからの選択を、厄介な習癖を、僕はいつの間にやら捨て始めていた。

母さんと父さんの諍《いさか》いは、表面上はヒートダウンしてきた。今までゲームしか興味のなかった息子が日本語や英語の本を読み始めたのを知り、意外そうな顔で見てるよ。

今までのように開店準備に走り回る実動は減り、その分、彼らは政府の助成金や給付金の複雑な申請に頭を悩ませている。管轄部署の通じない番号に一日中電話をかけ続けたり、労働局から郵送される書類を書き込んだりと、忙しそうだ。ここにきて初めて僕は、今まで普通に長崎で生活できていたことが、けっして当たり前じゃなかったことを知った。

政府の補助を受けなけりゃ、長年の努力の末に手に入れた夢の土台さえ失っちまう。そんな人間が我が家だけでなく、この国に数えきれないほどいることに、打ちのめされる。

パンパやくじらの家はコロナ以前から生活補助を受けてるから、さらにキツいだろうな。特にくじらの家は母子家庭で、母親はヴィレッジのバーで深夜まで働いていたらしいから、政府の規制で店が営業できないのは打撃だろう。うちだって両親が申請に難航してるくらいだ。くじらは「うちの母ちゃんジェネレーションXで、いまだにネットで買い物とか面倒な手続きとかすんの苦手でさ」なんて言ってたけど、ちゃんと助成金もらえてんのかな。そういう話は、唯一裕福なじゃこがいるから面と向かっては話題にしないけど。皆、今の居場所を守るのに必死なんだろうな。

知らないでいたこと、見ないでよかったことは、どんどん視界に入ってきて、もう目をそむけようもない。気を許すと殺伐としたモードに取り込まれるアパートの中で、父さんも母さんも僕も、互いに正面衝突しないよう、それなりに気を遣うようになった。

異国で親子三人助けあって目前の困難を乗り切ろうと、手に手を取りあう家族愛、なぁんてパンパの家みたいにウックシーもんじゃねえよ、きっと。

互いに自分が身を置く環境に慣れることに必死だから、よけいなぶつかりあいは避けとこうってのが本音。家族内の見えない境界線を守るのは面倒だけど、結構うまくやってる方だと思ってた。でも時々、この前みたいなぶつかりあいがあると、その後が息苦しい。

いつからか、いやコロナ禍になってさらに、僕たち家族の関係は見えない力で歪められてしまった気がする。僕は自分が弱っちい人間だと思ってきたし、自覚してる。

でも、自分だけじゃないのかもしんねーと思い出した。今さら気づくなって話だけど。

今日も朝から労働局に電話をかけ続け、「全然繋がらんばい、コロナより先にノイローゼになりそうや」とため息をつく父さんの肩。マスクに加え、病院に寄付するフェイスシールドを作り始めた母さんが、プラスチックの破片で切った指の絆創膏《ばんそうこう》。それでもきちんと出される日々の食事には、今まで小綺麗なスーパーで買っていた割高のオーガニック食材はぐんと減り、政府支給の不揃いな野菜や冷凍ナゲットが交ざるようになった。

僕には何ができる？　あー、なんもできねえ、のかな、やっぱ。

いつもは食後に何も言わない僕が「ご馳走様《ちそうさま》、サンキュー」と小さく言ったら、母さんが意外そうに顔をあげ、ちょろっと笑った。父さんは、笑わずに言った。

「客に言われるのはきっとすごく嬉しかやろうけん、家族に言われんのがいちばんやろうな、うん」

ちょっとやめてよ、そーゆーの、と思うけどさ。でもうん、明日もまた言おう、きっと。

声にもならないちっぽけな決意を胸に落とし、皿を流しに置こうとしたときだ。外が騒がしいのに気づく。拍手？　鍋を叩いて鳴らす音？　なんだ？　父さんが壁時計を見た。

「ああ、七時か」

「七時ね。今日は後でフェイスシールド作りをもうひと頑張りしたかったから、夕飯早めにしたからね。ね、たまには、やろうか」

父さんが通りに面した小さな居間の窓を開ける。春の冷気が流れ込む。たくさんのノイズとともに。ほら、一葦も一緒に。うながされて窓辺に立つ。二人が思い切り、掌《て》を打ち始めた。

「頑張って俺らを守ってくれとうエッセンシャル・ワーカーへの感謝の時間ばいね」

見ると、どの窓辺からも人々が身体を乗り出して拍手したり、鍋やカウベル、ホイッスル、いろんなもんを鳴らしている。ああ、と納得する。なんかさ、こういうの、苦手なんだよ。

皆で誰かへの敬意をこぞって示すとか、クサいやつ。パンパのお母さんもナースだし、僕だって、人々の生活保持のために日々身体を張って働いてくれる人たちには、それなりの感謝の気持ちはあるよ。でもそれを表したところで、伝わるのかな。伝わってんのかな。

そのとき、通りを歩いていた女性が一瞬、足を止めた。濃い緑色のパンツに、コートの下も同色のシャツ。この辺りは病院や介護施設が多いが、そこで働く人々は日本に多い白衣は着ていない。彼女みたいにグリーンやブルーの上下のパンツセット、もしくは親しみを持ってもらうためか、クマさんや風船が散ったファンシーな柄のシャツも見かける。ユニフォーム姿で通勤する人が多いのは、着替える時間を省くためなんだろうか。

すぐりが言ってたな。うちのお母さん、看護師だけど白衣の天使って感じじゃなかとよ。戦士っていうんともなんか違うな。ただ働く人って感じかな、人のためにわしわし動く人。

その人もそんな感じに見えた。天使でも戦士でもない。現実に誰かのために身体を当たり前に動かす人間独特の筋肉の流れをまとっている。ドレッドヘアを大きくまとめた、あまり看護師らしくないその女性は、街灯の下でふいに上を見上げた。背筋をしゃんと伸ばし、まぶしげに。歓声や拍手が大きくなる。黒い肌に白い歯が浮かんだ、気がした。

それは一瞬のことで、恥じらうようにまた目を伏せると、歩みを進めた。急いで夜勤に向かうところなのか、それとも帰宅途中かはわからないが、歓声を長く浴びる間もなく、通り過ぎていった。あっという間に。

僕は掌を打っていた。不特定多数の人にじゃない。その人に聞こえるように。

Clap Because We Care. 手を叩くよ、だって、気にかけてるから。伝わったかとか伝わってないかとかは、結果だ。叩かなきゃ聞こえない。歌わなきゃ、相手に届かないように。

一度両手を勢いよく合わせると、こういうのハズいとか、同調意識とか、アメリカ人やたらドラマチックだからとかいろんな突っ込み要素は胸の中で首をすくめ、おとなしくなった。

サンキュー。今日は二度も言ったな。本気で言ったな。本気なんて、だせーのにださくてもよかやん。薄闇に沈んでいく街を、今日一日を見送りながら、つぶやいた。

七時の喧騒《けんそう》はそれからも毎日、長く続いた。僕はその時間、自分の部屋にいる間はつけっぱなしのヘッドフォンをはずし、掌を鳴らさないにしても、窓の外の音に耳を傾けるようになった。サイレンも拍手も渋滞のクラクションも、自分の住む街の呼吸に聞こえた。

四月に入ると、パンパがボランティア活動を始めた。NY市は、リモート授業が始まった三月二三日から、公立校の児童や生徒向けに三食分の食事配布を行ってきた。それまでも学校で無料で配られていた給食が休校によってなくなることで、飢える子供が出るのを防ぐ目的で、四百カ所以上の食料《ミール》配給所《ハブ》を設けていたのだ。それが四月に入り、子供に限らず、全市民に向けて市内にさらに何百もの配給所を設け、配給を始めている。

市の運営、ボランティア団体、様々な組織が行う活動の中で、パンパも自分の住宅地内のコミュニティーに参加し始めたらしい。ブロッコリー。僕らがそう呼び、くじらが「ここを出たい」と願う、低所得者住宅の林立する区域。その一角に設けられた仮設テントの下で、手軽に食べられるサンドイッチやスナック類、野菜や乳製品なんかを配ってるんだ。

スポーツ系の部活トライアウトにあぶれたやつらは、文科系のクラブに「一応」でも属するのが普通だ。僕もパンパも、学校ではボランティア・クラブに所属している。パンパはその大いなる奉仕精神から。僕は、実際の活動に申し込まなきゃ楽そうだし、聞こえがいいという安易な理由で。だから母さんには言ってない。言えば、「どんな活動に参加しているのか」と厄介な事実確認が入るだろうから。実際、幽霊部員の僕は何もしていなかった。でもパンパは前からシニアセンターで食事を配ったり、公園の緑化作業を手伝ったりと積極的に参加してる。僕も試しに一度だけバワリー通りのスープキッチンの手伝いをしたが、ホームレスに「スシはねえのか?」とからまれ、ますます足が遠のいていた。

今日は特別に政府支給の食料が段ボールでどっさり届くから、箱開けを手伝ってくれないかと、パンパが珍しく頼んできた。じゃこもくじらも、あっさり断ると思ってたよ。こいつらはボランティア精神なんてガラじゃねえし。僕と同類だとタカをくくってたんだ。

ところが「いーよ」とくじらがあっさり承知したんで、正直びっくりした。

「おまえらも当然行くだろ。俺らみたいなさ、免疫力も体力もある若いやつらが手伝った方が要領よく進むじゃん。よぼよぼのおっさんらにまかせてちゃ、野菜だって萎《しお》れんだろ」

それで結局、「なんで俺まで」と言いながらも、じゃこも参加する流れになった。日和見《ひよりみ》主義の僕も断れなくなった。なんなんだ、このイミフな流れは。

「この前通りかかったらさ、女子スタッフも結構多いのな。そそるよなー優しい女って。んでさ、客を楽しませるのもボランティアの役目だろ？　俺様の奉仕精神、底知らずよ。ああいう配給所なら人もたくさん集まるし、列で待ってる連中に一発、歌の披露でも……」

おい待て。ボランティアの合間にナンパやアカペラやるって魂胆なのか、くじらは。

「おまえのその都合よすぎる解釈が世の中をいつか滅ぼすな、サノスのごとく」

首をすくめながら、ゲリラ・アカペラもやぶさかじゃない様子のじゃこ。

「でもそういうの、まずいと思うんだ。手伝ってくれんのは、すごくありがたいけど」

「大丈夫だって、マスクははずさねえから。そのぶん、声量のトレーニングにもなるしな」

「そういうことじゃなくて……。あと、絶対ボランティアの子にちょっかい出したりしないでよ。この前だって、公園で声かけてたし」

不安な面持ちを隠せないパンパに、僕も心でうなずきまくる。だよな、やっぱ、いや断然、ヤバいと思うよ。食料配給所でいきなり歌い出すっつうのは。

結局、くじらの狙いを僕とパンパで阻止し、四人で黙々と箱を開け続けていた。ビニールのパウチに入った調理済みチキン、スナックサイズのセロリや人参《にんじん》。アップルシナモン味のチェリオに「これ好きなんだぁ」と食い意地の張ったパンパが言い、「こっそり食うなよ」とじゃこが釘を刺す。正直、疲れる。体力よりも、和気藹々と人が集まる場所に同化することに精神力削られまくる。段ボールを持ち上げる僕の手は細すぎ、心はひ弱すぎだ。

でも続けた。業務用のぶっといカッターで封を切り、中身を仕分けし、空《あ》いた箱をつぶす作業を延々と続ける。流れ作業の力仕事はつらいけど、何も考えなくてすむ。今は、考えるときじゃない。

それに、人の顔を見て品物を手渡していく係よりは、ずっと楽だった。

「若い人が手伝ってくれて助かるよ」と自治会長らしきおじいさんに愛想よく言われてうまく返せず、僕は首をひょこっと下げる。人から感謝されたことなんて、いつぶりだろう。いや、そもそもそんなことあったっけな。感謝されたいと思ったことだってないし。

「かなり箱が減ってきたな。よぉ、これ終わったら、ちょこっとだけ練習すっか」

くじらが派手なリングをはめた指で、近くの住宅内の公園を指す。あそこらで、さ。

僕とじゃこは、マスクから出た目を合わせた。わざわざ図書館に隣接するシュワード公園に行かなくても、プロジェクト内には住民が集う広々とした公園が多くある。でも今までは、くじらがあっちはヤだって拒否ってきたんじゃなかったか。刺すような目つきで、

「こんな中で歌っても、しゃーないじゃん。俺ら含めて、クソ貧乏人しかいねえし」

と。

どんな心境の変化なのかな。「いいんじゃね」とじゃこがそっけなく言う。近所の人も通りかかるかもなぁ、聴いてもらえるかな、ちょっと照れるけど。パンパが嬉しそうに辺りを見やる。

あの辺りには近づかない方がいいわよ、と母さんに念押しされるその場所で、僕がボランティアしたり歌ったりすることを知ったら、両親はどう思うだろう。でもきっと言わない。メンドいから。僕はまだ、心のいろんな場所で器用に線引きしようとしてる。

思いがけず皆に感謝され、「また来てくれな」とちゃっかり次のスケジュールまで手渡され、チェリオとチョコレートミルクの手土産をもらって公園に向かった。

夏になると水を噴き出すクジラとイルカの周りで、家族旅行やサマーキャンプに行けない子供たちが、夏中水遊びする公園。公園を囲んで立ち並ぶ煉瓦造りのビルの見かけは、近隣の家賃の高いコープとあまり変わらない。でもどこか空気が違う。その空気の違いを知るには、僕はまだこの街では新参者すぎるんだろうな。けど、嫌な感じはしない。

ただ違う、だけだ。「違う」ってことは、ここでは当たり前に存在してる。

「ここが本日の俺のステージっすかぁ。くじら・オン・クジラ〜、なんつってな」

石造りのクジラの噴水の上でピエロのようにおどけて片足立ちするくじらの声は、やっぱりよく通る。僕以上にこの周辺には足を踏み入れないじゃこが、辺りを見渡して言う。

「ここらも桜の木あるんだな。来年の桜まつりのリハだな。咲いたらまたここに来ようぜ」

いや、来ようって俺ら住んでるしぃ。くじらが反対もしない声でさくっと茶々を入れる。来年？

ああそっか。来年て来るんだよな、当然か。桜まつりやるのかな。やれんのかな。

じゃこがそれぞれのメアドに送ってくれているアカペラ譜のファイルを出そうと、スマホを取り出したときだった。手にしたスマホのバイブが震えて、電話着信の合図。母さんか。どうせまた帰りにスーパーで買い物してきてという催促だろうな。最近の母さんは、すっかり外に出たがらないから。

後でかけ直そうとシカトしたら、追い打ちでＬＩＮＥが来た。

待ち受け画面の新着通知アイコンの明るい緑色が目に入ると、今でもどきりとする。ＬＩＮＥを送ってくるのは今みたいに母さんぐらいなのに。あいつ、すぐりが送ってくるわけもないのに。グリーンを稲佐山公園の芝の色に重ねてドキドキしちまう。抒情派かよ。

いつもなら、後でいいやとスルーして先は読まないが、スマホを持つ手がふと止まる。待ち受けに表示された、母さんのメッセージの冒頭部分が目に飛び込んできたからだ。

今どこ？　すぐ帰ってきて。お父さんけがした

ケガ？　なんで？　どした？　続きを読むために慌ててロックを解除し、アプリを開いても、続きは書かれていない。通知画面と同じ。漢字変換される間もなく書かれたひらがなの「けが」に、母さんの慌てぶりが透けている。オトーサンケガシタ。けがした。頭がうまく動かず、英語から日本語にうまく切り換えできない。

怪我《けが》って仕事場でか？　交通事故？　包丁で指切ったくらいじゃ連絡してこねーよな。父さんに何があった？　怪我ってどのくらいの？　それ次第でこのまま練習に参加できるかもな。頭の端で甘い計算をしながら、母さんに電話する。出ない。どこ行ってんだよ。

互いにGPS登録をして居場所の確認をしようという母親のウザい申し出を、「小学生じゃないし」と拒否ったことを少しだけ後悔する。いつだって僕は、自分の都合ばっかだ。

「ちょっと、用ができて」つばを飲み込んでから、続く言葉を短く吐き出す。

「悪いけど、今日は、帰るわ」

理由を話す余裕がなかった。リード、どした？　大丈夫かー？　後でテキストしろよー。

三人の声が重なり、トレモロの追い風みたいに背中を押す。漠然とした不安で、まだブロッコリーにはいたっていない緑の薄いプロジェクトの中を歩く。速足で。最後は駆けた。

少し前には帰りたくない、と思っていた古アパートを、自分の家を目指して、駆けた。

ビル入り口の二重扉のロックを解き、階段を駆け上る。ドアの二カ所に施錠された鍵を開けるため、じゃらじゃらと重いキーチェーンを握り直す。「ドアマンのいない安アパートじゃ、幾つ鍵があっても足りないくらいよ」と母さんがこぼす古びた鍵をじれったい気持ちで次々開け、扉を開く。誰もいない。

なんだよ、帰ってこいっつったのそっちやろ。不安を悪態でもみ消し、食卓に座る。ミシンの横に置きっぱなしの縫いかけのマスク。飲みかけの紅茶のカップに描かれたNYの橋の柄。あれはマンハッタン・ブリッジで、こっちはブルックリンか。ぼんやり眺めていると、また新着通知。

今、ER。家でまってて。落ち着いたらでんわする

ER――救急病棟にいるのか。どこのだ。でんわ。いつまで待ってればいいんだ。いつもは無駄に長い母さんのLINEが短すぎて、数行で説明できるほど簡単じゃないことだと告げている気がした。テーブルに放り投げたメッセンジャーバッグから、さっき配給所でもらったチェリオが転がり出ている。カップのシリアルを開け、ざーっと口に流し込む。むせそうになる。広がるアップルシナモンの味を、慌ててチョコミルクで流し込む。甘すぎた。苦手な、苦手だった家族団らんの味みたいに。べたつく口内をボトルの水で流して、窓の外を見る。七時にはまだ早い。どこかのERで、父さんを助けてくれている人がいる。

プリーズ、と英語で祈った。何度祈ったかわからなくなった頃、七時の喧騒が始まった。

吐き気を呑み込みながら、窓を開ける。まるで祝い事のような拍手の束に参加する気も起きず、ただ開けた窓から外を見ていた。放心したまま喧騒を耳に流し込んでいたところで、ようやく携帯が鳴

った。母さんは泣いていた。泣きながら、怒っていた。憎んでいた。

この世の、すべてを。

父さんの怪我は、確かに「怪我」だった。でも原因は、事故なんかじゃなかった。悪意によって引き起こされた行為の末の、負傷だった。動揺する母さんの要領を得ない説明に加えて、そのことはメディアのニュースで知った。なぜだか数日はネットにニュースはあがってこなかったが、NYタイムスが報じると、堰《せき》をきったようにNYポストや他のニュースからも伝わってきた。見る間に、母さんは痩せた。うんと痩せていった。

アジアンヘイト。その言葉は嫌になるほど耳に飛びこんできた。マスクをしていただけで襲われた女性から端を発したかのように、次々と。慣れたくないのに慣れそうなほど。

でもなんでよ? なんで父さんなんだ? 神様、スクールカウンセラー、クオモ知事、デブラシオ市長、誰でもよかよ。教えてくれ。なんで、父さんじゃないといけんかった?

「江川楼《えがわろう》を超えるちゃんぽんを作るとは言わん。俺はあそこのちゃんぽんをいっとう崇拝しとるばいね、長崎で勝負しようとも思わん。でもうちはな、うちだけのちゃんぽんを作る。で、海外の人に食べてもらうったい。NYなら世界中から人が集まるやろ」

悪い冗談としか、覚めない悪夢としか、思えない出来事だった。

父さんが施工業者との打ち合わせに出向いたのは午後のことだったらしい。契約もすんで借りた店舗は何もしなくても家賃がかさんでいく。政府の補助金がようやく下りる見通しがついたことで、父さんは停止していた自分の夢の再生ボタンを押したのだった。キッチン設備の最終施工のスケジュールを組み、秋までにはなんらかの形で店を始める予定だった。

ブロンクスでの打ち合わせを終え、地下鉄駅構内に父さんは向かった。ターンスタイルをくぐろうとしたけれど、ひと気のない改札口付近には、六人の男女が通行を塞ぐ形でたむろしていた。父さんは彼らをよけて通ろうとしたが、そのうちの一人の女性が、身体がぶつかったと言いがかりをつけてきた。謝る隙もないうちに、他の仲間がそれに乗じて殴りかかってきた。父さんは、逃げた。僕にいつも諭していたように。

よかか、一葦。いちゃもんつけてくる相手は危険な人物かもしれん。いや、たいていそうやと思うてよか。そがんときはな、聞こえんふりせろ。抵抗しようなんて考えんことや。危なかと思うたら逃げればよか、わかったか。あと、ひと気のない場所は避けること。

だから父さんは逃げた。だが相手はさらに執拗《しつよう》に追いかけてきて、父さんはぼこぼこに殴られた。やられている最中に「中国人という声が聞こえた」と、父さんは後に受けたメディアの取材で答えた。僕には、後々までけっして言わなかった言葉だった。

ひと気のない場所は避けろと父さんは言ったが、彼自身は避けられなかった。カーサービスやウーバーを頼む余分な金があれば、きっと設備投資に回したかったんだろう。

長崎ではキッチンで働くばかりで、けっして自分の店を地元に出そうと思わなかった父さんは、いつか海外に出るという夢を抱きながら、僕が生まれる前から身体を使って生きてきた。

おいしい出汁《だし》を漉《こ》すために重い鍋を持ち上げる。野菜を強い火力で炒めるために中華鍋を振り回す。海老《えび》の殻をむく。キャベツを勢いよくざくざくと切る。そして、僕の小さい頃には手を繋ぎ、肩にのせ、運動の苦手な僕のためにキャッチボールに付き合ってくれた。いつも活躍してきた父さんの利き腕は、見知らぬ若者たちによってへし折られた。

僕と年齢の変わらないやつらによって。犯人はティーンエイジャーのグループで……。何かを擁護《ようご》するようにひとくくりにされたその言葉に、簡単すぎる響きに、憎悪を抱いた。

右腕と右肩の骨折、そして全身に打撲を負った父さんを見舞うため、母さんと入れ違いで僕は父さんの入院する病院に向かった。数日で退院できるから行かなくていいと母さんに言われたけど、確かめてみたかった。父さんがどんな風にベッドに横たわり、どんなことを考えているのか。そのくせ入り口で手の消毒をし、検温されている最中、急におじけづいた。この出来事が、本当に自分たちの家族に起こったのだと認めるのが、怖かった。

いっそ熱でもあって入館を拒まれればいい。でも僕は平熱で健康だった。いっそ自分が襲われればよかったと思う。未来を見据え、夢を叶えるため日々忙しく働く大黒柱の父さんより、何もしない、前を見ようともしない僕が怪我した方がまだよかったに決まってる。

「ああ、来たんか」父さんは水色の入院着を着て、こちらを見た。たくさんの管に繋がれ、腕も肩もがちがちに固定され、まるで白い要塞にとらわれた青いミイラみたいだった。

「うん……大丈夫?」

大丈夫じゃない人に向かって、そんな言葉しか思い浮かばないよ。

「まぁこん通りや。ばってん、どうやら手術はせんですむらしい。やけん数日後には追い出される。

こっちは入院費すごかけん。自宅で治せるもんはとっとと出てって治せとさ」

「入院費……払えると?」ぼそぼそと訊いた。金のことか。心配だけど。心配だが、本当に訊きたいのはそんなことじゃない。じゃあ、何を訊きたいんだろう、僕は。

「まぁかなりいきそうだが、安心してよか。病院の人が言うことには、こん州には犯罪被害に関係する医療費や経費には、補償やサポートサービスがあるらしい。まぁこがん身体で、またややこしか書類準備に頭悩ませんばいかんのが、面倒ばってんねえ」

黙ってうなずく。父子で医療費の心配か。しょぼかね。まじしょぼかマイライフばいね。

「犯人、つかまって欲しか。絶対」僕は吐き捨てるように言った。「日本なら、未成年は名前ば出さんとかあるやろうけど、こっちなら悪いことしたら、公表するとも聞くし。学校でもそう脅されとーよ。だったら、そいつらとっつかまえて、捜して、さらして……」

「一葦」父さんが、僕のぶつぶつと途切れがちな呪詛《じゅそ》をさえぎる。父さんの顔を見た。殴られた目が充血し、白目の九割が怖いほど赤い。深紅《しんく》のどろりとした濃さが、胸をえぐる。

「父さんなぁ、死ぬとやろうかぁと思うた。こがんして、こんまま暗うてくせえ地下鉄駅で死ぬとやろうかぁって。そんときに思うたんはな、こいつらばつかまえて欲しか、したことの代償ば払うてもらいたかって気持ちじゃなかった。ばってん思うた。いくらこいつらが店に来てん、ぜったい俺のちゃんぽんは食わせねーぞってな。棒餃子もバンバンジーも」

「……マジ?」子供か。それ仕返しか。父さん、冗談じゃなくこういうとこあっから。

「いやそれは嘘ばい。実はちゃんぽんのことも、作りかけの鶏スープのことも浮かばんかった。ただおまえと母さんに会いたかぁって。七時に間に合うなら一緒に母さんの飯食うて、窓開けて鍋打ち鳴らして拍手して、死ぬならせめてそれからにして欲しかって思った」

ばかだ。父さんはばかだ。あんな時間のこと。家族で初めてNYに来てレインボールームではしゃいで飯食ったことや、台風前の軍艦島《ぐんかんじま》に上陸したことや、そんなんじゃなくあんな些細《ささい》な時間のこと思い出すなんて。夢が叶えられなくて悔しいとかじゃねーのかよ。

「そがん顔すんな。母さんば、頼むな。おまえ、最近アカペラに凝ってるとか言いよったやろ？　いっそ、友達連れてきて、歌って元気づけてやってくれんね」

「そがんことしたら、ぜってー怒られる。勉強もせずにって叱られる。雷落ちまくる」

母さんば怒らせて、地雷踏んだときの般若《はんにゃ》みたいな顔作らせて、たまにゃ笑わせて。そがんこと、おまえがやってくれんね。な。父さんしばらく、できんかもしれんけん。

帰りがけ、父さんのその言葉が胸に渦巻いていた。ふらふらと歩いていた。すべての体力を消耗《しょうもう》してしまったように疲れていた。地下鉄は避けてバスに乗れと母さんに言われていたが、バスに乗る気もしなかった。ダウンタウンまで急行で帰れるセレクトバスを何台も見送りながら、黙々と歩いた。いちばん大変な当人を励ますこともできず、約束にちゃんとうなずくこともできず、後ずさるように病院を出てきた。息子なのに、一人息子なのに頼りないと思っただろうな。父さんごめん。頼りないんだよ、僕なんて生まれたときから。

病院施設の多いアベニューをただ南に向かって、とぼとぼ歩き続けていたときだ。また新たな救急病院を通りかかった。その横の敷地にドーム形の仮設テントのようなものが設置され、大きな冷蔵トラックが何台か横付けされていた。何気なく目をやったときだった。

トラックの荷台ボックスのドアが開いた。全身を白とブルーの防護服でかためた作業員が、担架のような板を運び出している。新しいコロナ患者だろうか。目をやるが、そこにのせられているのは「白い塊」だった。白いプラスチックでぐるぐる巻きにされた人型の塊。

遺体、だった。

感染の爆発で市内の遺体安置所が不足し、コロナで命を落とした人たちが仮設の安置所に収容されているというニュースは耳にしていた。でも見たことはなかった。学校と近所の店、公園、マーベルのコミックが充実した書店。守られ、限られたそんな狭い区域でしか生きていなかったから。こんなにも無防備に目に飛び込んでくること自体、考えてもいなかった。

瞬く間に運ばれていく遺体。きびきびと動き回る作業員の、今日の空の色に似たブルー。父さんの入院着のブルーがその背に重なる。目の前で繰り広げられている生々しい光景は、でもどこかでマーベル映画の邪悪なる使者が作り出す魔界のように現実味に乏しくて、いや違う、これは現実だ。父さんが襲われたのも、収容できないほどの遺体も、
その瞬間、目から黒く濃い煙のようなものが流れ込む。苦く喉を伝わり、胃が痙攣《けいれん》する。流れ込んできたのは「現実」だった。僕が見ようとせず、見ないですんできた現実。

よろよろと通りの端まで歩いた。ゴミ箱につかまり、腰を折ったとたんに嘔吐《おうと》した。

苦い液体は吐いても吐いても、胃の中が空っぽになっても、身体にとどまり続けている。

「アー・ユー・オーライ?」「大丈夫?」

何度か頭上で声がする。目の前に伸びた手に握られたティッシュを受け取り、口を拭う。サンキュー。声を絞ったら、口の端から苦い雫《しずく》が落ちた。立ち上がらないと、歩き出さないといけない。この場を離れなきゃいけない。とどまっていたら親切なこの街の人々に労《いたわ》られ心配されるから。誰にも労られる資格なんてない僕は、よろよろと歩き出す。

数日後、父さんは家に戻ってきた。僕たち家族はとにかく「現実」と向きあい、最低限の生活を取り戻すことに、躍起になるしかなかった。最低限というのは、「生活をすること」そのものだった。ギプスをした父さんがどうにかシャワーを浴びられるように、母さんと腕にラップをぐるぐる巻きにする手伝いをしたり。僕や父さんにはきちんと食事を作るのに(骨の再生をうながすためにカルシウム中心の)、自分はめっきり食べなくなってしまった母さんを、なだめすかして食べさせようとしたり。父さんが担当していたリサイクルのゴミ出しは僕の担当となり、外にますます出たがらない母さんのために食料品の買い出しもする。そういう、連なる日々の作業だ。今まで僕が、当たり前に与えられるものとして、ときに厄介なものとして受け取っていた、「家族としての生活」を続けること。

それで僕ら家族はなんとか生きていた。母さんはいつも何かを言いたそうにしてたし、父さんはそれを聞くのを常にごまかそうとしてる。そんな気配は、感じないふりをして。

でも母さんはついに、夕食で向きあう時間の隙をついて、口を開いた。

もう帰りましょう、日本に、と。父さんは、首を横に振った。ここで諦めるわけにはいかんのや。せめて一葦の夏休みの間だけでも、という嘆願に、父さんは「今が大切な時期やけん」と苦しそうに言った。わかってくれ、とまだ充血の残る目が必死に訴えていた。

夢の呪縛に父さんはとらわれ、母さんは父さんの夢の重さに耐えられないで、痩せていく。二人を見るのが耐え切れず、僕はそっと立ち上がると、以前のように自分の部屋に逃げ込んだ。

リモートの授業と課題の合間に、三人とは短いやりとりはしてる。すでに事情は伝わってるんだろうな。僕が簡単な説明をした後も、三人は細かなことは訊いてこなかった。

必要なことがあればなんでも言ってくれ、と言われたけど、必要なのは時間だけの気がした。練習、気が向いたら来いよ。そんな遠慮がちのメッセージには既読スルー。性格わりぃな。最悪だ。いっそ全部スルーすりゃいいのに、いつだって中途半端なんだよ、僕は。

本当は死ぬほど皆に会いたいのに。一方で、いちばん会いたくないのも三人だった。

そういえば、こいつらにも言われたことあったっけな。おまえ、感情見えないようで、実はまんま声に出てんぜー、と。じゃあ今の僕が歌う声は、きっとひどいもんだろう。暗くてどろりと重くて、嫌なもんが充満して。誰も耳を傾けたくないような声、なんだろうな。

僕がいない間も皆はハモりの練習を続け、力をつけているんだろう。何しろくじらの歌は誰にだって真似できやしない。元から出遅れていた僕は、このままもう戻ることなくフェイドアウトすりゃいいのかもしれない。それが楽なのかもしれねえ。

時間あったら、ちょっとでいいから顔見せに来ねーか、図書館の横でまた歌ってっから。

何度目かの、いや、そんなに無神経に何度も誘ってはこないから、まだ三度目くらいか？

その三度目の誘いに仕方なく、返信した。

「腹壊してっから、無理」僕の腹が弱いのは、前からやつらは承知済みだ。やむを得ない事情で公園の汚いトイレに駆け込んだり、図書館でもよく行ったりしてたしな。まぁ半分嘘じゃない。今は図書館や公園のトイレは封鎖されているので、いつ訪れるかわからない非情な下痢ピー攻撃に対応できないからだと、やつらも察してくれるだろう。

断る理由はこのくらいアホっぽいのが、情けねえのが、いいよな。その方があいつらだって、気が楽になるはずだ。友人の家族がアジア人憎悪で手ひどく暴行された、なんて深刻な理由でなく、さ。

五月に入った土曜の夜、三人が公園で歌っている動画をいきなり送り付けてきた。最初にスマホの画面に大写しになった、ほころび始めた桜の花を見て、あ、と思った。

ズームがうまく利かないのか、最初はピントのずれたぼやけた花に焦点が合い、背景が見えたときに、目を凝らした。あそこだ。数週間前、パンパを手伝ってボランティアを終えた後に寄ったプロジェクト内の公園。クジラとイルカのいるその広場でじゃこが言ったな。

――来年の桜まつりのリハだな。咲いたらまたここに来ようぜ。

そうか、もう咲くのか。花や空や木々を見上げたりなんてしばらくしてなかったから、気づきもしなかったよ。暗く閉鎖された日々の中で息をして過ごす間に、父さんの怪我もゆっくりと回復しつつある。腕はあがらないが、顔色はよくなった。それなのにまるで前に進んでいない感覚がある。僕の目もピントが合わず、ぼんやりと画面の動画を見つめる。

ああ、と出始めのパンパとじゃこの二重奏だけでわかった。候補にあがっただけでまだ準備も全然していなかったキンクスの「スーパーソニック・ロケット・シップ」。『アベンジャーズ／エンドゲーム』の中でも僕らの気に入りの曲だ。もうこの曲もやってんのか。

くじらがノリよく主旋律を歌い出すと、唐突にパンパがドゥンパ、パッとリキ入りすぎなバスドラみたいな勢いで、声のリズムを刻みだす。いや全然合ってねえし。それでわかった。ふざけて挑戦してみたものの、まだ練習はしてなかったんだろう。じゃこはベースでなく、くじらとユニゾンで合わせるが、歌詞を覚えてないからテキトーきわまりない。

でもいいな。僕もユニゾンで歌ってみてえ。同じ波長で同じ音を追いかけて。はちゃめちゃなようで、三人が声を適当に合わせると、自然とリズムのグルーヴが生まれ始めた。

みんなやるじゃん。感心したところで、何を思ったかじゃこはいきなりテンポを崩し、アバンギャルドなフィルインをぶっ込んできた。その後もテンポを遅めたり、速めたり。

めちゃめちゃだろ、それ。キレキレで歌っていたくじらが、なんだよーおまえって顔で目をむいた後、即興でそれにノってみせる。パンパは動じず、というか二人のおふざけについて行けず彼なりのリズムを死守したままだから、かえって曲調は混乱をきたし始める。

おいおい、もうぐしゃぐしゃだろ。すげえ楽しそうだけど。でたらめで自由で。不協和音さえ楽しくて。そうそうこの曲、アベンジャーズ再結成に向け盛り上がってきたところで流れる曲なんだよな。で、サンドイッチを頬張ってたスコットが飛行物体に驚いてハルクとグルートも笑わせてくれて。ギャグ場面の展開にこの曲がぴたりとハマりすぎだよって、四人で腹抱えて笑ったっけな。

たった数週間前の時間がえらく懐かしくて、恋しかった。

その途端、はじけていた笑顔が逆さまになって一瞬、ぶれた。唐突に地面が大写しに迫ってくる。テーブルか何かに立てかけていたスマホが倒れて、地面に落下したらしい。

うげぇぇ、やっべえ。液晶やられてねえ？　だからそこじゃ安定悪いって言ったろがっ。ふぇー助かった、割れてない。あいつらの慌てる声。

互いの影を踏みしめて歌っていたシュワード公園の地面を思い出す。

一転して、空。公園の新緑に縁どられた白の雲が散る空。桜の淡い色。

そんなものが一瞬のうちに凝縮され画面を駆け抜けるのを、僕は食い入るように見つめた。すでにピントは合っていた。僕の網膜はすべての機能を駆使し、焦点を合わせていた。

三人はぶつぶつ言いながら体勢を整え、自撮りの画面にぎゅう詰めにおさまると、口々に言う。早く練習来いよ、まだ腹壊してんのか？　なんかあるとおまえ、腹下すもんなぁ。うんちなら、そこらの花壇でしちゃえばいいじゃん。肥料になるし。それよか咳《せき》止めシロップ飲むと腹にもいいし、イイ気持ちになれんぜ。腹下しになんで咳止めなんだよ、じゃこ。リードが復帰したらこの曲も本格的にやっからな、おまえも候補曲持ってこい。がんがんいくぞ。

くじらが二人を押しのけ、その端整な面構えで画面を占領すると、こちらを見据えた。

「おまえのしょぼい声がないと、なんか歌いづらいんだよな。はよ、来い」

「それからなぁ」じゃこが今度はくじらを押しやると、細っこい目でカメラを見る。

「ま、いいや。これは会ってから言うわ」

なんだよ。僕はつぶやき、毛布にくるまったまま、その激へなちょこなアカペラ動画を見た。何度も、見た。僕がそこにいないのは、なんかの間違いとしか思えなかった。

そこにしか居場所がないように感じて、今ここにいることが苦しくて、桜が散る前に行かなくちゃいけない。三人のもとに。いちばん会いたくて、いちばん会いたくないあいつらに。

NYにも、いつしか遅い春が来ていた。

07 活動の場所から

2020.05

このところリップグロスが減らない。いつもなら、お弁当を食べた後の昼休みに先生に怒られない程度にちょっぴり塗り直す。そして放課後、今度は念入りに塗りたくるのだ。

でもこのところ、放課後は省略。マスクにつくのは気持ち悪いから。自分の口元が隠れていることに、わけもなく安堵する。マスクを通した人々の声がくぐもっていることにも。

あ、この澄んだソプラノの声にはメロディでなく、あえてあの曲のオブリガートが似合うかもな。目の前のカップルのお喋り、このまま高低のオクターブ・ユニゾンで歌わせたらいい感じ、なぁんて、よけいなこと考えなくてすむからかな。

声と歌は私の中で今までかたく結ばれていたけど、今は強引に切り離そうとしてる。声と音楽という絡まりあった糸玉を躍起になってほぐそうとする。いっそ一日中マスク着用必須にすればよかやんね、なんて思うけど、文部科学省はそのへんはやたら寛容らしい。

二〇二〇年五月一一日、月曜日。真智に三週間ぶりに会った。四月一六日の日本全国の緊急事態宣言を受け、新型コロナウイルスの感染拡大防止のためにしばらく休校になっていた長崎県の公立校が、ようやく再開した日。こうしていつもより長く放課後を一緒に過ごしているのは、退屈だった三週間を穴埋めするためかもしれない。といっても、ただいつもみたいにうだうだ他愛ない話をしてるだけで、何で満たしているかはわからんけど。

彼氏のいないJKの放課後はとろとろ長くて、空っぽな気配で、でも気楽でほの明るい。3密ってなんだろう。私には、そこまで近くなりたいものも人もいない気がするな。

「リップ減らんぶん、透明マスカラが減るけんねー」

今日もアイプチのまぶたを光らせた真智がプチプラのマスカラを吟味しながら、振り返る。きっと形のいい唇をとがらせてるんだろう。でもオレンジ色のウレタンマスクに隠れて見えない。ドラッグストアの照明って、どうしてこうも明るくてまぶしいのかな。すべてを公平に容赦なく照らし、さらけ出させてしまう。カップラーメンもコスメサイト殿堂入りファンデも湿布薬も、全部。ラメ入り透明マスカラをたっぷりつけた真智のまつ毛もまぶた同様に輝いて、私は凍りかけの霧雨をまぶしたみたいな綺麗なカーブに見とれてしまう。

「あれ、すぐり今日はすっぴんまつ毛？　まぁすぐりはなんも塗らんでもふさふさやし、綺麗に丸まっとるし、よかよねぇ。うちなんてビューラーぎっちりやらんとあがらんもん」

「朝起きたら、まぶたこぉんな腫れとってさ、一気にいじる気なくしちゃって」

「なんでぇ？　さてはまた夜中に、カステラぷりんのどか食いでもしたんやろ」

「泣いたから」

真智の屈託なさにつられて思わず本当のことを言ってしまってから、しまったと思う。何かあったと？　見開く目に、中学時代の親友だった祥子の顔が一瞬ダブる。私は友達の前であまり泣いたことがない。悔しいことも悲しいことも、へんに慰められたらもっと増幅されてしまう気がして。でも病気が発覚して、合唱コンクールを降りると打ち明けたときは、思い切り泣いたっけ。私自身は泣いたことで何かを手放す諦めがついたけど、祥子を悲しませてしまったのがつらかった。

ずっとあたしにも黙ってたんだね。つらかったね。

祥子は言ったけど、親友が病気になったことより、もしかしたらぎりぎりまで打ち明けてもらえなかったことの方が悲しかったんじゃないかなって今なら思う。ひねてんな、私。

「ネトフリで『愛《あい》の不時着《ふじちゃく》』一気見しちゃってさ、後悔したぁ」

「えー、あたしもそれが怖くて、週末まで我慢しようとよ。まぶた腫れたら、アイプチやっても効果なかけん。あー、それよりいつプチ整形させてくれんだろ、うちの親」

よかやんずっとアイプチで。やだぁ、それか桃《もも》ちゃんみたいに動画で半分メイク前、半分メイク後の顔さらして儲けっかなぁ。そのお金で整形するけん。何それ堂々めぐりぃ。

ドラッグストアを出て、地元民が「浜《はま》んまち」と呼ぶアーケードを肩をこづきあって歩きながら、思う。真智が別の中学出身でよかったな。もし一緒だったら、きっと気持ちを伝えてしまうだろうから。今の気持ち。後悔と、形のない不安と、自分へのわけのわかんなさ。こんな気持ち、ドラッグストアの店内照明にだってさらされやしないだろう。

庇《ひさし》の下の長い商店街をぶらぶら歩いていたら、赤に金抜きの文字が書かれた看板が目に入る。江川楼の支店、こんなとこにもできたんやね。やっぱここのちゃんぽん、いっとうおいしかねー。立ち止まる私に、真智が無邪気に言葉を投げてくる。私の視線をさりげなく読み取る真智は、実際はすべてを見抜いているんじゃないかと、一瞬ひやっとする。

本当は、もっとおいしいちゃんぽんの店が出島にあるんよ。ただそこのメインシェフの人、お店辞めて外国に行っちゃったから、今はどうかわからんけど。

そんな言葉が喉元から出てきそうになって、私は自分でびっくりする。もちろん真智には言わなかったけど。

「何じっとショーウィンドウ見よーと？　おなかすいたん？　さっき角煮まん食べたやろ」

「違う違う。なんでちゃんぽんって、必ずかまぼこ入ってるのかなぁって」

「はぁ？　すぐりの唐突クエスチョン出たぁ。そりゃピンクが可愛いからっしょ。ごたくたの具の中にピンクが浮いとるってなんかラブリーやろ。女子はピンクだよね。てか、やっぱ私も今日見てしまおっかなー、『愛の不時着』。ファッションも可愛かよね、あのドラマ」

「真智だって相当にトートツやろ。会話が不時着っ」

私は笑いながら、精巧にできた食品サンプルのかまぼこのピンクから視線をはずし、真智の爪に塗られた桜貝色のジェルネイルを眺める。唇、爪、ビーズのブレス。ピンクは可愛いけど混じらない。いつもピンクは、ここにいますよ、って愛らしい顔で視線をとらえる。もうすぐ稲佐山の斜面を鮮やかに埋めつくして咲き誇るツツジみたいに。

私はピンクは着ない。着たくない。

首に傷ができてから、人の視線をとらえる色はもう身にまとわない、と決めたから。


ネトフリの韓流ドラマのかわりに、今の私の胸に焼き付いてるのは、あの子のお父さんの事件だった。何週間か前に起きた出来事らしいけど、テレビのニュースを聞き流している私は知らなかった。三日前、お母さんが夕食時に話題にしたことで知ったのだ。

その日は、仕事明けにお母さんがテイクアウトしたちゃんぽんが食卓にのっていた。あの子と私が仲良くしていたことは、お母さんは知らない。そのうち話そうと機会を見ているうちに病気が発覚し、あんなこともあって、言わなくてよかったと思っていた。

その日はたまたま、ニューヨークで広がりつつあるアジア人差別に関する新たな事件が報道され、お母さんはそのこととちゃんぽんを関連づけて思い出したらしかった。

「そういえば、長崎出身の日本人も少し前にニューヨークの地下鉄駅で襲われとったねぇ。ちゃんぽん店を開く準備をしとったらしいけど、大怪我したって。そんなひどい目にあうなんて気の毒すぎよね……今日たまたま職場でその話になったら、その襲われた人、市内出身だっていうじゃない。すぐり、知っとった？　砂原って名前、聞いたことなかね？」

私は黙って首を振る。その瞬間から、食べていたちゃんぽんの味がまるでわからなくなった。かまぼこのピンク色はくすみ、さっきまで海の中から泳ぎ出たような風味を放っていたイカは、今はゴムみたいに味気ない。コロナに罹ると味覚や嗅覚がなくなると聞くけど、こんな感じなんだろうか。動揺を鎮めたくて、関係ないことを考えようとしたけど無理だった。お母さんは話し足りないのか、箸《はし》で麺をほぐしながら言葉を続けていた。

「戻ってきたらよかね。そんなニューヨークだとか遠くて危険な場所でなく、この町でちゃんぽん店やったらよかとにねえ」

治るまでうちが通いで看護してあげるのに、同じ町のよしみで。お母さんは、ベテラン訪問看護師とは思えない突拍子もなく子供っぽいことを興奮した口調でまくしたてている。この人が子供っぽいことを口走るのは、かなり熱くなっているときだ。

差別だなんて。同じ人間なのに、アジア人だか黒人だかとにかくそんな簡単に差別されていいわけがなかやろ。お金がなくて看護してもらえん人だって、いていいわけなかよ。

「母さん、お茶ついでくれんね。ついでにお酢。ちゃんぽんにはお酢がなきゃな」

お母さんが敬愛するアメリカの訪問看護師の話をまた持ち出そうとする気配を察したのか、お父さんが割って入る。その間も私は伸びたゴムみたいな麺をもそもそ咀嚼《そしゃく》していた。

それから三日間、ずっとずっと、気持ちが揺れていた。

どうしてこんなに揺れるのか、わからない。

仲良くなった当初、あの子は両親のことをあまり話したがらなかった。でも両親がニューヨークでちゃんぽんの店を開こうとしているという話に私が反応して以来、時々自分からぼそぼそと家族のことを話してくれるようになった。お父さんは何店かのちゃんぽん店のキッチンで働いてきたけど、本当は江川楼のちゃんぽんがいちばんおいしいと言ってたこと。

「うちのお母さんも同じこと言ってる！」と私が声をあげたら、「あそこにはかなわんけど、でもニューヨークでいちばんの店を作るとか、やたら張り切っとう」と笑ったこと。皮肉な感じでもなくて。できるわけがなかね、とはなから否定する感じでもなくて。

なんていうのかな、お父さんのやることがどんな結果でも受け入れると決めているみたいな、ふわっと笑いを含んだ声。いつももぞもぞと斜め下を見てるあの子が、家族のことで優しい声を出すのは初めてだった。ふと思った。私もこんな声をしてるのかな。私もお母さんのことを話すとき、こんな声や柔らかな目をしてたらいいな。でも無理だ、私は開けっ放しの蛇口みたいにテンションだだ漏れやから。なんて、ちょっと悔しくもなったっけ。

嫌なことも言われたし、こっちもきっと傷つけたのに。あのときのまなざしや、父親の働く店に照れながら連れて行ってくれたことなんかを思い出す。ほどよい大きさの海老はぷりぷりで、イカには丁寧に飾り切りがほどこされ、キャベツは軟らかかで驚くほど甘かった。

「あれ」思わず私は声をあげた。「私、江川楼よりここのちゃんぽんの方が好きかも？」

私がお世辞でもなく正直に言うと、箸を止めたあの子はびっくりした顔で私を見た。いったん口の中のものを飲み込むと、眉根を寄せて重大なことを明かすみたいな声で言った。

「実は僕も思っとう。けど、父さんにはよう言わん。図にのられて暴走されると困るけん」

そこは笑って言うとこやろ。私が突っ込むと、とってつけたようにあげた唇の端の不器用な角度。なぜこうも胸がかき乱されるんだろう。

怪我は回復に向かっているのか。開店準備中だったという店舗はどうなるのか。こんなひどい事件に家族が遭遇して、あの子は何を思い、どうしているのか。

そもそもニューヨークでどんな暮らしをし、どんな風に過ごしていたのか。

遠い外国に越して行ったと聞いたときには感じなかった、いや感じないように塗りこめてきた問いかけが、今さら喉からせりあがるようにわいてきて、

苦しい。うんと、苦しい。ずるいよ、こういうの。こんな形で時間をふいに早戻ししてくるなんて、反則やろが。なんの罪もない、苦しんでいるであろうあの子とその家族を私は身勝手に恨んだ。それなのに、どうしていきなりLINEなんか送ってしまったんだろう。

——地下鉄の事件のこと、聞きました。大変だったね。お父さん、だいじょうぶ？

いてもたってもいられなくて、ついにそんな稚拙な文面を挨拶も抜きで送ってしまったのは、三日間の寝不足でアタマの神経がこんがらがっていたせいに違いない。

既読はすぐについた。でも返信はなかった。当たり前だ。事件を知ったからといって、とってつけたように連絡してきて、今さらなんや？　という感じだろうな。

日本のニュース番組で報道されたぐらいだから、きっといろんな知り合いからどかどか連絡が来て、人見知りのくせに律儀《りちぎ》なところもあるあの子は、困惑してるに違いない。

わかってる。送ったのは、彼のためというより、自分のため、だ。何かしなくちゃいけんという自分の焦りと迷いを突破するためのメッセージ。なんなら、好奇心？　最悪やん。

自己嫌悪と激しい後悔にさいなまれていたら、意味もなく泣けてきた。一年分のあの子に対するく

すぶっていた思いが、奔流《ほんりゅう》となって流れ出す。いったん泣いたら、止まらなくなった。なんのための涙だろう? ただ、地下鉄でわけのわからない若者に襲われ、うずくまっているあの子の父親が浮かんできて。恐ろしくて、苦しくて。初めての手術で首に深くメスを入れられたときの、自分の肉体が傷つくことへの耐え難い恐怖と痛みがよみがえってきた。楽しくて仕方なかった学校生活が苦痛へと塗り替わったあの頃。一方で、大好きだったニューヨークの街が汚らわしい地のように思えてくるのが、いたたまれなかった。

ホームからの突き落とし事件が多発するという地下鉄駅。ひと気のない公園。まだそこに住み、色々な場所を通り過ぎるあの子も自分の住む街を嫌いになったりしたんだろうか。

やっぱりマーベルの映画なんて架空でしかない。キャプテン・アメリカもマイティ・ソーもいるわけなかって。そんな当たり前のことに、深く落胆したりしなかったんだろうか。

お父さんの事件を知ってからあの子にLINEを送ってしまうまでの三日間、私は「差別」について考えていた。正確にいえば、自分ではとらえきれない社会的な問題にすり替えることで、あの子に連絡した事実に薄っぺらな意味づけをしようとしてたのかもしれない。

ここ長崎は、広島と並んで被爆の地だ。キリシタンが隠れ住んだ地でもある。私たちの世代には戦争も原爆も潜伏キリシタンも遠い遠い出来事だけど、忘れちゃいけない事実だということは長崎人として認識している。身体に、血に、刻まれている。

学校の授業で差別を受けてきた被爆者の戦後史を習いもしたし、平和《へいわ》公園も原爆資料館も遠足のコースだった。痛みの伴う歴史を事実としてきちんと受け止めて判断できるほど私は大人じゃなかったけど、差別やいじめがいけないことだし、すべきことじゃないというくらいはわかる。受ける方も、する方もわかっているはず。

でも私だって区別してきたじゃないか。イケてないグループとイケてるグループ。校内に存在するカーストに気づかないふりして、もちろん意識してた。

そういえばあの子と出島に遊びに行ったことを思い出す。キリシタンを差別し、弾圧してきた歴史など忘れ、はしゃいだ私はレンタル着物を一緒に着ようと無茶ぶりして、あの子を困らせたっけ。

あのときの私たちは無知で無邪気だった。何も知ろうとしなかった。そして、幸せだった。


結局、浜町《はままち》アーケードを出たところで真智と別れてから、川沿いを歩いてまた一人で眼鏡橋まで来てしまった。歩きながら、まだ考えていた。

差別されるというのはどんな感覚なんだろう、と。でも本当は、少しなら想像がつく。

見かけの「差別」。それは、悪意の自覚がなければ、「区別」になる。

私は首に手術の傷痕というミミズを飼い始めたときに、今までと違う領分に自分が「区別」されたことを思い知った。それまでの、歌がうまくて容姿もまあまあで華やかなグループに属している、と区別されていた頃のすぐりは、どこにもいない。今度は違う区分に移されたんだ。病み上がりで、首に傷を持つ、元コーラス部だった可哀そうな一女子中学生という、すごく気の毒ではないけど、中途半端にプチ同情をそそる枠、みたいな区分に。

あの子のお父さんは、アジア人だったから差別を受けた。アジア人だったから暴行を受け、死にさらされた。アジア人の肉体を持っているというだけで危険にさらされ、始終怯えなくちゃならないなんて、考えられなかった。そして、私も病気になって区別された。

あの子はどう思ってるのかな。同様に、アジア人だからと向こうの学校でも差別を受けたりしてるのかな。あのときと同じ、いやさらにいわれのない差別を浴びているんだろうか。

中三の春、私の発言のせいで悪い噂が校内どころか校外にまで広まったとき。きっと彼も違う領域に入れられた。あのときは、自分が「区別」されたことでギリ瀬戸際にいて、誰かのことを考える余裕なんてなかった。いや、嘘だ。いい子になりたかったから、心配かけまいと家族や友達の前では必死に演じてた。心配かけちゃいけないと、笑顔をなんとか保とうとしてた。でもあの子なら、あの子のことなら、少しなら傷つけてもいいと思ったんだ。

そう、私は最初から彼を区別してた。スケープゴートに仕立て上げられる存在として。

サイテーだ。もう取り戻せない。

それなのにまたLINEなんか送ってどうしようというのか。眼鏡橋のたもとの川面は歪んでいる。ゆらゆら歪んで、時は流れずそこに澱み、私のことを薄暗く見上げている。

あのとき、私はあの子とハートの石を探したっけ？　幸せになるため何かしたっけ？

そのとき、制服のポケット越しにスマホのバイブが震えて着信を知らせた。さっきお母さんから焼き小籠包《シヨウロンポウ》買ってきて、と頼まれたけど、追加の買い物かもしれない。買い物する気分じゃないんだけどな、とスマホを取り出したところで、あ、と目が画面に釘付けになる。

ポップアップ画面に浮きあがったアイコン、「これ、ヴィレッジの古本屋さんで買ったと」と自慢げに見せてくれたマーベルコミックの表紙を撮った画像に。何かをつかむように掌を差し出しながらアリンコと駆けるアントマンが、私の心臓をぎゅっとつかまえる。

「久しぶり。父は回復に向かってます。で、じつは今、こんなことやってて」

え？　こんなことって？　ていうか、こんだけ？　いつだって言葉が足りなかったあの子の「やってて」は、リンクの無機的な文字列に続いている。

リンクは動画サイトのものだった。わけがわからずタップしてみる。公園かどこかの風景と、アメリカ人の三人の男子が歌う光景が、画面に長方形に浮きあがる。

えっ、何、これ？　眼鏡橋の欄干に腕をのせたまま、スクリーンの動画を見つめた。

眼鏡の奥の細い目をさらに細めて、正確なベースの拍子を声で奏でるアジア人。ぽっちゃりした黒人の少年は、深みのある声でどぅん、どぅどうん、とリズムを響かせる。外国のファッション誌に出てきそうなイケメンな白人の子は、最初チャラそうな感じで肩をゆらしていたが、歌い出したらものすごくうまくてびっくりした。

え、これって……、
ア、カペラ？
軽やかでちょっとヒネりの利いた曲調は躍動感があってノリがよかったけど、練習が足りないのか、ふざけてるのか、途中でわざとへんてこなフィルインを挟むもんだから、曲調も歌もメタメタに崩れ出した。はぁ？　で、あんたはいつ出てくるわけ？

いぶかっていると、ふいに画面が反転した。薄青い空が大写しになる。あーあ、こりゃスマホ落としたな。雲や古い石造りの建物や木々が、その瞬間、長方形の画面を駆け抜ける。

自分のスマホの中にいきなり異国の街の空や少年たちが飛び込んできて、私はあっけに取られ動けずにいる。長崎の、中島川《なかしまがわ》に架かる石橋の上で固まってる。

あの子は、砂原一葦は、私に自分の映っていないアカペラ動画を送りつけてきたのだった。二年ぶりに連絡を取りあったLINEで、お父さんの詳しい病状や学校の様子や、詳しい近況はぜーんぶすっ飛ばして。私に、「歌っている」と伝えてきたんだ。

画面の中の少年たちが「早く練習、来いよ」と呼びかけている相手は一葦なのかな。リードって呼んでなかった？　でもきっとそうに違いない、なぜか確信する。肌の色も目の色も違う三人の少年のきらきらしたまなざしがまぶしくて、まばたきしたら不覚にもまた涙がこぼれそうになった。

下手くそなのに。こんなの、私が部長をしていた頃の長崎南中コーラス部のみんななら、もっとずうっと上手に歌えるのに。胸がどきどきして止まらない。

ふいに届いた動画の無数の粒子が、落ちてきた流れ星のように私の胸を射る。

や、焼き小籠包買いに行かんと。お母さんは今日は重度の緩和治療患者を訪問看護しているから、疲れているはずだ。夕飯の準備も手伝わなくちゃな。思考から逃れるように、そそくさとスマホをポケットにしまう。川面に映った綺麗なふたつの丸い円を描く眼鏡橋をもう一度見下ろしてから、自分に言い聞かせるように思った。固まった足を橋から引き剝がすように歩を進めた後、柳並木が続く川べりでもう一度立ち止まる。再びスマホを取り出す。この意味わからんアリ男め。こっちもハートの石を探して画像送り付けてやろか。

かわりに私は書いた。

――このグループで歌っとるの？　映っとらんけど。

ニューヨーク、今何時だっけ。時差、何時間？　たしか冬時間と夏時間があるって言ってたよね。

頭の中でおぼつかない計算を始めたところで、暗転した画面がまた光を取り戻す。

――そう。なんかヘンな流れでそがんことになって……マーベルの映画で使われてる曲ばっか集めて。まだ三曲だけやけど。

いったん終えてから、少しの間を空けて、また追加の吹き出し。

――松尾さんも、また高校でも歌ってるとね？


二年の間に「すぐり」はまた「松尾さん」に戻り、私は歌うことをやめた。かわりに、相変わらずマーベルオタクを貫いているらしき砂原一葦はアカペラを始めた。

けど、無神経なとこは変わんないらしい。突拍子もないファンタジー映画のストーリーを受け入れる想像力はあっても、喉を切った人間にまた元通りに歌えているのかと訊くことで相手がどう思うか、なんて気遣う想像力は、とんとないらしい。アリンコの脳よりちっさい想像力かよ。

――歌ってないよ。

ひと言あっさり返すと、「そう」とも、「なんで？」とも返ってこず、そのままＬＩＮＥは途切れた。

連絡を絶った私からの一方的で唐突な一葦への連絡。かわりに、私の神経をちくりと刺すような「まだ歌っているのか」の問い。私の返したそっけない返事。

これでまた途切れたはずだ。彼との繋がりは。これでいいんだ。うん、それがよか。

お父さんが回復に向かっているとのことで、それはよかった。本当に安堵した。一葦が、素人なりにアカペラでマーベル映画の挿入曲をアレンジして歌っているという、突拍子もない報告に関しては……、いいとも悪いとも考えられない。どーでも、よか。あの子の声が歌を奏でていることなんてそ、ここは受け流すとこやろ。私は決めた。


翌日、また昇降口で片岡さんに声をかけられた。コーラス部の副部長で、県の中学合唱コンクールで私が歌うのを見たとかで、地味なコーラス部に勧誘してきた人だ。一瞬で身構える。履き替えるために下駄箱から取り出したローファーを持つ手に力がこもる。

「あ、松尾さん。実はね……あの、この前のコーラス部のお話なんやけど」

「だから、入部のお話は興味ありませんって。練習見学とかも無理です!」

思わず力んだ声が出る。術後にいっとき声が出なくなってからは、大きな声を出すと喉の傷が開きそうで、小声でおそるおそる話すことしかできない時期があった。今は普通に話せるし、笑えるけど、心から強い声って出したことがない気がする。なのに、この人にはなぜか出してしまいたくなる。無神経な人だからだろうか。いや違う。この先輩は私の病気のことなど知らないで誘ってるみたいだし、無神経なら、一葦の方が勝ってるはずだ。

この人の声は、気持ちのいいアルト。音域の広い伸びしろのあるバラードなんか歌ったら、ハスキーボイスが心地よく響きそう。でも「ジブリ映画が好きで」と笑ったときの声は、低めメゾソプラノくらいに何度か高くなってたっけ。声のトーンも、声の温度も。ああ、この人も声と心が繋がってるんだ。今の私は、どこかでその糸がぷつりと途切れてる。

「そう、だよね……ごめんね。そうやと思ったけど、一応伝えておきとうて。この前話した、コンクールの件やけど、中止になってしもうて。やけん、もしもそれが理由で万一、万一よ、入部を考えてくれていたとしたら悪かねって。って、私の期待しすぎばいね」

「え」

部長が受験の準備でもうすぐ引退なんやけど、最後のコンクールに最強メンバーで挑みたかね、って話しとって。部長を思いやるような優しげな目と唇の角度で話していた顔を思い出す。

「九州うたびとコンクール……中止になったんですか」

私がコンクールの正式名を出したことを意外に思ったようだ。切れ長の目が少しだけ見開く。

全日本コーラス連盟九州支部が主催するそのコンクールは、上位に入ると支部から推薦されて全国大会に出場できる。そこでも優秀な結果を出せた場合、シード合唱団として、翌年には都道府県大会・支部大会の審査を受けずに出演できる。つまりは、コーラス部としていい成績を残せば、その成果は部の財産として受け継がれていくことになる。

片岡さんが気遣う部長は、いい「軌跡」を部のために残したかったのかもしれない。中学で部長だった私が、同じ目標を抱いて練習に熱を入れたように。中学校・高等学校部門の本選は秋だけど、その前の初夏に行われる九州大会も中止になったんだろうか。

中二の春から夏にかけての、歌いながら教室の窓から眺めた木々の艶めいた緑。蒸し暑い空気をくぐり抜けて届く織ちゃんの澄んだピアノの音。顧問の朽木先生が、あー、あちぃから今日はあの木陰でアイス食べながら練習しよっとか、と提案して、「どうやって歌いながらアイス食べるとですかぁ」なんて笑った私たちの声。楽しかった。まぶしかった。

いろんな感覚が一瞬、蟬《せみ》しぐれみたいにいっぺんに降ってきて、

「そうなの」一瞬ぼうっとした私は、片岡さんの控えめな声で我に返る。目の前のひとつ年上の女の人は形のいい唇を引き締めてから、何かを読み上げるみたいにすうっと言った。

「新型コロナウイルス感染の終息が見通せない中、現時点ではしばらくは3密——密閉・密集・密接、を避けるなど慎重な対応が必要です……って、まぁそういうことらしくて」

頭の中でも何度も繰り返し唱えてきたのかもしれない。お上《かみ》からの中止決定のお達しを、さみしそうな顔で、でも澱みなく、片岡さんはすらすらとたどってみせた。

「ほら、松尾さんに参加して欲しいメインの目的が、コンクールだったとやろ？　だから一応ね、伝えておこうかと思って。なんか悪かったね、混乱させて」

してない。心で返す。混乱なんかしてなかったよ、全然。元から入部どころか、練習を見学に行く気だってなかったし。わざわざご丁寧に告げに来てくれなくたってよかとに。

「でもさ、仕方なかよね。早くこの状況が落ち着いて、またコンクールも再開してくれるといいんだけど……。こういうのは学校だけでなく、市や県が決めることだから」

「じゃあ……それだったら、練習もしないんですか？」

思いのほか挑戦的な声が出てしまう。「仕方なかよね」と微笑んだ口調がやけに物わかりよく、当たり前みたいな理解と諦めを含んでいることに、なんでだかイラついていた。

「え?」片岡さんは不意をつかれたようにわずかに身じろいでから、静かな声を出す。

「するよ。練習は、する。……続けられる、限りは」

片岡さんの目は私ではなく、昇降口から外に繋がるひと筋の空気を追うように、少し遠くを見ている。それからもう一度、今度はまっすぐに、黒目がちの瞳を私に向ける。

「コンクールに出るためだけの、コーラス部じゃなかけん。うちの部ね、時々高齢者介護ホームを訪問して、ボランティアで歌ったりもしてるんだ。この状況が落ち着いたら、また始めたいなとか色々考えていて。でもね、ホーム用の選曲は地味だから部員の中には気が進まん人もいるし、そっちは有志で。いきものがかりも、『ふるさと』もありの、ちゃんぽんな部やね、うちは。だから万年コンクールで優勝できんのやろうかぁ」

自嘲気味でもなく片岡さんはおっとり笑うと、じゃあ、と小さく言った。すたすたと自分の下駄箱の方へと歩いていく彼女の細い肩でさらさらした髪が跳ねるのを、私はしばらく見つめた。もう声はかけてこないだろう。当たり前だ。二度もちゃんと断ったんだから。

コンクールだって中止になったし、花を添えるはずだった「部長」の引き際もきっとフェイドアウトかもしれないな。ボランティア? ふぅん、そんなのもやってたのか。お年寄りを前に、ウサギ追いし、とかそりゃ地味すぎてカンベンて部員もいるやろね。

そんな事々も、私には関係のないこと。全然、ないこと。

でも。でも？　黄色っぽい西日の中に私の疑問符だけがぽかりと浮かんで、

「すぐりー。さっき何喋ってたん？　あの人、コーラス部の人やなかかと？」

明るい声がして振り向くと、真智がいた。今日は真智は茶道部の部活に顔を出すと言っていたけど、「中止になったんで校門とこで待ち合わせしよー」とＬＩＮＥが入っていたっけ。高校では昼休みと放課後以外はスマホの電源を切ることになっているけど、ちゃんと切っている生徒はほとんどいないはずだ。真智が茶道部なのは意外だったけど、おばあちゃんがお茶室を持っているとかで、自然と小さい頃から茶道に親しんでいるのだと聞いた。

真智が私に関して知らないことも、私が真智に関して知らないことも、たくさんある。

「真智、知ってるの？」あの人、という言葉はつけ加えず、質問に質問で返す。

「顔ぐらいだけどね。部室が近いけん。すぐりはなんで？」

「いや、単に……ストーカーされとる、みたいな？」

なんや、それぇ。真智はきゃらっと笑った後、まじ？　と真顔で声をひそめた。

私は「あ」と思い、慌てて訂正する。こんな風に軽い言葉を吐いて、誰かを深い場所に突き落とした過去を思い出していた。

「ていうのは嘘でぇ、そのローファーどこの？　って訊かれたけん、答えとっただけ」

友達相手にとっさに嘘をつくのが、なんで私はこんなに上手になってしまったんだろう。

「ふぅん。そういうの気にするような感じに見えんけどね。すぐりはリーガル派だもんね。私はサンエープラスフェミニンの厚底の欲しいなぁ。でも厚底はやっぱ注意されるかなぁ」

ひとしきりハルタがどうの、ムーンスターやホーキンスはどうの、と真智はローファーに関する持論を繰り広げてみせた後、「そういえば」と、肩越しに後ろを振り返る。もうそこにはいないのに、まだ片岡さんの影が残っていないか用心するみたいに。

「さっきの先輩、うちの部の子らがディスっとったな」

「どうして?」ローファー狙われたとか? 私は驚きをおふざけで塗りこめ、尋ねた。

「そう、実は彼女さぁ、靴盗人《ぬすっと》で……って違うから! ほら、うちの茶道部の部活が自粛《じしゅく》になったのって、同じ茶碗で回し飲みしたり道具を触りあったりが、今のコロナ禍では控えた方がよかってことやったんだけど。コーラス部はしばらく続けるらしいんよ」

「……そう、なんだ」

「ほんとはね、同じように学校側からは、しばらく合唱等のリスクの高い活動は控えた方がいいのではって打診があったらしかよ。でもあの人……なんて言ったっけ? 副部長の」

「名前は……知らんけど」とっさにシラを切る。

「そりゃそっか。とにかくあの副部長さんやら他の部員やらが顧問に強引にかけあってさ、曜日で部員の数を制限する条件で続けたいって主張したらしかよ。県の規定では3密を避ければ部活動の再開は認められています! とか文書掲げて、教頭室まで押しかけたって」

「そういえば担任も、部活は再開していいけど五月末までは練習試合とか合同練習会とかの他校との交流はしないこと、とか言っとって。バスケ部がぶぅたれとったな。噂によると甲子園も中止になるらしかね、うちの高校弱小だから関係ないのに野球部が騒いでた」

なんだかコーラス部から話題をそらしたくて、私は関係ないことを喋ってしまう。

「教頭も気弱やから、じゃあしばらくは気をつけながら様子見るって。あーあ、うちの部なんか、いい子ちゃんだからすぐ受け入れたのに。そんなのありかぁ、コーラス部ずるかぁってね、ちょっとそういう声あってさ。うちのクラスの男子なんて練習中の音楽室、カーブして避けて通っとると。飛沫《ひまつ》拡散されまくりぃとか言っちゃって」

それって部員たちが差別されたりってこと？　私が訊くと、「そこまでじゃなかろうけどー」と真智はゆるりと否定する。でも万一うちのガッコから感染者出たら、絶対責められるとやろね、コーラス部や軽音なんかの音楽部は。音のかわりにウイルス拡散〜とかヤバかもんねぇ。真智はいいことを言ったと思ったのか、けらけらと西日に響く声で笑う。

また差別、か。

私が通う学校のこんな小さな世界でもあちこちで差別や区別があって、それらが連なり、色々な場所で様々な仕分けが行われている。その選別方法はごく曖昧で流動的だ。安定ブランドのローファーでなく、ぽってりした学校推奨のメリージェーン靴を履いてる子は髪型ももっさり垢《あか》ぬけず、それだけで「あっち側」に判別されるみたいに。

でも、歌いたいと思っただけでリスクの高い活動だと批判され、差別されてしまうときが来るなんて。誰かの前で歌うことが、罪みたいにみなされる日が来るなんて、
誰が予想しただろう。

――思いもしなかったことは、いつだって当たり前の顔で、しれっと目の前にやって来る。

あの人は、片岡さんは歌いたいって主張したんだな。コンクールに出られなくても、わかりやすい目的がなくなっても。でも、もう私のことは誘わなかった。私には目も向けず、「練習はする」と遠くを見てた。そこに私は入ってない。はなから入ってなんかなかった。

それでよかとやん。もうストーカーみたいに昇降口で待ち伏せされることもなくて安心。

それなのに、なぜ私は自分が元からいなかったコーラス部の光景を想像したりするんだろう。西日は射すのかな、なんて思い浮かべてるんだろう。悲しくなったりしてるんだろ。

一葦からのＬＩＮＥはもうきっと来ないだろう。この前のやりとりは、私がいきなり連絡をしたことへのお義理の返事みたいなものだ。そう思っていたのに、翌日また彼からいきなりＬＩＮＥが入った。しかも今度は、前置きもなしにいきなり画像で。

写真とか動画リンクとかそういうんじゃなく、イッチー自身の言葉で説明してよ。むっとしながらも、送られてきた画像をタップして拡大してみる。

街路樹に守られるように建つ赤い煉瓦の建物。白い彫刻石の縁飾りが映える建物に行儀よく並ぶ、昔ながらの格子のガラス窓。硬質の高層ビルじゃなく、私が好きな昔ながらのダウンタウンやハーレムの建造物だ。

けど、これがどうしたとね？　いぶかっていると、立て続けに数枚の画像が画面にぽんぽんと現れる。次に送られてきた写真はかなり寄り気味で、入り口の看板が見えた。

え、と英文字を凝視する。慌てて次に送られてきた煉瓦壁の寄り写真を指で拡大する。見覚えのある顔が、銅色《あかがねいろ》の金属プレートにレリーフとなって浮きあがっている。その横に並んだ文字に、わけもなく胸が波打った。

LILLIAN WALD HOUSE　リリアン・ウォルド・ハウス

住所は265ヘンリー・ストリート。伝記本で何度か見た。リリアン・ウォルドが訪問看護の拠点とした、ロウアー・イースト・サイドの建物だ。ソーシャルサービスを礎とする歴史的な建造物で、ヘンリー・ストリート・ハウスとも呼ばれているらしい。百年も前に、貧富の差が激しい環境下で病院にも行けず、病に苦しむ人々を訪問看護師として助けたのが、公衆衛生看護の開拓者リリアン・ウォルド率いる女性たちだった。母は訪問看護師という仕事に使命と誇りを抱いていて、私は小さな頃から母の話を聞かされてきたものだ。

大好きな母のヒーローはナイチンゲールと、このニューヨークのナイチンゲールともいうべき女性で、私にもその魂はいつしかすりこまれてしまった。母みたいにはなれないし、その志の高さにはぴょんぴょん飛び跳ねたって届きそうもない。でも私も、ナースバッグを抱えて母みたいに、いやリリアンみたいに、誰かを助けられたりするのかな。わけもなくそんな夢を描いて胸を熱くした幼い日々があったこと。写真を見て遠くなった日がよみがえる。

一葦が私の話を覚えていたことに、そして写真まで撮って送ってきたことに、驚いていた。私がいつかリリアン・ウォルドの話をしたとき、彼は眠たそうな目を泳がせ、さして関心がなさそうに見えたのに。きっと彼が嬉々としてマーベル映画のヒーローのことを語るときも、私はあんな顔で、爪をかざしてジェルネイルの剝げ具合なんかを気にしていたに違いない。それでも一緒にいるのは、楽しかった。そっか、覚えてたのか。

——思いもしなかったことは、いつだって当たり前の顔で、しれっと目の前にやってくる。

あっけにとられていると、ぽつんぽつんと、ＬＩＮＥの吹き出しに書かれた文字が細切れにポップアップして後を追ってくる。一度に書かないで、思いついた言葉をさみだれ式に送ってくるのは前から変わらないんだな。

「こんな近くにあったこと、知らんかった」「通りかかって気づいて」「今もソーシャルサービスの拠点になっていて、時々は館内が一般公開されとるらしいよ」「しげしげと覗いとったら、中から出てきた係の人がパンフレットくれたと」「こんなの」

そこには建物内の写真がのっていた。もどかしい思いで拡大してみると、館内の幾つかの部屋が、まるで近くで見てるみたいにぐん、と広がっていく。看護師たちが住んでいた部屋は今は事務所として使われているらしいが、当時皆が集ったダイニングの大テーブルや調度品はそのまま残されていた。彼女たちはここで寝泊まりし、食事を共にし、そしてときには本当に屋根づたいで病に苦しむ人たちを訪ねて回ったんだ。そして今も、地域に向けて社会福祉事業を提供するために人々が働き、建物は現実に使われているんだ。

階上から見下ろす中庭の写真には、煉瓦の上にテーブルや椅子、植木鉢が置かれている。塀で外からは見えないけど、中庭は憩いの場所として使われているように見えた。

写真の端に置かれた四つの青いポリバケツに目が行く。ビニール袋を入れた普通のポリバケツだ。

日々のごみを入れるバケツが、当時から今へと続いている日常の証《あかし》にも見えた。

伝説や空想の中のヒロインではなく確かにその人たちがいたことを、今もその精神が受け継がれていることを、古めかしいナースバッグや青いポリバケツや皆が集まるダイニングテーブルが伝えてきた。朝礼なんかあったりしたのかな、学校みたいに。リリアンの声はどんなだったのかな。アルトの気がするな。不安な人をほっとさせるようなあったかくて低めのアルト。皆で歌ったりもしたんだろうか。当時、ニューヨークではどんな曲が流行ったのかな。

「A Place of Action ってどんな意味?」

詳しいことも書かずいきなり写真を送りつけてきた一葦に、感動したぁなんて言葉を軽く吐きたくなくて、私は唐突に訊いた。ヘンリー・ストリート・セツルメントのポスター写真に書かれている言葉だった。私は相変わらず一葦と違って、英語はそう得意じゃない。

「応対してくれた人、すごく感じよくて。館内ツアーが再開したら、ぜひ来て、案内するからって言われたと」「いつまた開くかわからんけど、そんときは行ってみようと思って」

私が質問を書いてる間に、一葦は別の言葉を書いてきた。スマホの小さな画面にちまちまと字を打ちこむ間に、話が行き違うのはよくあることだ。でも、私と一葦は、実際の会話でもそんな風に時差があったな、と思い出す。そうか、館内ツアーがあったら行くのか。行くんだ。ふうん。「私も見たいなー、ニューヨークに行って一緒に」なんて言葉をさらっと指先で綴れるほど、私たちは元に戻ったわけじゃない。戻るわけもない。でも、
ＬＩＮＥに流れ星みたいに降りてくる写真や一葦の言葉から目を離したいのに離せずにいると、さ

っきの私の質問に説明が返ってきた。間が長かったから考えていたのかもしれない。

「単純に『活動の場』とか『行動の場所』ってこと、やろうけど」

けど？

「ここから何かを起こす、みたいな意志が入っとる気がする」「よくわかんないけど」

曖昧なのに、やけに刺さる言葉だった。ここから何かを。何を？

ああそうか。目的はきっと今も昔も変わらないんだ。自分じゃなく、社会の人々への貢献や労り。きっと昔もあったであろう、いや今以上にあったに違いない差別。貧困への。移民への。病への。「何かを」持たない者への。もしくは、いらないものを背負わされてしまっている者への。

そんな差別や区別を飛び越えて、目的のために自分の意志を貫く強さは今の私にはない。

ないからこそ、やっぱり、すごく、強く、憧れる。母や、リリアンや、この建物に。

「イッチーはさ、ヘンリー・ストリートに住んでよかったね」

そんな言葉しか浮かばなかった。でも彼には、スパイダーマンが宙をひゅんひゅん飛んで活躍しそうなミッドタウンの高層ビル群より、いまだこんな煉瓦造りの低い建物が連綿と続くダウンタウンの街並みが似合うような気がしてた。ずっと前から。

「そうかな。そうかも、しれん、かなぁ」しばらくの間をおいて、ぽつりと言葉が返る。

私が言ったことに一瞬きょとんとし、でもなんとなく肯定してくれるときの（そもそも一葦は反論なんてほとんどしないのだ。マーベルの話題以外では）、ふわりとゆるむ笑顔。

（写真送ってくれてありがとう）という言葉を書くかわりにスタンプを押す。元気そうなウサギが

「さんきゅー」の札を持って飛び回ってるライトなやつ。それで会話はおしまい。

と、思ったのに。一葦は続きを書いてきた。あのさ、の後に間がしばらくあって、また続き。まどろっこしいよ。一葦は「間」だらけだ。毎日のように会っていた頃は、きっと私はその「間」を、自分のマシンガンみたいな会話でダンダダン、と埋めてしまっていた。

今は彼の隙間は、彼だけのものだ。だから私は言葉の続きを彼が書くまで、次の話題は書かない。発されなかった言葉は彼の中にまた舞い戻り、化石になってしまうだろうから。

一葦がしてきた頼みごとに、私は面食らった。ひどくとまどった。

それは覚えている限り、彼が私に何かを頼んできた初めての、ことだった。


その夜、しばらく手にしていなかったリリアン・ウォルドの本を本棚から抜き出した。日本看護協会出版会が出版した『ヘンリー・ストリートの家《いえ》—リリアン・ウォルド　地域看護《ちいきかんご》の母《はは》　自伝《じでん》』。この本が出た頃、私はお母さんのおなかの中から世界へと出て、立ち上がり始めた頃だった。お母さんは産休の合間に何度も読んだと言っていた。

最初は両親の寝室の本棚にあったその本は、初めて自分で読んだときから、いつの間にか居間の本棚に移されていた。父の趣味の天体の本や母のレシピ本、ＣＤやＤＶＤに挟まれ存在が消えかけていたその本のページを、お母さんも長いことめくっていなかったはずだ。

公衆衛生看護師の母として称《たた》えられた一アメリカ女性の、凛とした表情を見つめる。

一八九三年、現代看護事業の創設者フローレンス・ナイチンゲールは、家庭での健康教育がいかに重要かを唱え、健康の伝導師であるべき保健伝導師の教育の必要を説いた。同じ時代に、リリアン・ウォルドはあの写真の場所、ニューヨークのヘンリー通りで、ヘンリー・ストリート・セツルメントを開設して、公衆衛生の新たな開拓に向けて始動したのだ。

そして今、百三十年近くを経て、世界には新たなウイルスが蔓延《まんえん》する中、まだこの場所はあるんだな。あの子の家の近くに。街路樹の並ぶ通りに。私は好きだった『ナルニア国物語《こくものがたり》』の映画の一場面を思い出す。クローゼットの中は別の世界へと繋がっていたけど、この本棚の裏側は、一葦の住むニューヨークのヘンリー通りへと繋がっているんじゃないかって。

「すぐりったら、なんでその本見て、にまにましとーわけ？　全然笑える本じゃなかと思うけどねえ」

振り向くと、お母さんがこれもにやにやして立っている。仕事から戻ってきたばかりらしい。革のナースバッグならぬ、重そうな訪問バッグを肩にかけている。ポケットもたくさんあって、リュックにもトートにもショルダーバッグにもなる、優れものの大容量のバッグ。子供の頃は、魔女の鞄のように何もかもがつまっていそうなこのバッグが気になって仕方なかったけど、「子供が触っちゃダメ」となかなか触らせてもらえなかった。

「ね、お母さん、そのバッグ重い？」

「何、いきなり？　そりゃ重かよぉ。看護用具がみっしり入っとるんだから」

ちょっと持たせて？　頼むそばから私は腕を伸ばし、バッグを肩にかけてみる。

重い。訪問バッグはとても重かった。ずしりと肩から全身にのしかかる重みを受けながら、改めて思う。お母さんは毎日こんな重さを背負って、患者さんの家々を訪ねてるんだ。

昔と違って、お母さんは「どうしたとね、いきなり?」と首をかしげつつも、中身を見せてくれた。二種の血圧計。体温計。聴診器。パルスオキシメーター。スライディングシートやガーゼなどの衛生材料。消毒液や医療記録の書かれたぶ厚いファイル。

現実の重みは、人が生きていくための重みだ。あの家の青いバケツも重いに違いない。病気になってから、いやなる前から私が見ないふりして、ないふりして避けてきた重さ。

「お母さんは、活動の場所を背負って、歩いてるんだねぇ」

何それ。お母さんはふっくら笑った。それより、今日はチキンカツやけん、パン粉つけるの手伝ってね。我が力持ちの母はそんな風に言って、バッグをひょいと棚に置く。

私も何かを背負って、そろそろ歩き出さなきゃなんないのかな。

意味もなくそんなことを思いながら、どこかへと繋がっている窓の外の空を見る。

一葦とLINEで話した翌々日の金曜、私は放課後の賑《にぎ》やかな渡り廊下を歩いて音楽室へと向かった。週末にもっと考えて決めようと思ったのに、来週まで待てばまた気持ちが変わってしまう気がして。

別に練習を見学に来たわけじゃない。むしろ練習が始まってしまったら入りにくいから部員たちが集まらないうちにと、六限の授業を終えてから急いた足取りで向かった。なのに音楽室に近づいてきたら、歩調が急にゆっくりになってしまう。

ポロンポロンとピアノの音が聞こえ、びくっとする。もう練習、始まっちゃったのかな。身構えていると、あいみょんの「裸《はだか》の心《こころ》」の旋律が流れて、二、三人が楽しそうに声を合わせるのが聞こえてきた。はしゃぎながら声を張り上げる様子に、きっと練習曲でもパート練でもないんだろうなと察する。うちの部も、こんな風に先に来た子がピアノの織ちゃんに頼んでリクエスト曲を弾いてもらい、ふざけて歌ったりしたっけな。

思わず一緒に口ずさみそうになり開きかけた唇を引き締めたとたん、「松尾さん？」と肩越しに声がした。語尾がなめらかにあがった声には、振り向かなくても聞き覚えがある。

「どしたと？」

「あ」私はどぎまぎして、尋ねられてもいないことをいきなり言ってしまう。

「あの、練習見に来たわけではなくて。ちょっと訊きたい、ことがあって」

小さく首を傾ける片岡さんのまっすぐな髪の右側だけが少し金色に光って、「あ、やっぱり音楽室にも西日は当たるんだな」なんて当たり前のことを思う。片岡さんは開いたドア口に立ち、音楽室の内側によく通る声を放った。

「今日、西野《にしの》先生が会議でちょっと遅れるって。なのでピアノに合わせて、発声練習しとってねー。あいみょんの続き、歌っててもよかよー。ただしピッチと音の粒は揃えること」

えー、いいんですかぁ？　やったぁ。部員たちの明るい声を背中に浴びて、「ちょっと、行こ」と私をうながす片岡さんは、とても顧問の先生に練習を続けさせろと迫ったようには見えない。穏やかで、あったかな西日に似てる。

廊下の突き当たりの、校庭が見渡せる窓を背に、私はぽつぽつと告げていた。一葦が私に頼んできたことを。いきなり厄介なことを頼まれ、とまどっていることを。

「へぇぇ、オリジナルの日本語や韓国語の詞を挟んで、外国の曲のアカペラかぁ。そのお友達、志が高かねぇ」

そう、あの日一葦はいきなり頼んできたのだ。英語曲の一部を日本語と韓国語で歌いたいんだけど、自分はまるで作詞の才能がないから、日本語の部分を助けてくれんとか、と。

はぁ？　志が高いんじゃなくて、無謀なんよ。どうして日本語でも歌いたいなんて思うのよ。だいたい、どうして私があの子らが歌う曲の手伝いしないといけんとね？

私がいくら長田弘の詩が好きといったからって、歌詞とは全然違うし！　そもそも書いたことないし！　心で毒づきながらも一葦の友人たちが歌う動画、途中でスマホを落としてマンハッタンの空や木が映りこんだ動画が頭から離れなくなっていたのだ。お父さんにあんな大変なことがあって、ニューヨークの街は大変な状況で。それでも友達がいて、一緒に歌う仲間がいる一葦に安堵していた。一方でわけもなく気持ちがざわつく中で、唐突に頼まれたこと。

それを一人じゃ受け止めきれなくて、なぜだかこの人を巻き込んでる。なんなんだ、私。

「私は英語ちっとも得意やなかけん……。その友達が大まかに訳したものを、きちんと音節に合うように日本語の詞に整えてくれって。でも、そんなん、やったことなくて」

「私だってなかとよ。でも楽しそうやん。自分で書いた歌詞を歌うなんて、気持ちよかとやろねぇ」

えと、私は歌うつもりとかは全然なくて。訳詞のお手伝いするだけだから。慌てて否定したら、片岡さんは「そうなの？」と不思議そうな顔になる。メロディに合わせんと書けないだろうから、結局は歌うとやろ？　それに自分でも歌ったら、きっと気持ちよかよぉ。

真面目そうに見える片岡さんは無責任な顔でくしゃっと笑ってから、音源あると？　と訊いてきた。無言でうなずき、辺りに先生がいないのを見届けてから、スマホを取り出す。

一葦から送られてきた動画を小さなボリュームで流しながらも、私は廊下で人目を気にしている。案の定、通り過ぎた男子二人のうちの一人が、ちっという顔でこちらを見た。音楽室からウイルスが漏れる、と廊下をこれ見よがしに避けて歩いていたという男子だろうか。落ち着かない様子で窓の外のバスケットボールコートを見下ろす私にも、きっと聞こえたであろう舌打ちにも、片岡さんは反応しない。さらさら頬にこぼれてくる髪を指で何度かかけた耳に、私のスマホを近づけて、聴き入っている。

「『イン・メモリーズ』、やっぱ、いい曲だよねぇ」

深くため息をつくと、私を見てにっこりする。うんこれ、日本語でも聴いてみたかね。

「映画でこの曲が流れたときはぐーっときたけんね」

「映画、観たこと……あるんですか？」

私はなかった。一葦と会わなくなってから、マーベルワールドもまた私の世界から消えていったから。松尾さんはなかと？　逆に訊き返されて、首を横に振る。

「アベンジャーズは映画館で全部観とるよ。ジブリもよかけん、アイアンマンにハマっとう。エンドゲームの最後でトニーが指パッチンするとこなんてもう、こう胸がぎゅ――っと」

デジャブか？　マーベルに関してこんな風に声を熱くする人間を、私は知っとう。うつむいて苦笑いしていると、目の前の片岡さんはちゃらけた顔を元に戻した。

「メロディアスでキャッチーな曲だから、日本語で流れを乱したくなかよね。それに歌うのは日本人の子じゃなくて、日本語喋れないアメリカ人なんやろ？　どこにコーラス入れるか、字ハモの並走で入れるかコード感出すかにもよるけど、いちばんハーモニーと旋律を生かす方法考えながら、シンプルに言葉選んだら、きっと素敵になるとよ、うん」

自由でよかねえ。片岡さんは心から言葉を吐き出すように、少し上を見て言った。そして合唱とアカペラの違いを彼女なりに説明してくれた。私たちがやってるコーラスは、ピアノの伴奏に合わせて、合唱曲や合唱用にアレンジされた楽譜を元に声を合わせる。どちらかというと、クラシックの弦楽やオーケストラが奏でる和音を声に置き換えたものに近い。一方でアカペラはもっとうねるみたいなグルーヴやコード感も出せて、インプロヴィゼーションの要素も含んだバンドっぽかね、と。

「イ、インプロ？」耳慣れない言葉に私は首をかしげる。

「即興演奏のこと。そこまで崩すのは高度な技だろうけど、こうして自由に歌詞を置き換えたり楽しんでやってるんやね、その人たち。パーカッションやベースやハーモニーにヴォーカル、皆が各自担当して声のバンドっぽかよね。そのお友達の担当パート、何？」

なんだろう？　そこまで聞いたこともない。だいたい、歌を始めてからの一葦のことを私は何にも知らないんだ。リード・ヴォーカルではないみたい、だけど。頼りなくつぶやく。

「そっか。私ね、本当はハードコアなガールズ・ロックやってみたかったと─、高校に入ったら。で、エレキベースも買うて。でもなんかやっと一人らがイケイケでノリが合わんで、ついていけんくなって。結局コーラス部に入ったのね。今はそれでよかったと思っとう。ね、私でよければ手伝わせて。松尾さんが書いてみたフレーズに合わせて一緒に歌いながらやってみたら、アカペラ・アレンジぐらいまでできるかもしれんたいね」

片岡さんがガールズ・ロック？　ハードコア？　学校指定のメリージェーンを履いてスカート丈も長いままのこの人には、確かにそぐわない。でもさっきの「自由でよかねえ」と声を漏らした顔を思い出す。ガールズバンドを目指していたという片岡さんは、もしかしてコーラスにアカペラの自由な要素を取り込みたいのかな、と。

ていうか、え、え、一緒に、歌う？　そこまで頼んでないけど！

この人に気軽に打ち明けたことをなかば後悔しながらも、心の端っこが弾んでる。

コンクールのために歌うんじゃない。歌うのが好きだから、人が歌うのを聴くのも好きだから。目の前でもう一度動画を再生しようとしている片岡さんの白く長い人差し指を、私はただ黙って見つめる。その指は、ごついベース弦をはじくには細すぎるかに見えた。

音楽が始まる。もう一度。声が奏でる音符を導く指揮棒のように、今度はその人差し指が宙をゆったり踊る。一葦が勝手に動画を送り付けてきてから、何度も聴いて覚えてしまった旋律が、その指が描く軌道に、重なる。すでに、頭の中でたどたどしく連ねていた日本語のフレーズが、旋律に重なったり離れたりして、その間をちょうちょみたいに舞っている。どの羽ばたきが合うんだろう。ずれてしまったら、羽ばたきは止まっちゃうから。

一緒にハモってもらえたら、旋律と言葉がどんな風に羽ばたくのか見える、気がするな。

そしていつか、万一また歌うことが楽しいと思えたら、部活の方じゃなくてボランティアで一緒に介護施設で歌わせてもらったりするのもいいかもしれない。唱歌とか童謡とか、「だからコーラス部ダサー」「陰キャ決定」とか地味認定されるに決まってる歌を、この人ならかっこよく自由に、引っ張っていくんじゃないだろうか。

音楽が始まる。いつからか止まっていた音楽が、また始まろうとしてる。ここから。

この、活動の場所から。

08 六フィート越しの友達

2020.05

「お、また増えてる！　昨日は一万四千五百ドルだったから、半日で軽く八百だぜ」

「この調子だと目標額の二万五千ドルなんて軽《かり》ぃだろ」

「ゴー！　ゴー！　ゴー・ファンド・スナハラ！　イェイイェイイェイ〜」

「くじら、なんでもかんでも変な節つけて歌にすんの、キモいからやめろっての」

三人がスマホの画像を覗き込みながらはしゃいだ声をあげるのを、僕は六フィート離れた場所から見てる。六フィート、およそ百八十センチ。コロナ禍でアメリカが推奨する人と人の距離だ。店舗やレジの前にも六フィートごとの目印がつけられている。律儀というかビビりな僕は買い物ではその距離をきちっと守る。でも六フィート越しの友達はちょっと遠い。

本当はぐっと近づいて、いつもみたいに顔寄せてスマホを覗き込み、「やったー」とか「ゴーゴー」なんて一緒に盛り上げられりゃいいんだろうけど。うまくそういうことできなくて。すでに葉桜になりかけた公園の木々を見上げ、視線をゆらつかせたりしてる。

サンキューって言ったよ。何度も、言った。

でもしまいにゃこいつらが、「もう言うのやめー」「しつけーと女できねえぞ」「アリガトならいいってことにすっか?」「それもダメ!」なんて茶化しまくってさ。ついにお礼禁止令が出ちまった。だから、どうしていいかわかんないんだよ。まっすぐな感謝の気持ちを今まできちんと表したことも、いやきっと持ったこともないから。

この胸に渦巻く甘くて痛いざらついた塊を、どう扱っていいかわからないでいるんだ。

ただそれが、心にはめられた枷《かせ》だとしたら、正体がわかるまできちんと大切に受け止めていかなくちゃいけないんだろうな、とは思ってる。

父さんが春の初めに地下鉄駅で襲われ大怪我を負ってから、僕は周囲との距離がうまくつかめなくなっていた。自分の父親が誰かの悪意の標的にされ、痛めつけられ、メディアに取り上げられた。同情の数だけ、いやそれ以上に憎悪が逆に拡散されたかのように、物騒な事件はこの街のいたるところで起こり続けている。アジアンヘイトだけに限らない。

憎悪の火種は通りのそこかしこでくすぶり、炎があがるのを待ってる。NYの犯罪率は上昇し続け、街角で見た臨時遺体安置所は弱っていた僕の心をたやすくひねりつぶした。

それでも桜の固い蕾を強引にほどくみたいにして、僕は公園にもう一度足を運んだ。

そこではいちばん会いたくて、いちばん会いたくないこいつら三人が、いつものように僕を待っていてくれたっけ。ぶっとい鎖で固く施錠され、閉じられたままの図書館の前で。

家に引きこもってる間に、何度も何度も見返した三人が声を合わせて歌う動画。最後にじゃこが眼鏡の奥の目をすがめるようにして、スマホのカメラを見つめ、「それからなぁ」とかなんか言いかけたんだよな。

「ま、いいや。これは会ってから言うわ」

あっさりかわされて「なんだよ」と肩透かしをくらいつつ、あえて訊き返さなかった。

でもある日、三人が立ち上げたクラウドファンディングのサイトを見せられ、あのときの言葉の意味が判明した。父さんの名前が最初に目に入った。そこには事件の概要が生々しく綴られ、うちの家族と店を支援するための寄付を募る趣旨が書かれていた。

画面の端にポップアップしていく数々の見知らぬ名前。「anonymous《アノニマス》」と書かれた匿名も多い。ときには知ってる名前もある。教師や教室で喋ったこともないクラスメイトたち。

刻々と変化していく画面の金額と名前を見てると、落ち着かない気持ちになっちまう。猛々《たけだけ》しい悪意の後に押し寄せてきたハンパない数の好意や善意に、とまどっている。

感謝を通り越して、やべぇなという心地。このままじゃ終われない、みたいな？　いや違うな。リベンジとかまき直しとか一発逆転とか。そんなんじゃない。もっと素直な疑問。

僕にできることは何がある？　やりたいことはなんだろう？

心にはめられた枷が孫悟空《そんごくう》の輪みたいに時折ぎゅっとしめつけてきて、そのたびに考えざるを得ない。答えは出ていない。きっと、ずっとこの先も見つからない気がする。

父さんと母さんにスマホのファンディング・サイトを見せたら、事件以来、一滴の涙も見せなかった父さんは目を潤《うる》ませた。逆に泣き続けだった母さんは、泣かなかった。ぎゅっと唇を引き締めて、今まで見たこともないような不思議な顔つきをしてた。

へんな両親だよ。そこから生まれた僕も、きっとへんてこで、いびつなんだろうけど。


クラウドファンディングの件に関してはお礼を言いに行ったが、アカペラの練習に関してはまだ参加するのをひるんでいる。公園まで行っといて「今日は歌うのはナシでいいか」なんて訊いちまってさ。ここまで来ておいて、なんだよって感じだったろうな。三人が練習を始めたら、ちょこっと義理で見学してから、フェイドアウトするつもりだったんだ。

でも結局はくじらが、「じゃ今日はやめっか」と僕のヘタれな態度をあっさり受け、そのまま四人でチャイナタウンに激安餃子を食いに行く流れになった。いつもは行列のできる店だけど、コロナ禍でめっきり人が減っている。こんな小さくて英語もろくに通じないような店にも「No Mask, No Enter」（マスクをしていない人は入れません）の貼り紙が貼られている。街角のそんな小さな光景からも、二カ月前とはすべてが違ってしまったことを思い知る。そうか、いつしか外で食べるには餃子が見る間に冷えちまう季節から、陽射しの下で頬張れる季節になってたんだな。

こうしてまた、仲間たちと会えたけど。会いたい、という気持ちになれたけど。

僕の心だけは、前を向いていいない。母さんが言ってたな、「お歌の練習」なんかしてていいのかってさ。本当に、そんなことしてていいんだろうか。

もっと先を見据えて、進路とかそっちの方を考えるのが正しいんじゃないか？

二〇二〇年四月一一日、NYのデブラシオ市長は約千八百の市内の公立校を引き続き閉鎖し、残りの学年度もリモート授業を続けると発表した。

クオモ知事が「市長に学校の閉鎖や再開の権限などない」と述べているという記事を見ながらも、僕は、いやきっとNY市民は皆、諦めたように察している。

もう今は五月だ。きっとこのままなしくずしに夏休みに入るんだろうな。九月から新学年も始まるし、大学進学希望者を対象とした共通試験SATの準備だって、サマースクールで真剣に取り組み始めた方がいいに決まってる。でもそんな何もかもから、僕はまだ目をそらしてる。面倒くさい何もかもから、身をひそめたがっている。

三人はうちの家族のことには触れない。四個一ドルの餃子にホットソースをかけまくって齧りつき、いちばんノれる話題を始めた。もちろんマーベル話。憂鬱な定期試験の勉強中も、パンパが数学の単位を落として激ヘコんだときも、進路相談でアカデミックアドバイザーにやる気のなさをしぼられたときも、皆で話題変えて気分アゲてきたんだよな。でも今は、頼みの綱のマーベルでさえも停滞状態になっている。ウイルスが世界を変えたせいで。

「『モービウス』の公開、七月だったのになぁ。延びちまったよなあ」

「『ブラック・ウィドウ』もだぜ、何を楽しみに生きりゃいいってんだよ、ったく」

三人が真剣にボヤいてるよ。マーベル三作品の全米公開は延期され、一緒に公開日に観に行こうと約束していたのも遠い話になっていた。いつもならキャストの発表や公開日に一喜一憂する僕は、そんなマーベルの話題さえも、どこかぼんやりと耳の端で聞いている。

桜まつり、新作映画、図書館で読む漫画。お楽しみはすべて取っ払われたのに、時間だけは前に進んでいくんだな。エンタメの世界も大変だろうな、なんて他人事みたいに。

春の霞《かすみ》みたいに紗《しゃ》のかかったそんな日々に、すぐりからLINEが来た。

最初に連絡が来たときはちょうど三人が公園で歌う動画を送りつけてきた頃だったから、詳しい説明のかわりに、勢いでやつらの動画を転送しちまったんだよな。あいつを、まともに巻き込みたくなかったのかもしれない。今、自分が対面している歪んだ現実に。

すぐりから連絡が来たことで動揺して、舞い上がって、通りかかったヘンリー・ストリート・セツルメントの写真まで送ってみたり。あげく、訳詞の手助けまで頼んじまって。

あー今考えても空回り？　それもフル回転の。イミフなやつって思われたに違いない。

日本語詞のヘルプを頼んだのは、自分が無理やり前向きになりたいという気持ちもあった。昔も今も、僕はあいつのことを理解しないまま自分の世界の一端を押しつけてるだけ、なのかもしれないけど。あいつの好きだったジブリや新海誠の映画だって実は結構観てみたけど、主題歌が流れるたびにすぐりの声ばかり思い出していた。

歌ってないと言ってたな、もうコーラスはやってないって。そんな子に訳詞を頼むってありだったのか？　ねえだろ。もう送っちまったものは仕方ないけど。案の定、思いきり既読スルーされてたけど。

今さら、いろんなものは取り返せないんだな。時間も事件も、起きた事々はみぃんな。

すぐりのLINEを小汚い餃子店で読むのがもったいなくて、皆と別れてから、もう一度シュワード公園に戻った。たぶんここらへんだったよな、あいつらが撮ったキンクスのアカペラ動画。見覚えある桜の木の下辺りで、おそるおそる画面を開いてみる。

——うまくできてるかわからんけど、歌詞考えてみたよ。一緒に字合わせとか考えてくれた先輩がおって、譜面起こしたから添付するね。

添付ファイルをタップして出てきた譜面の画像を、拡大する。さらに大きく指で引き伸ばしてみる。すぐりの字だ。丸くてちょっと右下がりのあいつの字だ。授業のノートを見せあったときにノートの端に書かれてた、マイ・リトル・ラバーの「深呼吸の必要」の歌詞。

ここがいっちゃん好きなん。ノートを指した爪の薄ピンク。

「誰かとおると、世界が変わるとか新しゅう見えるとか。そがんこと……ある気がせん?」

照れたようにつぶやくすぐりの甘い声が耳によみがえる。コーラス部の課題曲の譜面を見せてくれたこともあったっけ。八分音符までなんだかちょっと右下がりで、「今日のカバン、重いっとー」と笑いながら、わざと下げてみせた右肩みたいだった。女の子の荷物を持ってやるなんて思いもつかなくて、僕はふがいなく笑ってただけだったな。

手を差し出せず、見ていただけだった。いつだって。

最初は文字の形ばかりが目に入ってきて、文節としてとらえられなかった。深呼吸を二度してから、もう一度流しで読んだ。黙読してから、今度は声に出して歌詞をたどった。

すぐりが、先輩と一生懸命考えたという日本語詞はとてもシンプルだった。そのぶん、まっすぐ心に飛び込んでくる。僕が下訳で考えた言葉がそのまま入ってる箇所もある。

すぐりが生み出した言葉と混じりあって、一連の流れとなったそれは、「歌」だった。旋律はないけど、僕には歌として、音として聞こえた。聞こえてきた。この感覚、なんだろ。言葉が、声を必要としてる。言葉が、メロディを求めて立ち上がろうとしてる。

ああ、これが「歌」ってことなのか？　詩でも詞でもなく。

すぐりは、歌を書いたのか。すぐりの声が意思となって、イメージとなって、ぱらぱらと目の前に降ってくる気がした。

きみの笑顔。触れられなかった、すぐりの頰。顔。唇。そんなものがふいに現れ、すぐりはそこにいないのに、並んだ文字に触れたくて、手を伸ばしそうになってしまう。

一緒にいたらいつだってひとつになれる、諦めないで、と声が聞こえてくる。

思い出。夜明け。空をあおぐふたつの影。ああ、これは戦いの歌じゃないのか。誰かと争うための歌じゃないのか。これからも永遠に生きていく、触れあう魂の歌だったんだ。

連なる言葉を長いこと見つめた後に、顔をあげた。ふいに辺りを見回す。衝動的に、エセックス通りに面する側の公園の出口まで駆け出した。息を切らしながら、もう一度きょろきょろと周囲を見回す。隣接するハンドボールコート。時折ピクルスを一本だけ買っては齧りつくユダヤ人のピクルス店の店先。いないよな。そりゃそうだ。もう皆帰っちまったよな。当たり前だ。何やってんだ、僕は。やつらを追っかけて、どうしようとしてんだ？

かわりに家に戻り、ラップトップに転送した譜面のファイルをアプリで立ち上げた。新しくセーブし直して、そこにすぐりの書いてくれた歌詞をローマ字で打ち込んでいく。あー、じれってえな。文字ちっせえし。なんとか仕上げてから、じゃこに添付メールした。

「げっ、もうできたのかよ。先越された。俺、まだ韓国語パートに取りかかってもねえし」

すぐに返信が来たと思ったら、追い打ちで電話をかけてきた。

「これ、早速ミューズスコアで打ち込むけどさ。パート入れたアレンジ譜にする前に流れをつかんどきたいから、ちょっとリード、歌ってみてよ」

ええっ。ここでか？　今か？

「そんなの……、急に、無理だよ」小さく口ごもる。

だって僕は、まだ「歌」には戻ってきてない。まだ気持ちが整理できず、ちゃんと向きあえない。だけど一刻も早く伝えたくて、あいつらに歌って欲しくて、送っちまっただけで。

あれ、皆には歌って欲しいのか？　僕はそこに入ってないのか？

「もうー、まだるっこしーな。じゃ俺が歌ってみっから。おまえ、そこで聴いててよ」

じゃこはせっかちな口調で言うと、電話口で歌い出した。もちろん日本語はできないから、発音はおぼつかないんだけど。さすがだ。音程は少しもはずさない。すぐりが音符に当てはめた言葉を正確に譜割りしてくれたおかげもあるが、声のひと粒ひと粒が音をしっかり繋ぎとめていく。そのぶんイントネーションが微妙に違う箇所はじれったくなる。仕方なく、一緒に歌い出す。電話口の向こうとこっちで、僕とじゃこの声が触れて、重なる。

あれ、なんだこれ。じゃこの声こんなだっけ？　一緒に歌うと改めて音域の広さに驚かされる。フラットな曲でもじゃこはいつもグルーヴを加味し、安定感のある線の太いベース・ヴォーカルを聴かせてくれる。ただ普段はくじらの超絶気持ちいいハイピッチのリードに隠れがちなんだよな。でも十分高いのも出るんじゃん。サビ部分のノビなんてパネぇし。

リードを十分に取れるレベルのメンバーが集まってこその、アカペラなんだな。他人事みたいに思う。リードなんてあだ名のくせに、誓っても主役は張れっこない自分のことは置いといて、改めて何かを発見した気分だった。そのことに臆するより誇らしかった。

こんな風にして、すぐりもその先輩という人と声を繋げたのかな。相手の声に何かを見つけて、嬉しくなったのかな。だったらいいな。もう歌ってないとあいつは言ってたけど。

こういう時間があったのなら、いい。こんな貴重な時間が。

「前もさぁ」何度か歌いながら、僕に発音を尋ねるために中断しては発音記号を書き込んでいたらしいじゃこが言った。

「こんな風にやり取りしたことあったよな。音、取れねーって、おまえ泣き入れてきてさ」

「ああ」たった少し前のことなのに、もうはるか昔のことに思えた。

父さんはまだ怪我なんかしてなくて、店の開店準備に追われていて。母さんは明るくてウザいほどおせっかいで。僕はとまどいを覚えながら、歌うための声を探り始めた頃だ。

「取れてんじゃん、音。そんで、言葉がちゃんと伝わってくる。ニホンゴなんて俺、ちっともわかんねえのに。不思議と意味が伝わってくる気ィするよ。いい詞なんだろうなって。綺麗で強くてあったけー、おまえが生まれた国の言葉なんだろうなって」

そう、あのときは相対音感の話をしてくれたんだっけな。今の歌もじゃこはさりげなく途中から音程をずらしてハモらせてきた。僕を相対音感における移動ドに据えて。声がふらついて音程が危なっかしくなると、じゃこは絶妙なタイミングで声音を抑えたり、ときにユニゾンに戻って背中を押してくれた。

こいつには、ちゃんと伝えないといけないと思った。

「いい……詞なんだよ。実を言えば、僕は下訳しただけで。言葉がバラバラでうまく繋がんなくて。日本にいる友達が仕上げてくれたんだけどさ。コーラス部の先輩とかいう人と一緒に結構頑張って、サビ以外の箇所の譜割りまで考えてくれたみたいで」

「なんだよ、おまえちゃっかり下請けに出しやがって！　で、ふぅん、その友達、女か？」

「え？　そ、そうだけど」

「そうかー、女かぁ。ジャパニーズガールかぁ。俺もコリアンガールに頼もっかなぁっと」

電話口でじゃこがにやついてるのが見えるようだよ。や、違うけど、そういうアレじゃないけど。弁解するぶんだけ、「まぁまぁ照れるなって」と嬉しそうに倍返ししてくるから、まじうぜえ野郎だ。低めのベースパートだけまかせるんじゃなく、こいつと一緒にコーラスで並走してハモりたいなんて、本音で思っちまった自分が悔しいよ。

「どんな言葉でも伝えたいって気持ちで歌うと伝わるんだな。心にすうっと入ってくる。俺もそういう言葉探さなきゃなぁ、韓国語で。俺たちには英語以外にも、大切にしなきゃいけない言葉があるんだな、なんて思っちまった。自分や、祖先が生まれた国の言葉がさ」

じゃこの言葉に、僕は黙ってうなずく。

「これアレンジ譜に落としたら、来るだろ、練習」

「………」

「だってさ、皆で早く歌いたくなるだろが」

ああ。今度は相手に伝わるようにうなずいた。うなずかされちまった。

やっぱ悔しいけど、引っ張りこまれちまった。もう一度、歌いたい。あいつらと一緒に。

「この曲もやりたいけど」僕はおずおずと切り出した。

「並行してあっちもやりたい。キンクスの。『スーパーソニック・ロケット・シップ』」

「おお、やろうぜ。この前は動画なんて送っちまったけど、三人じゃどうにもシマんないからさ。本当は四人じゃなく、五人は欲しいとこだけどなぁ。コーラスの厚さ考えっと」

じゃこの言葉は本当だった。四人でなく五人なら、パンパがボイパで、じゃこがベースパートに回ったとしても、僕ともう一人でくじらにコーラスをつけられる。じゃこがコーラスに回ってくることもあるが、それだとベースパートが物足りなく感じることもあるし。

でも、僕は言った。言っておきたかった。戻る、と決めた今だからこそ。

「いいよ……、四人で」

「そ、だな。いいよな、この四人で」

次の練習参加日を四人のグループメッセンジャーでやり取りしてから、僕は改めて三人に頼んだ。

じゃこがアレンジして持ってくる「イン・メモリーズ」だけでなく、キンクスの曲も並行して練習したいと。この曲には、僕にとって幾つかの意味があったから。『アベンジャーズ／エンドゲーム』でこの曲が流れるのは、アベンジャーズの再合流のシーンだ。ロケットとブルースがボロいトラックに乗ってソーに会いに行くときに流れる曲が、「超音速のロケットでどこにだって行ける」と歌うのはちょっと皮肉めいておかしいけど。

僕には、希望に満ちた船出そのものの歌に聞こえた。引きこもって自堕落《じだらく》に過ごすソーは、僕自身だったかもしれない。長いことずっと。心の底で、こいつらが待っていてくれるのを、また合流できるのを信じていたんだ。

そしてすぐりに頼むために自分でも下訳に挑んでみたことで、改めて曲に対する歌詞の重要さを思い知った。今までは英語は母国語じゃないし、ただ歌えるってだけで気持ちよくなっていたふしがある。でも違う。特にアカペラは違う。旋律だけじゃない。

言葉にも意味があると、今さらわかった。遅《おせ》えよって話だけど。でも歌いたかった、特にこの曲の最後の部分に刺された。今だからかもしれない。すぐりが「イン・メモリーズ」に言葉という響きをくれたように、僕も探したかった。曲を、自分のものにするために。

歌はメッセージを伝えてくる。イケてなくたって、誰もがこのロケットに乗っていいんだ、と。マイノリティーが抑えつけられたりしやしないよ、と。

そう、僕はこの国においてマイノリティーだ。それはどう転んだって変えられない。

父さんが襲われたことも、マイノリティーと関係がある。地下鉄で僕をアカペラに引き込んだおっさんズも黒い肌だったな。でも、人種や年齢や肌の色だけじゃない。

弱く少ない立場の人間をマイノリティーと呼ぶのなら、情けないことに僕はきっとあらゆる面で当てはまる。だからこそ、マイノリティーの抑圧なんて存在しない、大丈夫さ、と歌ってみたかった。それが、たとえ叶わない夢だとしても。

最後に大切なこと。この曲を歌う三人の動画をすぐりに送ったけど、もう一度送りたかったんだ。すぐりに、僕も一緒に歌っている姿を見て欲しかった。チャットでやつらにさりげなく訊いてみたよ。

「うまく仕上がったら、もう一度、動画撮ってもいいか」って。

「おー、今度はちゃんと撮ろうぜ、四人で」

「今度こそカメラが落っこちないように、固定するスタンドを持っていかないとだよぉ」

「じゃこ、意味わかんねえフィルイン突っ込むの、なしだぞ。フリージャズじゃねえんだから。でもリードはさ、いつもビデオ回すの嫌がるのに珍しいな。さてはついにおまえも目覚めたかっ、フォロワーがミリオンのユーチューバーの道に！」

そこでじゃこが「じゃねえだろ。たぶん女だぜ。こいつ、女に送りたいんだよ、ジャパ〜ンにいるジャパニーズガールに」なんてバラすからさ。皆が「そうなのか？」「よかった、おまえもマトモだったんだな」なんて口々に沸いて、がぜん面倒なノリになってきた。

違うって。でもそうかな。そうなのかな。やべえ、女の子に自分の映る動画を送りつけるってどんな露悪趣味だ。歌ってるボクを見て〜ってか？　くじらじゃあるまいし、こっちまでナルになってどうすんだ。それとは違う。よくわかんねえけど、きっと違う。

僕が、遠い長崎の空とこのマンハッタンを繋げられるのは、そんなことしかないから。公園の空と、仲間と、歌を、届けてみたい。おそるおそる、声を出して。

本格的に週二、三回の練習を再開すると同時に、対面で声合わせができない時間もじゃこの指揮でパート練の要領をつかめるようになってきた。じゃこがアレンジに使う楽譜作成ソフトのミューズスコアは、アカウントを作ってオンラインに保存し、共有できるようになっている。自分の担当箇所だけを打ち込んだパート譜は、それぞれ個人で何度も再生して徹底的に暗記する。譜面もガジェットも苦手なパンパでさえ、使い方を覚えたらスムーズに扱える優良ソフトだ。実際に四人で合わせてみて、変更したい箇所が出てくれば、その場でスコアにアレンジを加えるのはじゃこの役目だ。縁の下の力持ちって役割だが、こいつはドヤ顔でときに難解な指図を出してきたりするから、縁の上の指揮者ってノリか。

ただ、曲がこなれてくるとともにちょっとした窮地にはまっちまうこともある。電話口でじゃこと歌った際にも感じたことだ。認めるのはふがいないが、きっと最大の弱点は僕だ。

音程が取れる取れないって基本的なことは、徹底的なパート練でクリアしてきてる。でも僕だけでコーラスを支えるのは頼りないし、断然アカペラとしての厚みに欠けるんだ。

特に、くじらのリード・ヴォーカルがぐいぐい引っ張っていく「イン・メモリーズ」みたいなバラードと違って、軽妙な曲は声の層が命になる。これがバンドだったら、声に鍵盤やギターやドラムという楽器の層も加わるから、楽なんだろうけど。そこまで考えてそもそもの振り出しに戻りそうになりながら、踏みとどまった。アカペラじゃないと。

この四人でないと。じゃこも同じことを考えているのか、自分がコーラスに回ったパターンと、ベースに徹したパターンと二通りアレンジ譜を作ってきたりと健闘してる。パンパは、ベースがいてくれた方がリズム隊はありがたいなぁと頼りなさそうな顔をするし、僕はコーラスが二人の方が安心できるし。じゃこの取りあいだよ、これじゃ。そんなときはいつだって、俺が気持ちよくなりゃどっちでもー、とお気楽顔のくじらが突っ込んでくる。

「まぁまぁ。そんな深く考えなくたってさぁ、いろんなパターンでいろんな曲やりゃあいいんでねーの？ 先は長いんだから」

こいつのメンタルは強靭《きょうじん》だ。なんも考えてねえとも言えっけど。アルジブラの単位落としても、GPAのスコアが悪くてもヘラヘラしてるし、ヘコたれんのは声かけた女の子にスルーされたときぐらいってどうなんだ。そのとき、近くを女子高生グループが通りかかった。

「じゃあ、もう一回やったろぜー、キンクス！」

重そうなバックパックを背負って笑いあう女子を見たとたんに、くじらが唐突な声をあげる。歌うとこを見せたい聴かせたい僕を見て見てって態度が、もうバレバレなんだよ。

ワン・トゥー・スリー・フォー、いつもよりずっと高らかにくじらが指を鳴らし、おまけに足で力強くステップまで踏んで合図を始めたときに、じゃこが「あ」と声をあげた。

「これだ。ちょっとやめ、ストップ！」

「なーんだーよー。なんで止めんのよ」

こちらになどかまわず通り過ぎていく女子高生のミニスカをうらめしげに目で追いながら、くじらがぶぅたれる。パンパも僕もつられて視線は女子高生に引っ張られちまう。わかりやすすぎな男子高生、もしや僕たち公園でアカペラなんてやってる場合じゃないんじゃないか？　もっと謳歌《おうか》すべき青春があるんじゃないか、なんて思える僕は、少しだけ元気になったのかもしれない。じゃこが生真面目な顔で「これだよ」と指を鳴らすから、僕たちは呆けた顔を見合わせた。これって。指パッチン？　女子高生ナンパ法には古くねーか？

「なんで今まで思いつかなかったんだろ。皆でやんだよ。くじらだけでなく」

じゃこに言われて「集団ナンパ？」とマジ顔で答えたくじらは、相当のアホだ。

でも何を？　じゃこはいきなりスマホを取り出すと、iTunesを指で操りながら、音源を出してきた。なんだったたっけな、あの曲、とぶつぶつ言いながらペンタトニックスの曲をスワイプしまくる。世界的なアカペラグループ、ペンタトニックスは僕らも尊敬しているが、レベルが違いすぎて萎えるから、という理由で練習直前はあえて封印している。

それを今、こんなとこで聴かせて、どうしようっていうんだ？

アルバムを探していたらしいじゃこの手が止まる。ペンタトニックスの『ペンタトニックス・クリスマス』。ええと、今は五月で、新緑の季節で。

皆で顔を見合わせ、ときに思考が難解すぎてついていけないグループのアレンジャーに視線を移す。細い体に似合わず節くれだったじゃこの指が、選曲ボタンをタップした。

「アウェイ・イン・ア・マンガー」。歌詞カード欲しさに日本版を奮発したから、邦題も覚えてるよ。

「飼《か》い葉《ば》の桶《おけ》で」、イエスが寝かされていた飼葉を敷き詰めた桶。初めてこの街でクリスマスを過ごした冬。教会の前に置かれた飼葉桶に眠る小さなイエス・キリストの像を眺めて、柄にもなく神聖な気持ちになったっけ。

「声だけでなくさ、この曲みたいに、俺らもボディの音使いまくって表現すれば厚みが出るだろ」

「なるほどなー。じゃこすげえ、よく気づいた！　さすが俺らグループの救い主であられる、神の御《み》子《こ》だ！」

くじらが感嘆するけど、そんなときでもふざけて見えるのがこいつの持ち味だ。こんな風にとか？　パンパが不意に膝や腕を打ち始める。あっけにとられ見守る。パンパ自身がパーカッションと化し、ぶ厚い手がやつの身体中から複雑なビートを軽快にはじき出す。

トン、ト、トン。パタ、ッタ、タ。すげえ。モンスター級の勢いでパンパのビート感がでかい身体からダイナミックにほとばしる。つられておそるおそる手を動かしてみる。パンパの打ち出す裏のリズムで指を鳴らし、時々フィルインで手を叩いたり、すり合わせたり。

くじらが僕に合わせた拍取《はくど》りで手を叩きながら、歌い始めた。じゃこはパンパのリズムに合わせて、指パッチン。四人バラバラじゃなく、二手に分かれてパフォーマンスするのは、「飼い葉の桶で」を自然に見習った形だな。なるほど、この方が統一感が出るわけか。

じゃこは基本コーラスに回りながら、時折ベースを挟んでくる。ああ、これなら声の層が厚くなる。まだまだ粗削りだけど、いい感じなんじゃないか？　できるんじゃないか？

何より楽しい。声だけでなく全身を使ってのパフォで、がぜん自分たちがノッてくる。

くじらの声の質感がふっと変わった。ああ、またギアが入ったのか、こいつの。声がどこまでも伸びるように張って、突き抜ける。ぬるんだ春の空気を貫いていく。

ふいに、さっき通りかかった女の子たちが振り返った。こちらを見て何か言いあってる。くじらがカモンという仕草で指を動かす。ナンパのときとはまた違う、めっちゃ素の笑顔で。

げ、来るよ。本当にこっちに戻ってくる。ビビっちまう、そういうの。まだ人に聴かせる準備なんてできてない。少し前に公園で気軽に歌ってみたときとは、もうなんだかすべてが変わっちまってるから。一人だけ背を向けて歌いたいけど、それもできず固まってる。

女子の一人が僕らにスマホを向ける。げ、撮るのかよ。もうダメだ。どうでもいい。

歌うしかねえ。途中で止めたくないから。スマホから目をそむけながら僕はそれでも歌っていた。どうにか中断したりしないで歌い続けられた。心臓、半分くらいに縮んだ感覚。

結局、彼女たちが動画をインスタグラムにあげ、それを唯一インスタをアクティブにやっていて（僕とじゃこはアカウントのみ、パンパにいたってはアカも持ってない）フォロワーも結構いるくじらがリポストしたりして。あっけなく僕らの初動画は、不特定多数の人たちにシェアされることになった。女の子たちの目当てはくじらだから、くじらの寄りカットが目立つけど、それでいい。全然オーケーだ。でも当然四人の姿もがっちり映っている。普段は自分のマーベル・コスプレや流行りのスニーカーやジャケットなんかで飾られているくじらのアカウントに、突然のったライブ動画。コメントやライクが瞬く間に増えていく。

こんなに人気あったんだ、くじら。自意識だだ漏れのインスタはほぼ覗いてなかったから知らなかったけど。そっか、そりゃそうだよな。イケメンのマーベル・レイヤーにファンがつかないわけがない。でもレスを見ると、くじらが歌ってることを知っている人はほとんどいなかったらしく、コメントはもう賞賛の嵐だ。オー・マイ・ガッド！　ケヴィン可愛いー。歌、最高。ライブして欲しい！　インスタ・ライブ希望ですー。ハート目や拍手スタンプが飛び交いまくり、ほぼ絶叫に近いコメで画面が覆われていく。

遡ると、父さんのクラウドファンディングのスクショ投稿もあって、幾つもライクがついていた。ああ、それで学校の生徒たちも寄付してくれたのか。こういうことちっとも言わないんだよな、くじらは。

「参ったなー」ちっとも参ってなさそうなにんまり顔で、くじらが画面のコメ欄をスクロールする。

「タイミング見て、ちゃんとした動画をあげようと思ってたのになぁ。ま、こういうアクシデントもありってか」

「どうせなら、もっといい音質で撮ってくれりゃいいのに。ソフトで編集し直すかな」

いつもの無表情を崩さず、ぶつくさ言いながら画面を覗いていたじゃこが、顔をあげた。

「そろそろ公式アカウント、つくんなきゃだな。で、グループ名どうすっかだな」

え？　公式アカ？　グループ名？　そうだった。そんなの考えてなかった。真っ先にあだ名をつけあう僕たちは、そういうところが抜けてるんだよな。てか、名前必要？

「そうだなー。そろそろだなー。やっぱさ、マーベルくくりなわけだし、無難にマーベルズってとこじゃね？」と、くじら。

「うーん、でもそれってマーヴェレッツっぽくない？」と首をかしげたのは、パンパだ。

黒人音楽に詳しいパンパに、六〇年代のコーラス・グループの手ほどきは受けていたから、「プリーズ・ミスター・ポストマン」くらいは僕も知っている。

「ちょっと二番煎じだよなぁ」じゃこが首をかしげながら、ウィキペディアを開く。「あ、しかもマーヴェレッツって、オリジナルのグループ名はマーヴェルズだとさ。だめ、却下」

僕はなんでもいい気がしてる。グループ名にはあまり興味がわかない。どうしてだろう。自分が歌うという行為。そこに名前が授けられるのを、まだためらってるのかもしれない。

「そういえば」と、くじらが僕を見た。「おまえの父ちゃんがやろうとしてる店のヌードルの名前、なんだっけ。ほら言ってたじゃん、ラーメンと違っていろんな具材が入ってて、それが人種も文化も多様なこの街のメルティングポットみたいなんだ、とかさ」

「えと、ちゃんぽん……だけど……」

「よし、それで決まりっと」

そして最悪なことに、いやそう断言していいかわからないが、むしろいいのかもしれないが、僕らのグループ名は決定した。NY Champons——NYチャンポンズ。

ありか？　ありなのか？　日本のおふざけバンドかお笑いユニットみたいじゃないか？　ラーメンズっていたよな。NYはニューヨークでなくてエヌ・ワイと読ませようぜ、とじゃこが妙なこだわりを見せる。ニューイヤーでもニューヨークでもニュー・ユーでもなんでもイケるじゃん、と。新しい年、新しいきみ、か。ああそっか、って納得してる僕もどうなんだ。

「決まり。NYチャンポンズのライブ・デビューは、リードの父ちゃんの店のオープニング記念でだな」

「いいな、それ！　NY初、いやアメリカ初のちゃんぽん麺を僕らの歌で華々しく祝おうぜ」

「いや、えと、リンガーハットっていう日本のチェーン店が、すでにサンノゼにあるから」

おさまることを知らないこいつらの悪ノリぶりを、弱々しく止めにかかったけど。

わかってる。問題は、本当はそこじゃない。全然、そこじゃないんだ。

日本に帰りたがっている母さんと、怪我が完治せずリハビリのつらさや精神的にも参っている父さんが、この先本当に店を開けるのか。そんなことが可能なのか。集まった支援金は本当にありがたいけど、いざ店を開いてもコロナ禍で不況なら瞬く間に底を突くだろう。

胸に黒くくすぶり続けている弱音をぶちまけたかったが、口にせずにとどめた。

かわりに、独り言のようにつぶやくしかなかった。

「……そんなことより、練習しようぜ」

今は、歌うことしかできねえから。前を向きたくてもどこが前方かもわからない、今は。

粟立《あわだ》つ心の隅だけで付け足す。皆は僕の気持ちを見透かしているかのように、店の開店準備の進行とかオープン時期とか、具体的なことは尋ねてこなかった。

だが家に戻ると驚くべき展開が待っていた。夕飯のテーブルに着くなり父さんが言った。

「まずは早々にソフトオープニングで店を開けて、テイクアウトから始めてみようと思っとうね。といっても店での飲食は規制されとーけん、それしか道はなかばってんね」

え？　え？　なんて？　父さんの言葉に、思わず母さんの顔色をうかがっちまう。

「ウーバーイーツとかシームレスとかのデリバリーサービスも調べてみたけど、手数料をかなり取られるのよね。だから最初はまず様子見で、デリバリーはそのあとかしらねぇ」

「……開けるんだ、本当に？　今？」いつの間にそんな話になってたんだ？

開けるわよ。平然と答えたのは母さんだった。どーなったと？　夏休みだけでも帰国したいとか、潔くリースを解約して撤退を主張していた言葉はどこ行った？　あっけに取られながら、父さんを見る。父さんは小さくうなずいた。僕にだけわかるようにかすかに。でもとてつもない決意と安堵に満ちた瞳で。怪我をして以来、初めて見せる顔だった。

いや思い出す。母さんを笑わせたり怒らせたりしてやってくれ。そう頼んだときの父さんの瞳と酷似していた。父さんは一時帰国に執着する母さんにかまわず、単独でも店を開けそうな勢いだった。僕はそんな父親の身勝手さをちょっと軽蔑してた。でも違った。父さんは母さんと店をやりたかったんだ。一緒に夢を叶えたかったんだ。僕はいつでも気づくのが遅い。

「あんなにメディアに騒がれて、支援金まで寄付してもらって。それでただ、日本にすたこら逃げ帰るってわけにもいかないでしょう？」

「三月からテイクアウトとデリバリー以外の飲食店は閉鎖されとったけど、NY州の経済社会活動が再開し始めたばかりったい。まだ第一段階やけど、先が見えてきた」

このところ毎日配信されるクオモ知事の会見動画を見るのが習慣になっていたから、その件は僕も覚えている。一ヵ月以上、州の入院者数が減少し続けている中、好転する数字に後押しされるようにして、五月一五日から段階的に経済社会活動が再開され始めたのだ。三月なかばから規制されているレストランでの飲食も、六月には再開計画の第二段階として店外飲食が許可されるめどがたっているらしい。

それにね、と母さんはテーブルの上にあったぶ厚い封筒をかざしてみせた。

「無事に申請書類が受け入れられて、政府の補助金プログラムも通ったのよ。さすがアメリカ。やることが太っ腹やねぇ。いつやるか？　今でしょ！　ってね、父さんと」

ひと昔前の流行り言葉を発する母さんの瞳にも、光が戻っている。

この前までこんな国にいたくない、と言ってたのはどこの誰だっけ。そう、僕は忘れていた。もともとの母さんは、単純でかつ素直な人だった。ちゃんぽん店を立ち上げるという夫の夢に、素直に自分の夢をすりこませられるほどに。一人息子を勝手に夫婦の壮大な夢に巻き込めるほどに。

蔓延するウイルスやヘイトクライムは母さんの心をねじ曲げ、父さんの腕をへし折ったけど、人々の善意やメディアもまた、ねじられた心のよりを戻した。

それと忘れていたが、長崎生まれのくせに東京弁を喋りたがる我が母は若干、「見栄っ張り」の気がある。ＮＹ日系社会で優良とみなされるスペシャライズド高校や塾に無理をしてでも息子を通わせたがったのも、地元のラテン系御用達のスーパーでなく高級スーパーで買い物をしたがるのも、その見栄が多少は作用していたに違いない。支援金を送られたのに再挑戦せず日本に逃げ帰るのは、母さんの見栄的にはちょっとかっこ悪いことなんだろう。

でも見栄だろうが、九州女の意地だろうが、感謝だろうが、顔をあげた両親は少しかっこよかった。家族の中に長く存在し続けた見えない圧を、拒否ることも受け入れることもできず、何かをずっと待つだけの僕は、まるで家庭内でも六フィートの距離を保とうとしてる。実際には、こんなぼろアパートじゃあ狭くて保てないけどさ。

「手伝うけん」静かに口にする。

「僕も。その、リモート授業が終わってからとか、夏休みの間なら」

言葉にしてみると、初めて両親の夢の塊にみずから触れた、気がした。二人が僕を見る。

「そりゃ助かるばい。やけんバイト料、払えんけどよかとか?」

「そうなのよねぇ。いくら補助金が下りたとはいっても、しょせんカツカツだからねぇ」

ケチくさか。口をとがらせ本気で言ってみたが、両親は笑った。両親が揃って笑顔を見せたところを長いこと見ていなかったことに、それを気にもとめてなかった自分に、驚いている。僕だけは笑えなかった。でも春の暖まった空気みたいなゆるんだ心で、仲間にこの事実を早く伝えようとだけは誓っていた。オープニング記念ライブだけは冗談じゃない、と本気で止めなきゃだけど。

あいつらが笑顔になってくれたら、僕も笑おう。怒られるけど。また「サンキュー、おまえらのおかげだよ」と伝えたら、「礼言ったら罰金五ドル!」なんて肩こづかれるんだろうけど。そうしたら、歌う声に、笑顔は混じるだろうか。

心からの笑みを、僕のこの頼りない声にのせて、あいつらに返すことはできるだろうか。

09 息を止める時間

2020.05.06

二〇二〇年五月二〇日。新型コロナウイルスによる死者数が九万三千人を超えたアメリカで、五十州すべての経済活動が部分的に再開された。この日、最後となる五十州目のコネチカット州が制限を緩和したのだった。ニューヨーク州や隣のニュージャージー州、ワシントン州などの特に被害が大きかった地域では、感染者数が急激に減少している。

そんな中、アメリカ東海岸初のちゃんぽん店「ちゃんぽん　つつじ」は五月二二日、最初はテイクアウト専門として、ロウアー・イースト・サイドのディランシー通り沿いにオープンした。

店名はずいぶん前から決まっていた。最初から花の名にしたいと考えていたみたいだが、「一葦はどんな花が好きか」と訊かれ、花の名なんてよく知らない僕は思わず「ツツジかな」と答えたんだよな。やっぱそうやね、両親もうなずいてあっけなく決まった。

長崎の県花、雲仙ツツジ。

すぐりと稲佐山公園で夜景を見たとき、「今度はツツジの咲く頃に来ようね」と約束していた。でも叶わなかった、二人で見ることはなかった、あの鮮やかで甘い花の色。

すぐりに思わず伝えたら、「いい名やね」とだけ返信が来た。得意の花スタンプも笑顔マークもないそっけない返信に、ちょっとだけ肩透かし。て、何を期待してんだ、僕は。

自分がしてしまったことは戻らない。イッチー、サイテー。吐くように言われた言葉を忘れたわけじゃない。だからこれ以上期待しちゃいけない。自分を戒めていると、追加の一行。

「ツツジのピンクって、かまぼこの縁のピンクに似とーよね。だからいいと思う」

あ？　かまぼこのピンク？　だからいい？　わけわかんね。女子って、いやすぐり自体が謎の生き物だと、会ってるときに何度も思ったことを思い出す。最初の頃はすぐりが近づいてきたことにも一緒にいることにも違和感ありまくったけど、それでも楽しかった。どきどきした。まるでくじらと出会ったときみたいに。まだ重いものは持ち上げられない父さんのかわりにキッチン用具の上げ下ろしを手伝いながら、僕は思い出していた。不敵な笑みのじゃこも、授業中にコミックを読んで怒られるパンパも。みんな、全部、僕には謎だった。

でも繋がってる。今は、こうして。

不思議だな。人生自体が謎なんだな、きっと。でも、謎だらけでよかやん。

テイクアウトのみの始動だから、テーブルも椅子も店内に積んだままのそっけない店構えだが、店先には大きめのツツジの鉢が幾つか飾られた。じゃことパンパとくじらが小遣いを出しあい、ガーデンセンターで買ってきてくれたものだ。僕は三人に説明してみせた。

「ほら、このアゼリアのピンク色さ、ちゃんぽんに入ってるフィッシュケーキのピンク色みたいだろ。色々と意味があるんだよね、ちゃんぽんって食べ物には」

「なるほど、メイク・センス！」「そういうことか、色々深いんだな……」

三人が本気で感心するから、僕は少し申し訳なくなりながら、思わず吹き出しちまう。

なんだ、笑顔なんて余裕で出るじゃん。普通に笑えるじゃん。こいつらといたら。

三人が手伝いに来てくれた店のオープン当日はかなりの忙しさだった。クラウドファンディングで寄付してくれた人には無料でちゃんぽんを進呈することにしていたし、SNSやメーリングリストでくじらが宣伝しまくってくれたおかげで、客足は途切れない。

くじらは通りに出て、通行人や行列客にメニューの書かれたチラシを愛想よく配ってくれている。会計担当の母さんは「あの子ハンサムねえ。うちで働いてくれないかしら」なんて僕にささやくから、「バイト代払えなかとやろ」といさめといたけど。

「ディランシー通りに行列ができてるの、アージェント・ケア以外で初めて見たよー」

パンパが声をあげる。忙しく容器にちゃんぽんをつめていた僕も、表に出てみた。

列の間隔が広いのもあるけど、確かに行列は隣のブロックまで続いていた。このところずっとコロナ検査を提供する急病診療所には長い列ができている。だがそれ以外でこの殺風景な通りに行列ができるのは、パンデミック前でさえめったに見たことはなかった。

思い出す。四人で歌い始めた頃、人のいる場所が恥ずかしくて、あえて再開発中で工事音が響くこの辺りで声を出したっけ。ウィリアムズバーグ橋を渡る車や自転車の人々を眺めながら声を合わせたこの橋のたもとで、僕は今、ちゃんぽんを配っている。サンキュー、と言われて「またどうぞ」とぎこちない笑顔を返しながら。少し前にボランティアで食料配給を手伝ったときには、そんなやり取りを見ることとさえも苦手だったんだよな。

今は、自分の手から人の手に、次々と麺の入った容器を手渡している。人生でいちばんサンキューを言った日、だった。お礼禁止令、くそくらえだ。息を深く吸い込んで、いつの間にか暮れかけた通りを絶え間なく行き過ぎる車のテイルランプに目を細める。

ここが始まり、なのかもしれないな。すべての。これからだ。なぁすぐり、僕は見つけたかもしれんと。

A Place of Action.

ここが僕の「何かを起こす場所」かもしれない。

NYの日系新聞が取材に来てくれたことで、開店記事が日本のメディアにもシェアされたり、多大なフォロワー数を誇る人気のグルメ紹介メディアに掲載されたりしたおかげで、「ちゃんぽん　つつじ」の商売は、出足からなかなか好調だった。といっても、コロナ禍の今、安心している余裕はまるでない。影と光は、ディランシー通りで日がな点滅する信号みたいに、僕たちの頭上でオン、オフを繰り返してるから。

「この辺りのレストランもどんどん閉店していってるわねえ」

「うちも気が抜けんが、そろそろデリバリー業者も頼んで拡張を考えた方がよかかもしれんな」

でもビジネス拡張の前に父さんが最初にとった行動は地元への貢献もしくは奉仕だった。

「え、次亜塩素酸水を配ると？　無料で？」

僕は、父さんの報告に思わず訊き返した。次亜塩素酸水は店舗では多く使われている、消毒や除菌効果のある水溶液だ。消毒用アルコール類がドラッグストアで品薄になり、そのへんで高値で転売されている今、無料配布すればもちろん助かる人は多いだろう。

「それって……お店でちゃんぽんを買ってくれた人限定でよね？」母さんが釘を刺す。

「いや。なんも買うてくれんでもよか。そのかわり知られすぎると、転売やら悪用やらする人も出てくるかもしれんけん、宣伝はあまりせんで、ひっそりとやる」

そうなんだ。僕は賛成も反対もしなかったけど、母さんは少しだけ不安そうな顔になっている。次亜塩素酸水を生成する装置はあるから、うちの店の出費がかさむわけじゃない。

母さんの不安は、父さんの人のよさにつけこむ人が出てこないかってことなんだろうな。長崎時代にも人のかわりに残業をやったり、開業資金を利用されそうになったりしてたから。どっちだ？　こういうとき、どっちにつけば穏便に流せる？　いつもなら面倒だから黙って二人にまかせるところだ。厄介な夫婦喧嘩が勃発したらまた自室に逃げ込むまでだし。

そのとき、僕の脳裏をふと横切るものがあった。手、だ。

ふいに、遺体安置所を通り過ぎたときのことを思い出していた。どうしようもない気分に襲われ、うずくまり嘔吐したときに差し出された手が、ふいに浮かんできた。このコロナ禍で母さんが神経質にやっていたように、触るものすべてに消毒スプレーを吹きつける人々がいる一方で、僕に差し出された素手やティッシュ。感染の恐れをものともせずに、食料配給所で何時間も働くパンパやボランティアの人々。あのとき、僕は差し出された手から、目をそらしたっけ。

「僕、日本語と英語で貼り紙、書こうか。遮光性の容器が必要なんでしょ？　持参してもらうように」おずおずと提案してみる。「無料です。商品の購入は必要ありません、ともつけ加えて」

僕の目を見て、父さんは「助かる」とうなずいた。母さんもそれ以上何も言わなかった。

翌日には店の片隅に業務用のばかでかい次亜塩素酸水の容器が置かれた。たいていの人はそれでもちゃんぽんや棒餃子を買ってくれたけど、空の容器だけ持参して何も買わずに消毒液を持ち帰る人ももちろんいる。ちゃっかりと幾つもの容器を持ちこむ人もいたので、僕は「三クォートまで」と貼り紙に書き加えた。そんな人も、お礼だけは言ってくれた。

オープン日の客足の勢いはあっという間に落ち着いてしまったが、それでも店はなんとか稼働していた。新たに、信号が点滅して、「オフ」になるまでは。

発端は、ウイルスと同じように、この街ではない、どこか遠い場所だった。

いや、たぶんもうはるか昔、僕らが生まれるずっとずっと以前から始まっていたことに、幾度目かの火がついただけだろう。

二〇二〇年五月二五日。NY州の経済社会活動の第一段階が再開したそのわずか十日後。ミネアポリス近郊で、アフリカ系アメリカ人の男性ジョージ・フロイドが、白人警察官のデレク・ショーヴィンの手で、「不適切な」拘束方法によって殺害されるという事件が起きた。

八分四十六秒。手錠を掛けられ、顔を路面に押さえ込まれて抵抗できない状態のフロイドが、頸部《けいぶ》を膝で強く押さえつけられていた時間。「息ができない」と何度も訴えながらも、警官の屈強な力はけっしてゆるめられず、死にいたったまでの時間だ。

僕たちは事件の翌日、例のクジラの噴水があるプロジェクト内の公園で集まることになっていた。僕は店の手伝いで棒餃子を百本巻いたにんにく臭い手で公園に駆けつけた。高校生でこんなに速く棒餃子を巻けるのは僕ぐらいだって自慢してやろうか、なんて気楽なことを考えながら。パンパは食料配給所のボランティアを終えて、先に譜面チェックをしているじゃことくじらに合流してる頃だろう。クジラの噴水を目指し歩いていたところで、寄り添う三人の姿が見えた。かがんで両膝を手で押さえ、肩で荒い息をするパンパを、二人がノートで扇《あお》いだり、水を飲ませてやったりしている。なんだ？慌てて近寄った。

「ど、どーしたんだよ。パンパは？」

「ばかなんだよ、こいつは」

「それは知ってっけど……」つい茶々を入れる僕に、誰もいつもみたいに軽くノッてこない。緩衝材が敷かれた赤土色のプレイグラウンドに、くじらがため息まじりの声を落とす。

「こいつ、自分で息、止めやがった」

「え？」

「八分四十六秒がどのくらい長い時間か試してみたい、とか言いやがってさ」

それを聞いたとき、頭が真っ白になった。

僕と一緒だったから。それは、ちょっと前の僕が試してみようとしたことと一緒だったからだ。でも僕は一分ともたず、無駄なことだとあっさりやめたんだ。

「意味ねえだろが。そんなことしたって」じゃこが呆れまじりの静かな声で言う。でも水のボトルを握る手には力が入り、薄いプラスチックがひしゃげている。こいつ怒ってる？

そうだよ。意味なんてないんだ。だから僕はやらなかったんだ。でもパンパは、なんで、

「たった一分五十二秒しかもたなかったんだ。肺活量には自信あったのに……」

恥じるようにつぶやくパンパに、僕も腹が立った。むかついて仕方なかった。意味ねえだろ。僕も言ってやりたいのに、言えない。それはもう、言ったから。

簡単に呼吸を止めるのをギブアップした自分に、慰めるように放った言葉だったから。

その日は、歌わなかった。誰も「歌うことに意味なんてない」とは言い出さなかったけど、歌う気になれなかったのは事実だ。でも家に帰る気もしなくて、結局近くのデリで飲み物を買って公園でダラダラとつるんでいた。新作のマーベルコミックを見せあったり、スマホでアカペラ動画の情報を交換したり。普段通りの時間のつぶし方だったが、いつもより皆口数は少なかった。

一人でも、四人でも、僕らは何もできない。この状況で。そんな事実を一ドルのピザと一緒に嚙みくだすと、脂っこいチーズと苛立ちで胸が焼けた。

パンパがだいぶ前に言った言葉がよみがえってくる。

ドミニカ共和国にいるハイチ人の市民権剝奪問題に際し、彼がぽつりと漏らした言葉。

なぁ、自分がある日、透明になるって、どういう気持ちなのかなぁ、と。

僕らは得意のハリー・ポッター話だと勘違いして、透明マントが欲しいとかなんとかアホな返しでふざけたんだよな。でもあのとき、思ったのは確かだ。漆黒の肌をもつパンパが学校でばかにされたり、笑われたりするだけじゃなく、痛い目にあわされたら、きっとスマホで撮るだろう、って。絶対、撮る。その場で何もできなくても、SNSにぶち上げて事実を伝えるだろうって。

なんてちっぽけな決意なんだ。なんて非力な抵抗なんだ。

でも今回、一人の男がゆっくりと殺されていく様を動画に撮ってSNSで拡散したのは、僕らと年の変わらない、十七歳の通行人の少女だった。父さんを襲ったのと同じ年代の、ティーンエイジャーだった。自分の身体の一部と化しているその小さな四角い機械を握りしめ、思わずつぶやいていた。何が言いたいんだか、わかんねえままで。

「こんなちっけえスマホのおかげで、僕たちは今回の事件を知ることができたんだなぁ」

「なんだ、スマホ依存のリードくんの、ガジェット賞賛宣言てか」

「リア充なくじらだってしょっちゅう見てんだろが、スマホ。ま、俺もだけどな」

「でもさあ、僕も思ったよ。こんなちっぽけな機械に、何かを拡散する力があるんだなぁって」

呼吸を取り戻したパンパが、太い指で自分の古いアンドロイドを撫でて言う。何世代も前の古い機種で、液晶に入ったヒビをテープで止めてある。パンパはドミニカの親戚に仕送りするために、スマホを機種変するのもバンドのために楽器を買うのも諦めたんだよな。

そのおかげで、僕らはこうして、アカペラをやり始めたんだっけ。

色々ありすぎて、猛スピードで変化していく何もかもについていけず、ただこうしてつるんで、歌って。それでいいのかな。いや考えすぎるのはよくない。いつもみたいに流せばいいんだ。憲法。国籍。人種差別。そんな問題、理解するにはややこしすぎてよくわかんねえし、僕らの世代は僕らっぽくやってこうぜ。あのとき、そう思ったみたいに。今もやり過ごせばいいんだ、きっと。

でも、いつまで？　いつまで僕は、僕らは、こうしてる？

そのとき、自分もスマホ依存独特の流れる手つきで画面をスクロールしていたじゃこが、スクリーンをかざして声をあげた。うお、すげえな、もうこんなことになってんのかよ。

ニュース画面には、この事件に関してミネアポリスで起こった抗議活動の様子が映し出されている。催涙ガスやゴム弾で暴動を抑制しようとする警察。阻止されまいと集会で抗議する人たちの空に振り上げられた腕。僕らはその画面に、静かに見入っていた。

よけーなこと考えずに、マーベルのコスプレ衣装でも買いに行こうぜ。そう陽気に言って地下鉄に乗り込んだ僕らは、もうそこにはいなかった。いや、僕ら自身は何も変わっちゃいないかもしれない。ただ、少なくとも事件の様子を、スマホを通して目に映してる。

ちゃんと、見ている。顔をそむけずに。

そのうちパンパがこの前の練習で会得したときのように、指を鳴らしたり手や膝を叩いたりし始めた。最初は遠慮気味に。だんだんと力強く。厚い唇は嚙みしめられている。何かに耐えるみたいに。いつものように太く温かな声を駆使した人間ボイスパーカッションにもなりきらず、全身にたまる力を抑えきれないかのごとく、足を踏み鳴らし、膝を叩く。

くじらが真似し始める。ヒップホップダンスみたいにしなやかに身体を動かしながら。じゃこと僕も加わった。ちっともしなやかじゃないけど、ビート数だけは負けじと。

今日は声はない。声は出さない。でも全身で、僕らは言葉にならない感情をリズムに変えようとしていた。感染クラスターが多いと言われる低所得者層の居住区に、四人のリズムを響かせようと、力の限り、全身から音を絞り出している。ダダダ、ダダタン、それは怒りのビートだった。

教育水準とコロナ感染率は比例してるだと？　低所得者はウイルスに罹りやすい？　マイノリティ

ーは痛めつけられても何も言えない？　全部、みんな、くそくらえだ。

息を切らし、膝や腕に痣《あざ》ができそうなほど人一倍身体中を叩きまくっていたパンパが、ふいに動きをやめた。「ねえ」僕らに素直な瞳を向ける。パンパのこの真摯《しんし》でまっすぐな瞳を、僕は可愛いと思うときと、怖いと感じるときがある。何が？　何が、怖いんだろ。

「NYでもデモ、やってるよね？　行かない？　いや、僕、行くよ」

「じゃー俺も行くわ」くじらが同調する。「パンパ一人で行かせるわけにゃいかないっしょ。プラカード持ってるタフな女の子とボディ・タッチとかできちゃうかもしれねえし」

いつもみたいにくじらは冗談めかすけど、最初の言葉はきっと本音だ。この四人の中で、地下鉄駅を警備巡回するポリスに呼び止められ、バックパックを開けて調べられたことがあるのは、パンパだけだ。移動の途中で、パンパが厄介なことに巻き込まれでもしたら。

ちょうどセントラルパークでは別の事件が起きていた。バードウォッチングをしていた黒人男性が、リードに繋がず犬を散歩させていた白人女性に注意をした。すると女性はスマホを取り出し、「アフリカ系アメリカ人が私と私の犬を脅している」と警察に通報したんだ。その模様を撮影した動画が通行人によって拡散され、騒ぎとなっていた。

女性はある反応を期待して、わざわざ人種を告げたんだろう。「アフリカ系アメリカ人」と特定して、「私と私の犬が脅されている」と。そう言えば自分が「有利」になると、知ってたんだ。

ああそうか。僕はパンパの正義感が怖いんじゃない。その正義によって彼が傷つけられるのが怖い。届かない正義と、なら見て見ぬふりしようと僕みたいに思うことと、どっちがむなしいんだろうな。

わかんね。わかんねえけど、パンパが行くというなら、四人で行った方がいいんだろうな。きっとそうだ。こんなとこで、お手々叩いてるよか。

「僕も……行く」思わず声にしたが、頭の奥でもう一人の自分が冷めた目で笑ってるよ。

デモに参加？　おまえが？　コミュ症でメンタル弱くて人込みも接触も苦手で、政治になんかてんで興味のなかったおまえが、か？

「黒人の命は大切だ」とプラカード掲げ、拳を突き上げ、練り歩くとね？

疑問と恐怖が、胸の内側を急速な勢いで占めていく。

そのとき、指先でスマホの画面を高速で繰っていたじゃこが、僕らに向かって顔をあげた。

「ええっと、こっからだとユニオンスクエアの抗議集会がいちばん近いみたいだけどな。でも……、デモに行くより先に、やることあるかもしんねえぞ。特にリード、おまえんとこ」

え？　なんで？　僕んとこって？　ぽかんとしている僕に、じゃこが説明を始めた。

前にも聞いたことがあるな。僕らが生まれるよりずいぶん前、一九九二年のロドニー・キングの事件に端を発した暴動の話だ。その前年、アフリカ系アメリカ人のロドニー・キングがスピード違反容疑で停車を命じられたが、振り切って逃亡しようとした。

警察に追跡され、強制停車させられて車から降りたキングを警官らが取り囲み、集団で激しい暴行を加えた。地面に倒れこんでもなお苛烈に痛めつけられたキングは顎と鼻を砕かれ、重傷を負った。だが一年後の四月、過度の暴行を加えた四人の白人警官に、無罪の評決がくだった。この判決結果に激しく抗議する黒人らが警察署や裁判所を襲撃し、ロサンゼルス暴動を引き起こす最大のきっかけとなった。

僕はその事件を最初に知ったときは、長い歴史の中で、たびたびそういうことが起こったんだなぁという程度の認識だった。でも今は違う。僕は父さんを、キングになぞらえていた。うずくまる父さんが見知らぬやつらから暴行を受ける様子がまざまざと浮かんできて、息苦しくなった。それなのに、ウィキペディアやネットニュースで、この事件やエリック・ガーナー事件の詳細を調べちまうのを止められなかった。「息ができない」とうめいたのは、父さんかもしれないし、パンパや僕であったかもしれないから。

さらに僕はキングの生涯にある種の衝撃を受けていた。特に後年、彼がかつて暴行を受けた白人警官を許すと発言したことに。許すのかよ、許すんだ……って、心がそこにとまって。「自分も何度も許してもらったから」と語ったキングは、アルコールと薬物依存に苦しみ、何度も事故を起こし、最期は自宅のプールの底に沈んでいるところを発見された。

じゃこの説明は、だがキングの生涯についてじゃなかった。

「言ったよな？　ロス暴動の際、警察署や裁判所だけでなく韓国系アメリカ人の店が襲撃されまくったって。ＮＹでも暴動や略奪がひどくて、うちの店もやられてさ。ガキの頃からそのときの話、何度も聞かされてきたわけ。その苦労があってこその今だ、みたいなお涙頂戴話、繰り返し聞かされんの超ウザくてさぁ。もうわかったよって突っぱねたりして」

でもなんか、胸騒ぎするんだよな。じゃこの低い声に、不安が頭をもたげる。

「うちの店も……襲われるかもしれないって、こと？」

ようやくスタートを切った「ちゃんぽん　つつじ」が？　足元がぐらつき、つま先が冷えていく。

「確かにデモに行ってる場合じゃねえかもな。準備しとくに越したことないだろ」とくじらが立ち上がり、「何からやればいい？」とパンパがもうデモには触れず、指示を仰ぐ。

ちょい待って。じゃこが電話をかけ始める。どうやら父親みたいだ。家族仲のいいパンパが親や妹と電話しあうことはよくあるが、じゃこが親に電話する姿は初めて見たな。僕のためにかけてくれてるのか。なんらかの指示を受けていたじゃこが、明確な声で言った。

「とりあえずチャイナタウンの材木店とハードウェアストア、行くぞ」

ホームセンターより安価で建築材が手に入る材木店を目指し、いつもよりひと気の少ないキャナル通りを言葉少なに歩く。英語の通じない店主にじゃこが身振り手振りで指示し、ガラスを割られないよう窓に打ち付けるための木材を適当なサイズに切ってもらった。

それぞれが厚めのベニヤを肩に抱えながら、ふとあることに気づき、僕は足を止めた。

「手伝ってくれるのはありがたいけど。もしかして、二手に分かれた方がいいんじゃない？　じゃこんちの店だって、あるだろ。それも何店も」

「いや、うちはこういうときのためのヘルプの人手はしっかり確保してるからさ。不法移民のメキシカンたちのネットワークで、あっという間に板をトンカン打ち付けてくれっから。なんかあったらうちの人材回せるけど、まぁあの店の間口なら俺たちでなんとかなるだろ」

まぁ確かにうちの店、狭いもんな。納得する横で、パンパは一瞬何か言いたげな顔で足を止めたが、重いベニヤの束を抱え直し、黙々と歩き出した。ざらついた木片の重みを肩に食い込ませながら、僕は何十回目かのサンキューを胸でつぶやくしかなかった。

チャイナタウンを抜けて、かつてはジューイッシュ街だったロウアー・イーストのベーグル店やピクルス店の前を通り、カリブや南米系のブティックや携帯ショップが並ぶディランシー通りへ。こんな狭い区域にも漂う人種によるカラーの違いを目にしながら、四人でただ歩いた。いつもみたいにふざけたり歌ったりしていない自分たちを、奇妙だなと感じながら。でも自分たちの胸に渦巻くものを言葉にしようとすれば、きっとペラくなっちまうから。だから、ボランティアのときのようにただ手を動かす。ガラスを割られないように板を張り巡らせ、窓を覆う。釘を打つ。皆で少しずつ力を合わせて、店を守るために。

まだ肩の可動域が戻らず、力仕事のできない父さんの指示に従い、どうにか店の防御対策を終えた僕らに、両親がちゃんぽんと棒餃子を出してくれた。店前に出していたツツジの鉢を取り込んだせいでさらに狭くなった店内で、僕らはちゃんぽん麺を啜った。

うめっ。やべーな、これ。感嘆符を吐きながらむさぼる僕の友人に、母さんがつめたい麦茶をにこにこと差し出す。プロジェクトに住むお友達とは会わない方がいいんじゃない？　渡米してきた頃に、眉をひそめて僕をそう諭したことなど忘れたように。ただの、食い気旺盛な息子の友達にこれも食べろあれも食べろとおせっかいを焼きまくる母親の顔になってるよ。

「このダンプリングな、こいつが巻いてくれたんだよ」

父さんが僕を目で示し、三人が一斉に「すげー」と賞賛の目を向ける。結構嬉しい。嬉しいけど、「だろーが」なんてエバる気にもなれず、かわりに祈るように思った。

このまま何も起きなきゃいい。うちの店だけじゃない。こいつらにも、この街にも、他の州にも。どんな人種にも。これ以上、嫌なことや理不尽なことは何も起きて欲しくない。長崎のあいつにも。ピンク色のかまぼこの破片を味わうように嚙みながら、ただ祈ってた。

だけど、じゃこの胸騒ぎは正しかった。

フロイドの死亡翌日、ミネアポリスで行われたデモ活動は最初は穏やかだった。だが翌々日には参加者の一部は暴徒化し、店舗での略奪や破壊などの暴動が繰り返された。NYも同様だった。僕らが参加しようとしたユニオンスクエアの抗議集会でも、同じことが起きたんだ。

昼間の抗議は平穏だったが、夜になると暴徒と化す多くの人間たちによって過激さを増していく。二日目には、警察車輛に火炎瓶が投げ込まれた事件をはじめ、二百人が拘束された。三日目にはユニオンスクエアで警察車輛が次々放火され、火を放たれたゴミ箱は勢いよく炎をあげた。人気家電店のベストバイやナイキストアでは商品が強奪され、手に手にスニーカーや電子機器を持って逃げ散らばっていく者の姿が、ニュースに映し出された。

二〇二〇年六月一日。繰り返される暴動に、ついに夜間外出禁止令が発令された。

パンデミックによるステイホームがようやくゆるまる兆しを見せ、経済活動再開案が起動し、ようやく外に出始めた人々は、また屋内で息をひそめることになったのだ。

昼過ぎに無料のスクールランチ配布所で落ちあい、近くの公園でぱさついたサンドイッチを頰張っていたときだ。パンパがうめくように言った声を、僕は何日も忘れられなかった。

「ニュースを見たら、黒人の店主がさ、俺が何をした！　って泣きながら叫んでたんだ。せっかく頑張って作り上げた店を、同じ人種の人たちの正義の名のもとに壊されるなんてさ。ひどすぎるよ。なんかさ、矛盾してるよ。おかしいよ」

「だせぇよな。穏和に抗議してる人たちに交じってさ、ちゃっかり店襲撃して、嬉々としてスニーカーをパクって逃げるやつとか。もうなんか、ぜんっぜんクールじゃねえし」

じゃこが冷やかに言い放ったときだった。いつもは政治的な話題にはあまり加わらず、あっけらかんとした顔でスマホをいじってるくじらが、ぽつりと言った。

「でも俺……、そのクールじゃないこと、してたかもしんねえ、今まで」

どこをどう切り取ってもクールなイケメン面に僕らは目をやる。

「ちょっと前なら、仲間と一緒に暴動に便乗してさ、スニーカーとか盗んでたかもしれねえ。アディダスのニューモデル、欲しくたって買う金ねえもんな」

「僕だってスマホを機種変する金も、結局ドラムセットを買う金も置く場所もなかったけど……でも、略奪はしない。くじらだってさぁ、言ってるだけでしないと思うよー。な？」

パンパの温かくあげた疑問形の語尾にかぶせるように、くじらは首を横に振ってみせる。

「いや、わかんね。マジにそのへん断言できねえわ。人は傷つけないにしてもさ、近くに窓ガラスの割れたナイキストアがあったら、これ幸いと忍び込んでたんじゃねえかな」

想像したら、自分でもわからなかった。略奪や破壊には参加しない。しないだろう、きっと。でも近くに店員の姿もない開け放たれた店があったら？　なんだよ、くじら。どうしてそんな重いコクり、するんだよ。おまえなら盗まなくたって、女子に貢いでもらえんだろ。今まで翳りも汚れもないと思っていた青翠の瞳を見つめるかわりに、僕は目をそらす。

「俺、空っぽなんだよなー、中身。浅いっつうか。それはわかってんの」一転して、くじらはわざと明るい声を出す。「でもおまえらに会って、一緒に歌ってたらさ、なぁんか変わったかなって。ちょっとだけ、何が気持ち良くて何が気持ちわりぃのかわかった気がするかな、なんてさ。たぶんズルして奪ったスニーカー履くたびに、気持ちわりぃ思いすんのかなってさ。うちのマムさ、働いてたバーがクローズして失業保険もらってんだよ、今」

「ああ、PUA（Pandemic Unemployment Assistance）だろ。今年はパンデミックで本来はもらえなかったギグワーカーにも失業保険が出るようになったもんな。よかったじゃん」

NYの政治や経済事情にも強いじゃこは、さすがになんでも知ってるんだな。

「それはいいんだよ。ありがたいのよ。で、その金が、今まで毎晩遅くまで働いてた賃金よりよかったりしてさ。探せば他に仕事のツテはあんのに、ラッキーっつって全然探す気もなくてさ。彼氏と毎晩酒くらって遊び呆けてるわけ。その失業保険で、俺も母親が無職でもメシ食えてる。でもさ、そういうのかっこわりぃとか全然言えねえわけ、俺の立場で」

どう見てもクールじゃない僕らに、そんな告白をしてみせるくじらはやっぱクールで。どうしようもなく悲しくて。とても「僕らダンゴムシ三兄弟こそ、くじらに会って世界観変わったんだぜ」なんて気の利いた台詞、誰も言い出せなかったよ。

「なんか色々考えちゃうよな。授業で現代社会の仕組みや歴史問題のリサーチしても頭に入ってこないのに。こうして目の前でまざまざと見せつけられたら、逃げられないっての」

「ニュース見るとむかつくから、見なきゃいいんだろうけど……でも目に入ってくるしな」

僕もおなじだった。やめようとしても、ついネットで今この街に起きていることを調べちまう。夜になり、外出禁止令の下りた窓の下の通りは、ウイルスが騒がれ始めた数カ月前よりもっと静かだった。窓辺に座り、見下ろす通りが暗すぎて、ついスマホの明るい画面に目を向けちまう。そこには、さらに陰鬱なニュースが泥のように溢れてるというのに。

その夜、流し見ていたインスタで、板を打ち付け防御された五番街の高級デパートの写真がふと目に入った。フォローしてるNYの路上を中心に撮る女性写真家のページだった。

「Just a friendly reminder」と、ハートの絵文字が添えられたコメント付きの写真に目がとまる。板で覆われたデパートでも通りでもない。バス停の電光掲示板の言葉を見つめた。

Call a loved one.——愛する人に電話しよう、か。

電話なんて最近しないよな。テキストとかLINEとか、そっちの方が気楽で。相手の時間の都合とかあるし、自分だって取りたくないときもある。話したくないときだってある。気軽にメッセージをやりとりするには、電話ってなんか重いじゃん。生の声が。存在感が。

それでも白地に赤いシンプルな文字だけの看板から、目が離せないでいる。時計を見て、時差を確認してから、ばあちゃんに電話した。一葦かねー、どがんしよーと？　元気かね。

電話口の向こうで声を弾ませるしゃがれた長崎弁が懐かしくて、泣きそうになる。

ばあちゃんとの電話を切ってから、LINEを開いた。LINE通話のボタンをタップする。これから電話していい？　と前もってメッセしたりせず、いきなり指が動いていた。

イッチー？　懐かしい声がためらいがちに出る。二年二カ月ぶりに聞く、すぐりの声。

僕は喋るのは得意じゃない。特にすぐりを前にすると、言葉がとっちらかって、何を言ったらいいのかわかんなくなる。会ってる頃も、好きなことだけを自分からだだ漏れで発するだけ、みたいな一方通行になることもしょっちゅうだったし。

だから、自分から電話したというのに何を話していいかわからず、あ、とか、元気？　とか、情けないぶつ切りの言葉しか出てこなくて。でもすぐりは今まで話さなかった時間の空白などなかったように、色々と訊いてくれた。外出禁止令なんてすごか状態やね、とか。お店に打ち付けた板って後でちゃんと取れると？　ガムテやら貼ったら跡残って大変やろ、とか。結構天然っぽい感じで中学の頃に戻った感じだった。そのことに救われてる。

僕たちのグループの名がNYチャンポンズだと明かしたときも大ウケしてくれて、それも（恥ずかしいけど）救われたよ。でも救われると同時に、またすぐりを傷つけるんじゃないかって心の隅で緊張してるんだ。言ってしまった言葉は取り戻せないから、すぐりが歌詞を選んで選び抜いて書いてくれたように、ちゃんと伝えたい言葉で伝えよう、と思った。

ＬＩＮＥでは互いの近況報告っぽいことは話さなかったけど、電話では訊かれればスムーズに答えることができた。すぐりは、例の訳詞から譜割りまで手伝ってくれた片岡さんという先輩のことを楽しそうに話してくれた。コーラス部が参加するはずのコンクールがことごとく中止になってしまったという声は、残念そうだった。入部したのかな。そこまで訊いてないけど。立ち入れないけど。でも素直に、口に出していた。

「その先輩、歌うことが好きなんやろうね、すごく」

「うん。今回の訳詞も、結局一緒に歌いながら考えることになってしもうて。断ったのに。そんで誰かさんみたいに、マーベル話で一人で熱うなったりして。面白か人なんだ」

「僕も、歌いたくないのに歌わされた。電話口で。じゃこって頭脳派だけどちょっと空気読めんやつがおってさ。真面目だけど壊れとって。なんかその片岡さんと気が合いそう」

ふふ、会わせてみたかね。すぐりが含み笑いをする中、僕は片岡さんにちょっと嫉妬を感じた。僕だってすぐりと歌いたい。いや、すぐりの歌う「イン・メモリーズ」を聴きたい。猛烈に聴いてみてえ。や、この電話口で一緒に歌うとか、恥ずかしくてぜってー無理だけど。仲間から、「そこは提案するとこだろっ」なんて押されたら爆死すっけど。

「なんか、面白かねえ」僕が一人悶々《もんもん》としてると、すぐりがふいに言った。

「この電話もだけど、こがんして、歌とかマーベルとかでNYと長崎が繋がるなんて。いろんなパーツが揃って、ひとつの絵が完成するジグソーパズルみたいやん」

何気ない言葉が胸を叩いた。ジグソーか。月日を経て、今どんな髪型をしてるかも知らないすぐりや（「今どんな髪型してんの？　写真送って」とか言えねえし。死んでもそーゆーの無理やし）、顔も知らない片岡さんはアバターで、
そうやって、まるでＺｏｏｍの画面に、パズルのピースが揃うみたいに皆が少しずつ集っていって。隙間を次々と埋めていく様が浮かんできて。胸いっぱいに鮮やかに広がっていって、

「ジグソー。声のジグソーパズルか。声をパズルみたいに繋げていくの、できたらよかね」

思わず口にしていた。インスタ・ライブでNYチャンポンズの動画を配信したり、ユーチューブ・チャンネルを作るのもいいが、なんだかピンとこなかった。でも声が、皆の歌声が空をまたいで繋がっていく様を想像すると、頭の中に澄んだ雲が流れていく気がした。

「すぐりも、その片岡さんも、参加しらんとね?」

「ははー、なぁんかイッチー、壮大なこと言うとる」

笑ってつぶやきながらも、すぐりは肯定も否定もしなかった。


僕の提案に、くじらもじゃこも面白がってノッてくれた。

「名付けてボイス・ジグソー・プロジェクトかぁ。へー面白そうだな。何人くらい集まるかによるよな。Ｚｏｏｍの無料アカウントなら、最大百人か。とりあえずその半分目指しとくか」

「えー、みんなでネット上で歌うんだ。アプリの中で？　そんなことができるわけえ？」

アプリの機能に疎いパンパは首をかしげたけど、言い出しっぺの僕にも実はあまりよくはわかっていなかった。とりあえずリモート授業みたいなもんだろ？　その歌版。代数のなんたらに皆で一緒に首かしげるより、ずっと楽しいじゃん。早速インスタで募集かけなきゃなー。陽気に言うくじらは、僕らを引っ張るいつものポジキャラに戻っている。

ブラック《B》・ライブズ《L》・マター《M》運動の波はとどまることなく全米に広がる中、暴動はようやく鎮静の兆しを見せている。それでも巷《ちまた》には、まだいろんな火種がくすぶっている。「黒人の命は大切だ」という表明を「黒人の命だけが大切だ」と主張している、と批判的にとらえる派も現れ、街は分断されているかに見えた。街も、声も。デモ活動でさらに感染が広まりつつあるという説も、否定はできない。でも今の僕は、他人が張り上げる声が気になってる。

今まで読もうともしなかったプラカードに何が書かれてるのか、目を凝らしている。

声で、歌で、気持ちを繫ぐなんて、理想論なんだろうな。勉強嫌いな高校生の考えそうな甘っちょろいアイデアなのかもしれねえな。でも僕は、画面の中から立ち上がる誰かの声を聴きたい、と願った。仲間やすぐりや片岡さんだけでなく、見知らぬ誰かの声も聴いてみたい。

耳を傾けたい。マーベル好きでも、アカペラ好きでも、自己主張でもなんでもいいから。

10 ちゃんぽんな街で声を繫げる

2020.06-10

二〇二〇年六月七日。新型コロナウイルスに感染して死亡した人は世界全体で四十万人を超えた。この時点で感染者が最も多いのは、僕が今住む国、アメリカで百九十二万人。

近い知り合いではいないけど、隣のアパートの管理人がコロナで入院したとか、誰それが亡くなったとかいう噂は日々伝わってくる。市がマスクを配ってくれるおかげで、誰もが当たり前のようにマスクをしている。数カ月前、マスクをしていたせいで襲われた人がいたのに。今じゃバスや地下鉄の中でマスクをしない人を責める喧嘩がすぐ勃発する始末だ。

日本では七月二〇日に、国内の死者が千人を超えた。母さんはもう食卓でそれらの数字を朝礼みたいに口にしなくなった。増殖し続ける数に追いつけないからというより、僕らには皆、数字を唱えるより先にやりたいこと、やらなくちゃならないことがあったから。

七月と八月。僕らは、十年生の長い夏休みをボイス・ジグソーのプロジェクト（そして店の手伝いや、嫌々ながらも勉強）のために費やした。九月には進級し、新たな十一学年が始まる。三月から長く続いていたリモート授業も終了し、九月からNYの公立校の対面授業を再開するという予定が市長によって発表されたところだ。

『バック・トゥ・ザ・フューチャー』ならぬ、バック・トゥ・ザ・スクール、「イン・パーソン」（対面授業）か。学校かぁ。戻れんのかな。進路希望調査を提出させられたり、あのクソ苦手な討論の授業でうつむいて気配消したり、体育の授業でパンパがイジられても見て見ぬ振りしたり。守られ、かつ限られたあの面倒な世界に戻るんだな。嫌、という感情はない。チョー嬉しいってわけでもない。だけど。そろそろ戻ってもいいのかな、戻らないといけないんだろうな、とは思う。前方という未来を見始めているのかな、これって。

四人で色々話して、最初のボイス・ジグソーのオンライン・イベントは、八月最後の週に行うことにした。学校に戻る前の飛び石、というイメージ。その石をぴょん、ぴょん、と渡って、色々なものを繋げながら校門の中へと踏み込んだら、違う世界が見えるかな、なんてさ。頭には、やっぱり映画『スタンド・バイ・ミー』の画面が浮かんできて。

ああ、これは冒険なんだな。四人の仲間の夏休みの冒険だ。

休みが終われば、そして高校生活が終われば、僕らはバラバラに歩き出す。だから今、僕らがしようとしてることは記憶を刻むってことなんだろう。今、生きているこの場所に。

もう何度目かもわからない「イン・メモリーズ」を歌いながら、そんなことを思った。

インスタのNYチャンポンズの公式アカウント（くじらがやたらと公式を強調したがるんだ。この先ファンページができるかも知れねえからって、どんだけポジ思考だ）とユーチューブ・チャンネルで募集をかけたら、あっさり五十組が集まった。くじらのフォロワーだけでなく、ハッシュタグのアカペラやマーベルの吸引力もあったんだろうな。アメリカだけでなく、ヨーロッパやロシア、カリブの島からの参加者もいる。

SNSの力はすげーなと感嘆する一方で、怖い、とひるむ気持ちもあるよ。あることないことさらされて、メンタルへし折られた黒歴史を思い出すと、ネットの暗い威力は無視できないから。

「参加者五十組が個々で歌うには尺が短すぎっから、グループ分けしないとなぁ。一方だけが伝えて参加者は聴くだけのウェビナー態勢でなく、ミーティング方式なわけだからさ。小節で分割して振り分けたり、英語で基本オーケーだけど、外国語で歌いたいやつは事前申告してもらったり。やってみると結構忙しいのな。レイテンシー対策はすでに解決策導入済みだけど、もうちょいオーディオの向上面も探ってみねえと」

「レイテンシー？」さくさくとハード面の案を練っていくじゃこについていけず、僕はとりあえず耳馴染みのない言葉を繰り返してみる。とたんにピッとした目つきで射られたよ。

「まさかキミら……」嫌な予感。ユーと一呼吸おいてこいつが改めて呼ぶときは呆れてる証拠なんだよね。単位に関わる重要課題忘れたときとか、州の試験日失念とかさ。

「はい……？」

「リモート授業をこれだけやらされてきて、気づかなかった、とか言わないよね？」

何が？　残り三人はそっと顔を見合わせる。やべ。レクチャーならぬ説教始まる予感。

「サウンド・レイテンシー、つまり遅延だよ。授業で教師が喋って返答するときだって、あるだろ？　わずかに音、声が遅れること。まぁコンマ何秒のほんのわずかな遅延だから、会話とか授業なら気にならない程度だけどさ。これがバンド・セッションとかアカペラなら、致命的なわけ。相手の音が遅れて聞こえたら、あわせようにもあわせられないだろ」

「そっか。なんかメンドーだな。じゃ一緒に歌うサビ部分、俺らだけにすっか」

「えー、それはさみしいと思うよぉ。それぞれがパズルみたいに歌の断片を繋ぎ合わせて、最後のクライマックスはみんなで歌うのが、ボイス・ジグソーの醍醐味じゃないの？」

ウイ・アー～～とスティーヴィー・ワンダーの真似をして肩をゆらし歌い出すパンパを、「わかったわかった」とじゃこが肩を叩いてなだめながら続ける。

「だからそこは対策済みだって言ったろ。オンラインセッションサービスを導入することで、ネット回線を介したオーディオデータの双方向の送受信のずれを、とにかく最小限に抑えられるわけ。ちなみにこのシンクルームってサービスを開発したの、日本のヤマハなんだけどね。リードくん、知らなかったわけね」

ソーリー、小さく首をすくめる。知らないことがありすぎる。アカペラの世界を知れば知るほど、未知な分野が増えていく。最初は公園で歌っていただけだったのが、聴いてくれる相手、今回なんて一緒に歌う相手までできたことで、世界は広がっていくんだな。

軽く考えてたわけじゃない。でも今まで、顔も声もまるで見えなかったネット回線の「向こう側」がぐっと迫ってきたようで、ぞくぞくする。怖いような、胸がわきたつような。

せめてちゃんと歌うことだけはやりたい、やらなきゃな。じゃこやこいつらのためにも。

柄にもなく真摯な念に駆られていると、くじらがヘラッとした声で身体をくねらせる。

「頼りにしてます、じゃこくーん。もちオープニングのおいしいとこは、NYチャンポンズのフィーチャーで頼むぜぃ。で、ラストに続くサビは全員で盛り上がる、と」

ホスト役のじゃこに仕切りはまかせているが、くじらもステージ・プロダクションの授業を取っているだけあって、いざ本物のライブをやるとなれば馬力を発揮するのは目に見えている。何より度胸がある。やっぱりこんなときの僕はいちばんビビりだ。この期に及んで、「僕らは顔出し、やめとかねえ?」なんて提案して、思い切り皆にどつかれたよ、アホかって。それどころかマーベルのコスプレ強いられてるし。まぁその方が、素よりはマシか。

それより五十組だとZoomの画面を分割して、効率がいいのは二画面か。えっと、同じ画面にすぐりも配置されるのかな。なら歌ってるときだけでなく、他の人の歌を聴いてるときのあいつの顔も見られるよな。あー何よけいなこと考えてんだ、今はそこじゃないって。

さらにじゃこの提案で、すぐりと片岡さんの日本組は僕らが日本語で歌うパートに参加する流れになった。文字通り一緒に歌う、のか。すぐりと。そんなこと、前は考えてみたこともなかったな。落ち着かねえ。頭が真っ白になって声さえ出ない気がする。てか、緊張でまた腹痛くなりそうだし。でも改めて頼んだら、最初はためらうどころか拒否りまくっていたすぐりが、ノリ気の片岡さんに押され結局参加を決めてくれて、腹をくくった。

時差を調整したＺｏｏｍのパート練ですぐりと初めて声を合わせたとき、僕は予想通り声がまるで出なかった。あの夏、長崎の教室ですぐりに初めて話しかけられたときみたいに。

そのとき、公園にいる僕の耳に蟬しぐれの音が降ってきた。あの夏の日と同じように。

僕の目に飛び込んできた松尾すぐりが、画面の中から僕を見ている。

「何読んでっと?」

「アメージング・ファンタジー」

ああ、なんだよ、これって驚くような奇跡だったんだな。本当にあったんだな。

また繋がった。あのときの自分と、すぐりと。息を吸った。吐くと同時にすぅっと自然に声が最初の音階をつかんだ。ＮＹの三人と長崎の二人、五人の声が耳に入ってくる。

蟬しぐれが、消えた。僕らの声だけに、なった。

このたった六人だけの声が世界を占め、その先の扉を開けていく。

八月二九日土曜日。予定では九月の第一月曜日の労働記念日翌日から始まる新学期の、約一週間前。ネットで告知していた通り、ボイス・ジグソーの初ライブを行うことにした。開始時間は迷ったけれど、結局ＮＹ時間で夜の八時にした。日本は翌日日曜の朝九時。場所に迷っていたら、父さんが店を使えばいいと提案してくれた。まだ人通りも戻っていない夜のロウアー・イースト・サイドの片隅、ちゃんぽん店が配信元だ。

「もちろん店の宣伝も入れちゃいますよぉ、俺がMCできっちりと」

くじらが愛想よく言い、母さんを喜ばせている。宣伝臭が入るのはどうかとも思うが、店の客足はオープニング時からは正直鈍り始めているから、ありがたく受けることにした。

マーベル・コスプレは次回の間口を広げるためにあまりやりすぎない方がいいということで、パワースーツ着用での完全防備はなし（僕はその方が安心だったけど）。Tシャツや羽織りもん、声がこもるのを防ぐために口から下はカバーしないかぶり物くらいだ。

僕はデアデビルのマスク、顔の上半分が隠れてるからどうにか守られてる感がある。じゃこはホーム・デポで仕入れたメタル板で作った力作のマイティ・ソー・マスク、硬質感がキャラに合ってるな。パンパはじゃこから借りたキャプテン・アメリカのマスクとTシャツ。サイズが合わなくてパッツパツなのはユーモアを醸し出すため、と見ておくことにするか。

くじらはアイアンマンのトニー・スタークのつけ髭に迷彩柄がクールな黒とオレンジのスターク・パーカ姿。端整な面とゴールドブラウンの髪に黒髭が似合わなすぎで、情けなさを醸してるのがかえって愛嬌《あいきょう》満点、これでまた女性フォロワーの数、増やすんだろうね。

完璧コスプレじゃないにしても、ロウアー・イースト・サイドのちゃんぽん店に集まるハンパな仮装の僕らは、店を覗けばかなりの違和感出しまくりだろう。

そっか、これって、参加するはずだったブルックリン植物園の桜まつりのかわりなのかもしれないな。レイヤーたちが集まる大々的なフェスのかわりに、ダウンタウンの片隅の店で機材の砦に囲まれて。桜並木や芝生のかわりに、重ねられたちゃんぽんの鉢や、真夏に咲くナツザキツツジの花の鮮やかな朱色に挟まれて。

そんな場所にいると、夢の中の登場人物の一人であるかのような感覚にとらわれてくる。日本でもNYでもない。日本語でも英語でも韓国語でも言葉は関係ない。ただマーベルや歌やネット上のお祭りを楽しむ人たちが集う楽園みたいな場所。そこに繋がる秘密基地。

幻想だとしても、そんなありえない場所があるってことを今は信じてみたい気がするよ。

「あれ、そういえばさぁ」さっきから一人でボイトレをしていたパンパが声をあげる。

「前に、NYチャンポンズのデビューはこの店のオープニングだよなって言ってたけど、半分は本当になったよね」

「だな。オープニングには俺らの曲の完成度が間に合わなかったけど。デビューみたいなもんだよなぁ、これがNYチャンポンズの」

カメラとマックブックのケーブル接続やマイクの音量点検をしながら、じゃこが言う。

最初はスマホやアイパッドで軽く撮っていただけだったが、これからの配信を見越してじゃこが複雑なシステムを構築してくれたんだ。例の遅延対策用のオンラインセッションサービスや、高度な音質で音声を取り込むためにマイクとの間に通すオーディオ・インターフェイスと、あれこれ投資してくれたのもじゃこだ。さすがチャンポンズの財務大臣。

僕とパンパは大げさで複雑なセッティングの講義を受けて「そこまで今の僕らに必要?」とビビっ

たけど、くじらは逆に機材を見て燃えるタイプらしい。さっきからめちゃテンション高いよ。普段からうるせえのに、ますます声でけえ。本番平気か？　もつのか？

「な、俺の最初の構想も実現したと思わね？　各国の言語で世界中に配信ってさ。これってあれだよな！　今年のアカデミー賞の授賞式でさ、『アナと雪《ゆき》の女王《じょおう》2』の主題歌を世界九カ国のエルサが歌ったじゃん？　リードも知ってんだろ、日本人の女優もいたし」

「あ、ああ」まだコロナが騒がれる前の二月だったな。母さんがテレビ画面を見て「松《まつ》たか子《こ》が歌ってる！」と騒いでいたのを思い出す。ってなんでいきなりアカデミーに飛ぶよ。

「あのイメージなんだよ！　なんかヤバくない？　俺たちって。イメージがさ、次々と形になっていくってすげえことじゃん？　世界中のマーベル・ファンはＤＣコミックに勝つ！」

「まぁまぁいつもの自画自賛はいーから。マイクチェック始めるぞ。ちょっと歌ってみ」

「ほーい」

直前までヘラヘラ自己肯定論をホザいていたくじらが、カメラを見つめる。す、と、くじらからさっきまでのこうるさい気配が引いた。あれ？　緊張してんのかな？　息を吸ってから、第一声。

I Wish…と歌いかける瞳が画面の中で瞬く。透明感のある声が響く。

やられた。一声でやられた。胸を鋭く突いてきた。よみがえってきた。

「なぁこれやろうぜ。やって」

ねだるように言ったと思うと、椅子の上にぴょんと飛び乗って歌い出し、バンド結成案に腰引けまくっていた僕らを簡単に懐柔しちまったときのこと。

あのときと違うのは、こいつをあっけに取られ見つめるだけじゃなく、一緒に声を出してるってことだ。くじらのソロ導入部を終えてから、三人で加わる。四つの声がすっと重なる。

その瞬間、宇宙の爆発に似たみなぎる力が静かな夜に放たれた。もっと歌いたい。このままリハとか関係なく歌い続けていたい。妙な陶酔感に引っ張られそうになったところで、

「オーケー、問題なしっと」じゃこがあっさり打ち切る。くじらが両の親指をあげ、よしっと陽気なポーズをする。おいしいものをおあずけにされたような気分で、僕は一瞬ぼうっとたたずんじまう。変な気持ちだ。リード大丈夫か？　じゃこにこづかれ、我に返った。

無言でうなずきながら、自分でも大丈夫だ、と確信する。腹も痛くない。トイレＯＫ。

逃げたくなるんじゃないかな、とビビりな自分を俯瞰《ふかん》して不安で仕方なかった。でも、そんな怯えは重なる声が一瞬で連れ去った。大丈夫。ただ……、ただ続きを早く歌いてえ。

皆で歌いたい。おやつを急に取り上げられた子供みたいに、素直に思っただけだよ。

開始二十分前。Ｚｏｏｍの待機室に、一組また一組と参加者が入ってくる。画面を見る限りは三分の二が顔出しＯＫか。残りはアバター使いで静の参加って感じだな。どうせなら全員の顔出し必須にして、各々が歌う画面を流してライブ感を出した方がいいんじゃないかと思ったが、そうするとハードルが高くなるからあえて自由にしたらしい。じゃこいわく「リードみたいなシャイなやつが参加ためらうだろ」。そりゃそうだな、僕だって一人ならぜってー参加しないし。

こんちは～、ウェルカム～と一人一人に愛想のいい声をかけるのはくじらの役目だ。別の意味のホストが合ってるんじゃないかと思うよ、こいつには。

五分前にはほぼ全員が待機室に揃っている。すげえな。出欠チェックの厳しい教師のリモート授業だってこんなに出席率よくないんじゃないか。コンサート会場の客席みたいなもんか。わざわざチケット買って来ないやつはいないもんな。違うのは、全員が客じゃなくてパフォーマーだってことだ。

二、三組足りないけど、やるか。じゃこが指示を出し、脇に置いたマックの画面を操作する。緊張しているのかそれまで物静かだったパンパが「オーケー」と返す声がひときわどっしり響いて、波立っていた胸が鎮まる。配信スタートだ。

画面に一斉入室。ボイス・ジグソーによる「イン・メモリーズ」が始まった。

「ようこそ～、ボイス・ジグソーの記念すべき一回目に！　って、大げさなこと言ってみたけど、要は歌が好き、マーベルが好き、俺みたいに目立つことならなぁんでも大好きって人間が集まって、一緒に歌いましょーっていう軽い企画なんで。まあ楽しく、でも俺らのメモリーにぴしっと刻まれる感じで、やっていきましょ」

くじらが挨拶して、じゃこの指示通りにおおまかな流れを説明する。押しつけがましくなくてユーモア交じりで、ついでに嫌味なくうちの店の宣伝まで挿入してくれて。MCもうまいんだな。ネットのキャラとリアルの存在が気負いなく合致してるからこそのパフォだな、と感心する。

その瞬間、すっとくじらの顔が素になる。指を鳴らした。

いよいよだ。

オープニングは、予定通り我々NYチャンポンズのみでスタート。四人の声を多数に向けて発する。

そして、繋げていく。リレーのように。皆で埋め込むパズルのように。

ソロで歌い出すくじらの声はまたリハとも違う質感だ。くじらはどこかでいつも本気を出してない風に映るが、天性のエンタテイナーの性《さが》でそれでも存分に人を魅了する。でも今、本気だった。本番に激強いってやつ？　なんて煽情《せんじょう》的な歌声なんだ。こっちも今は気後れしてる暇なんてない。おじけづいて引けばそれこそ気持ちのレイテンシーが生じてアウト。

だから僕も声を出す。おそるおそる、から、目いっぱいに。移動ド、僕自身のドで。

声。音。ちゃんと届くように、全身全霊を懸けて発する。今まで伝えられなかった言葉や、言い出せなかった呼びかけのぶんまで、ちゃんと大切に大切に歌う。歌う。ただ歌う。

やべえ、外に外にと熱気をはらんで伸び広がるくじらの歌声に聴き惚れそうになる。それくらいすごい。華やかでダイナミックなのに、歌の奥にぞくっとするような闇がちらつき、「こんな場所から早く出たい」と吐き捨てるように言った昏《くら》い瞳がよみがえる。ただ耳を澄ましたくなる。澄みきってるのに底が見えない淵を覗くために、息を殺して。でも、

でも今は一緒に歌いたい。そこに淵があるなら、一緒につま先ギリギリまで踏みこんでついていく。パンパのボイパがまた心地よく足元から響き、全身を厚いリズムが覆ってくる。じゃことハモってくじらに伴走する。この曲では、コーラスに厚みを出すためにじゃこはベースでなくヴォーカルだ。二人してくじらのリードを包んでいく。寄り添っていく。

わかってる。僕は絶対にメイン・ヴォーカル体質じゃない。だからこそ、大切に守りたい声に寄り添って、主旋律をひときわ輝かせるようなハーモニーを奏でていきたい。

まっすぐにカメラを見ていたくじらが、僕らの方に視線を投げる。あのときの、顔だ。

地面の下にもぐるほどに僕がヘコたれていたとき。呼びかけてくれた。おまえのしょぼい声がないと、なんか歌いづらいんだよな。早よ、来い。今、一緒に並んで歌ってる。同じ場所で。ロウアー・イーストの片隅で。スタンド・バイ・ミー、そばにいてくれ。僕らが歌うときは、互いにきっとそう願ってる。ずっと、歌い続けていたい。このまま永遠に。切実に焦がれるように思ったところで、画面が切り替わる。次のチームがバトンを受け取った。

やりきった、歌い切った。僕らのパートを終えて、声のバトンを次に渡した。

終わってもないのに達成感がこみあげてきて、幸せな息切れで死にそうになった。

でも自分らのパートが終わったと、そのままほっとしちゃいられない。次のメンバーが歌い出す。デンバーのカップル、歌い慣れてるっぽいな。清々しい声で聴いていて心地いい。次はカリブのドミニカ共和国やメキシコとヒスパニック圏で集めたグループの番か。アフロヘアの二十代くらいの男がスペイン語で歌い出す。わ、これなんだ？　一人ボイパ？　メロディとリズムを忙しく切り替えながら歌ってみせる。かっけー、身体ごとリズムの塊って感じ。他のノーマルに歌ってるやつらと、合ってるようでないようなゆるさも楽しい。

同じNYからは、僕らと同じような年の女子高生三人組。三人とも頭につけているのはスカーレット・ウィッチの真っ赤なマスクだな。やべ、可愛いし。タータンチェックの超ミニに赤いハイソックス、上は赤と白のソフトボールのユニフォームか？　胸のLAGUARDIAのロゴに目がとまる。わ、ラガーディア高校の子たちかよ。

僕が母さんに勧められて編入試験を受け撃沈したスタイベサント高校と同じ、NYで超優秀な生徒だけが集まるスペシャライズド高校九校。中でも音楽芸術と舞台芸術に秀でた高校で、数々の有名アーティストがここの出身だ。その子たちが、僕らみたいな底辺高校の企画に参加してくれるというのが不思議だった。歌い出すと、甘いハモりにきゅんとなった。

パンパが教えてくれたマーヴェレッツみたいな、明るくてみずみずしくて茶目っ気さえ感じるハーモニー。レベルやば高っ。なんだ？　今、画面に向かってウインクしたよな？　もしや、くじらにか。なんてさ、こいつ、手広くフォロワーついてっから。

そのとき、目をハートにして画面を見ていたくじらがこらえきれないようにじゃこに叫んだ。

「オン！　オンにして！　今！　俺のマイクも」

勢いに押されたじゃこが「あ？　ああ」とオンにする。ばか、聞くなよ！　こいつのこと。やばい予感。あーやっぱ一緒に歌い出したよ。ラガーディア・マーヴェレッツの出番だろが。怒られるぞー、ＮＹの女子高生は超こえぇんだから。けど女子たちは闖入者《ちんにゅうしゃ》を大喜びで受け入れ、一緒に歌ってるよ。画面右のコメント欄はあえて開けてあるからコメントの嵐。ナイス！　私のとこでも一緒に歌ってー。カモーン、ずるいぞ！　俺らにも開放しろ。彼女らナイスレッグ〜！　ようやく画面が切り替わる。残念なような、ほっとしたような。

「あー楽しかった。またやっていい？」マイクが落ちてもまだ肩をスイングさせているくじらを、「二度はない。あとは進行通りだから」じゃこがミキサーをいじりながら、冷静にかわす。なんか楽しいな。いやめちゃ楽しい。こういうことか。自由でいいんだな。

Ａメロ、Ｂメロ、それぞれの二番、Ｃメロを二十二のメンバーグループで分け、それぞれがユニゾンやハーモニーは自由形式で歌い紡いでいく。コーラス部分は、全員マイクをオンにしての合唱だ。すぐりと片岡さんの日本チームには僕とくじら、韓国人参加者は一人なので、じゃことくじらとパンパが参加する。自分たちだけのときよりも、なんだか緊張するな。Bメロ、二分二十秒。二度目のマイク・オン。日本語で僕らも歌う番が来た。

今の自分が抱くこの曲のイメージを、精一杯、声に込めていく。

信じたいすべてのものを夢見て、空を、駆け抜けていく……。

それがこの曲に込めた思いだ。僕だけじゃなく、きっと皆の。

そう、いつだって斜め四十五度下を向いていた僕は、いつの間にか顎をあげて歌っていた。顔をあげると、こんなに視界が広くなるんだな。みんなのことが見えるんだな。

共有画面を二画面の分割表示に切り替えたから、画面ではNYの僕らと長崎のすぐりたちが並んでる。歌いながら、すぐりの顔を見る。カメラを通し、ネット回線を通して、目が合う。声を合わせる。

ああ、すぐりはこんな声をしてたんだな。柔らかくて心地よい揺れがあって。まるでガキの頃吸ったツツジの蜜のように甘やかに僕を濡《ぬ》らしてくる。幸せな蜜を絞って、僕も声にする。精一杯、相手に届くように。今まで届かなかった分も込めて。

パートを離れるとき、僕はマイクが拾わない小さな小さな声で唇を動かした。アリガト。

すぐりにだけこの言葉が届けばいい。勝手なことを思って。もう一度、僕の目の前に現れてくれて、歌を聴かせてくれて、ありがとう。何かがすぐりの歌を奪ったのなら、そこに僕も加わっていたのなら、今こうして歌ってるすぐりに赦《ゆる》されたと思っていいのだろうか。驕《おご》りかもしれない。訊けもしない。ただこうして、歌ってくれて、ありがとうな。

画面が切り替わる瞬間、その中の自分たちを見る。たった数秒の短いフレーズを歌い終えた僕らは、全力で何かをやり遂げた者の顔をしてる。全力で何かに向かうなんて疲れるし、タリいし、何よりそれで失敗したら傷つくし。そう思っていた自分に言ってやりたい。

歌うって、すげえ気持ちいいことだよ、と。

じゃこがメイン画面を中国語チームの表示に早業で切り替えた後、皆が口々に言う。

「なんか今のリードすっげよくなかった？　主役取られたらやべーし。俺の自己肯定感の危機！」

「やっぱ自分の母国語で歌うっていいよね。ハイチ語喋れないけど僕も勉強しよっかなぁ」

「それだけじゃねえだろ。恋だろ、恋」

黙れっ。恋じゃねえよ。愛だろ、歌への。そんなこと、ちゃらくて言えないけど。てか、英語だとラブは愛も恋も一緒だけど。でも今は、ラブの定義に頭をめぐらせる暇なんてない。

じゃれあう時間は一瞬だ。次はいよいよコーラスパート。皆が一斉に歌うときだ。

声が重なる。次々重なる。政情で、ウイルスで、差別で、分断され続けている今の世界中の声を、ここに集約するかのように歌う。全員でのリハはしていないが、ユニゾン、ハモり、さすが歌うのが好きな連中が集まっているだけあって、バランスが奇跡的にいいな。コンサートのクライマックスで会場が一体になって盛り上がるような高揚感が漂う。

「それ」が起きたのは、二度目のコーラスのときだった。最初はあれ？　と思った。

なんだろう、この不快感。じわじわと歌を妨げられるような。ガラスを爪でひっかく音が、細く鋭く耳の底を切りつけるみたいな。三人も気づいたらしい。歌いながら、目を合わせる。かまわず続けようぜ、とじゃこが手首を回転させて合図し、腕全体で指揮をする。

なんだ？　この歌いにくさ。そして気づく。僕らが歌ってるキーはG。ハモってる連中はいちばんしっくりくる三度上か三度下の音程を取っているが、誰かがあえて半音上のG♯で重ねてきてるんだ。それも意図的に。ブレずにずっと、濁ってクラッシュする音階を重ねてくるから、絡みつくような耳ざわりな不快感がつきまとう。それも一人じゃない。三人、いや四人はいる？　これだけ執拗に絡んできて、しかも多勢に負けずに声量的にも強い。

歌い慣れてるやつらだ。かなりの経験値で、声を完璧にコントロールできるアカペラー。

誰だ？　どのアカウントだよ。どうすればいい？　じゃこの方を見たけど、やつは目で必死に分割画面を追っていて、こっちを向かない。突き止めてマイクをオフにしようとしてるのか。いや、わかるわけねえ。三分の一くらいはアバターで自分らの映像さえオフにしている。

いや、それ以前にもしかして、Zoom Bombing――ハックされているのかもしれない。

先月のリモート授業で、Ｚｏｏｍにハッカーが侵入して授業がめちゃめちゃになったというニュースが伝わってきた。それからしばらくは公立校の授業でＺｏｏｍを禁止する案が出たが、結局は継続されている。でも僕らの、こんなお遊び配信をぶっ壊そうとして、なんになる？

そのうちただひっかくような悪意の旋律を奏でていた複数の声が、独自の意味を持つ醜悪な言葉を放ってきた。声高に叫んだりせず、ラップでリズミカルに嘲りの声をたたみかけてくる。地下鉄で差別用語を僕に投げつけてきたかぎ十字の醜いにやつきが、フラッシュバックする。一瞬、頭が真っ白になった。声が止まりそうだ。いや、必死で出さねえと。

だが言葉はバラバラにはじけ、何をどの音程で歌ってるんだかわからなくなっちまう。

帰れよチンク。去れよジャップ。おまえらの国に。おまえらファッキン・アジアンがコロナをまき散らしてる！　てめえらが持ち込んだ疫病ウイルスを東に持ち帰ってくれ。出ていけ、この国から消え失せろ。ヘイ、そこのキムチ野郎もだよ。主催者チーム、結局うまいの一人だけじゃん。他の三人退散してよし！　目ざわりなんだよ、ゲットアウト！　イエローの店に寄付が必要ってか？　ほらやるよ、$14.88!　取っとけよ、釣りはいらねえ。

$14.88?　なんだっけ、校庭にもいつかチョークで書かれていた数字。待てよ、前にじゃこから聞いたな。「14/88」、白人至上主義やネオナチ、ヒットラー崇拝を示す暗号だ。

それに気づいた途端、しんと身体の底からつめたくなった。喉がひりついたまま凍りつく。

画面がざわつきだす。歌を止めて、「なんだ？」と語りかけてくるやつもいる。やめてよ！　と叫ぶ女の子の声。台無しだ。僕らが大切に作り上げてきたものが、こんな荒らしで台無しになる？　そんなことがあっていいのかよ。

卑怯な声は続いてる。何かに隠れるようにけっして大声は出さず、かわりにみずからのスキルを生かし、リズムにのって悪意をはじき出す。

ここまで歌えてラップもできるレベルのやつが、その力をこんな風に誰かを妨害し、侮辱することに最大限費やしてるという現実に、憤りを通り越し、むなしさがこみあげる。

モニターにはもう目を向けもせず、淡々と歌い続けるじゃこの目を見やる。悪意に負けず歌い切ろうと闘志に燃える目じゃない。やけになってる目だ。憎しみをたたえる目だ。麻薬で破滅したベーシストを崇拝する、家族に冷え冷えした目を向けながらも物欲のために勉強をさらりとこなす、ややこしくて危なっかしい友人の目が、僕を圧倒する。

すがるように次にパンパを見る。萎縮した表情。きっと僕も今、こんな顔してる。体育の授業でイジられ侮蔑《ぶべつ》されたときみたいに。でもその目が、弱々しく懇願してるかに見える。

歌うのをやめないでいようよ、と。

このまま何もしなけりゃ、きっと僕らは一緒に歌うのをやめる。リアルだけでなくネットの世界でさえ縮こまり、くじらに距離をおき、きっとまた元の地中のダンゴムシに戻る。

僕らはさぁ、くじらを信じようよ。そのとき、時々神がかったことを言うこの太っちょの友人の声を僕は聞いた、気がした。けど。だけど僕は悪意の声がある意味正しい気も、してる。アジア人という枠に入れられた自分とじゃこがグループにいるから、こうして悪意にさらされるのなら。僕らのせいで、ここまで頑張って計画してきたことが無残にコケるなら、

ダメだ。

やっぱ、もう歌えない。一節も。

唇が閉じかけたときに、くじらがよく通る声を弾ませ、画面の向こう側に呼びかけた。

ヘイみんな、ジャスト・シング！　ああ、あの地下鉄のおっさんズにアカペラがうまくなるコツを唐突に尋ねたときに言われたっけな、同じこと。ただ歌うだけだよ、と。

ざわついていた画面から混乱が徐々に引いていく。歌が戻ってくる。すぐりは？　画面には見えないけどわかった。すぐりも歌ってる。僕の耳は、何十人もの声からあいつの声を聴き分けてる。離れているときにあれだけ届かなかった声が、今はわかる。はっきりと。

衰退するウイルスのように、悪意の声は皆の歌にまぎれて聞こえなくなる。諦めたのか？　皆にスルーされてひとまず退散したのか。わかんね。ただ「それ」が完璧に消えたわけじゃないのを、きっと誰もが知っている。だから声を合わせる。合わせるしかない。

そのときだ。くじらが唐突に自分のつけ髭を剝がした。顎に貼った粘着テープが痛かったのか一瞬顔をしかめてる。え？　どした？　この日のためにマーベル・コスプレ、考えまくったのになんでよ。そのとき、彼の長い手が伸びて僕の大切な鎧《よろい》と化したマスクをさっと奪い取った。ちょ！　何すんだよ！　これ以上アジア人面をさらして相手を挑発する気か。

声が止まりそうになる。でも止めたくない。ちゃんぽん店の木の床に、デアデビルがごとんと鈍い音を立てて転がった。続いてパンパのも。こいつのは頭に不恰好にのってるだけだから取りやすい。じゃこはみずから鉄のマスクをはずした。裸にされた気分だった。

英語で歌っていた僕らだが、くじらは日本語でまた歌い出した。

諦めるな、けっして諦めるな。ポギハジマ、じゃこの韓国語のコーラスが入る。

それが、今から自分の好きな言語で歌っていいという合図になったようだ。スペイン語がフランス語がポルトガル語が混じり始める。違う言語で、でも声を重ねて、歌は続く。

みんなが信じたいものって？　こうして声を合わせてる意味って？

歌、なんじゃないか。今、空を、世界中を駆け巡ってる歌に、僕らは夢を見てもいいのかな。

同時に面白いことが起こった。今までビデオをオフにしていた参加者が、オンにして顔出しを始めたんだ。ひとつ、またひとつと、正方形の分割画面に相手の顔が映り出す。歌っている顔が、増えていく。全部のビデオオフ参加者がオンにしたわけじゃないけど、大多数がオンになった。

じゃあ残りのオフのままの参加者に、邪魔したやつらがいる？　それとも外部からのハッカーか。

いや、もう気にしたって仕方ない。

サビを予定より増やして三回リピして、終わった。歌い終えた。画面の中にたくさんの笑顔と拍手が散っている。じゃこが画面を何度もスクロールして皆を映し出す。

すぐりも笑っていた。笑いながら、泣いていた。

僕は笑ってるのかな？　泣いてんのかな？　もうわかんないよ。


結果的には、侵入者にひっかき回される羽目になったボイス・ジグソーの企画は、見事失敗に終わったかもしれない。この動画を、ユーチューブに作ったチャンネルにあげるという当初の目標も諦めるつもりだった。

そうだよな、侵入者の差別用語なんて、規定にひっかかって削除されるんじゃないかというひどいものだったし。くじらもどうせなら完璧なものをアップしたいという意見だった。

でもじゃこの案でとりあえず流すことになった。問題なら削除すりゃいいんだから、と。

そして結果的には、この動画は驚くべき再生数をヒットしたのだった。公式チャンネルのフォロワーも千人を超え、直接の動画配信ができるようになったのは大きいな。

「まさかの逆転勝ちか。ハッカーのおかげでドラマチックな展開になって視聴数稼げたし」

「俺、やっぱつけ髭ない方がイケてたと思わね？　でも次は完璧コスプレ版も企画すっか」

「新学期が始まったら、きっとまたネタにされて、からかわれるんだろうなぁ」

そう嫌そうでもなく口をとがらせるパンパに、くじらが首をすくめる。

「たぶんイジられんの、俺じゃね？　もしかしたら、風当たりが強くなっかもしれねえな」

さっきまでつけ髭や衣装がどうのとナルな発言ばっかしていたくじらがさらっと言い、僕らの間に一瞬の間ができる。学校内カーストで下層にいるダサめグループ、体育が苦手なドンくさいやつら。本来ならそんな人間とつるむ立場じゃないしな、くじらは。

実際、例のマーヴェレッツ女子を通じ、ラガーディア高校の人気アカペラグループから引き抜きの話も来てるらしい。くじらがその気なら、僕らはきっと引き止めないだろう。

でももしかして、僕らだけでも歌は続けるかもしれないな。そんなことを初めて思ったよ。気負いもなく。ただ僕らの先には音楽が、歌が、当たり前のように続いてる気がして。

「だってさぁ、俺ったら嫉妬の的でしょー。あんなかっこいい姿さらしちゃって恨まれんの必至っしょ。でもどうせねたまれんなら、好きなことやんないとなっ。人生の損だろが」

そっちかよ。いや、わかっててくじらは言ってるんだ。だから僕らも気づかぬふりする。

「好きなこと、かぁ」

繰り返すじゃこの言葉で、皆少しだけ考え込むように黙った。ずっとこのまま、高校生のままで、ツルんで、歌って、動画配信して、それだけで生きていけるわけじゃない。

でも「好きなこと」を少しでも長く続けていくにはどうしたらいい？　もっとうまくなってレベルを高め、自己満だけでなく相手に届けられるようになるには、どうすりゃいい？

もちろん歌や音楽のことももっと知りたいし、僕はハード面に関しちゃ致命的に弱いから、音響の分野ももっと深く学びたい。くじらが選択してるステージ・プロダクションや、じゃこの作曲技術と合わせたら、何かその先がもっと見えるかもしれないな。地域貢献やコミュニティーでのネットワークを考えるパンパにも教わって、僕も色々なことを知りたい。知識を得たい。どうして侵入者が乱入したのか。どうして治安がこうも悪化していくのか。

それをわかった上で、知識を増やした上で、僕は。僕は？

「ネット配信もよかったけど」僕はおずおずと口にした。あの日地下鉄で、「アカペラやりたい」とこいつらに告げたときのように、おそるおそる、でも確かな感触で声にしていく。

「けど？」皆が僕を見る。

「実際に、目の前で聴いてくれる人がいる環境でもさ、やれたらなって……地下鉄駅とか、それが無理なら路上とか」

「地下鉄かぁ。今は無理だよなぁ。ウイルスまき散らすなってポリスにとっつかまんだろ」

「思い出したよ。リード、あのときもそう言ってたよな。地下鉄で歌いたいって」

そうだな。国連で歌いたいとか、アメリカン・アイドルに出たいとか、こいつらが大それたことホザくのをなだめる気持ちで、軽く口にしたんだっけ。今は、違う。

多くのことを知った上で、この街の人々を日々運んでいる地下鉄の駅で、歌ってみたい。

あのアカペラのおっさんズみたいな幸せな顔で歌ってみたい。ホームからの突き落とし事件や父さんが襲われたような暴行事件が日々増加する地下鉄やストリートで、それでも何かを信じて。

ちゃちい夢かな？　現実逃避かな？　いや、今の僕らには、でかすぎる夢だ。

摩天楼でスパイダーマンに遭遇するみたいな奇跡かもしれねえな。でも夢見てもいいのかな。見たら叶うのかな。とりあえず僕らは完璧でもなんでもないスタート地点に立って、そこから先に踏み込んでみたくて、確かな一歩を踏み出したくて、今つま先が焦《じ》れている。

「よっしゃ、やろうぜ！」

「目指すはグラセンだろ。それかペンステ？　タイムズスクエアもいいよな」

「集結すっか、人気のサンタコンやマーメイドコンみたいにさ。サンタクロースや人魚の衣装のかわりに、マーベル衣装で車輌ジャックして、ゲリラ集会のNYマーベルコン！」

「いや、ゲリラはまずいよ、いきなりやっちゃつかまるだろ。ちゃんと市の認可とってさ、もちろん動画スタッフも次は確保して。今度こそ、完璧にやろうぜ」

「その頃には、マスクしなくても平気になってるかなあ」

「ダメならしたまま歌えばいいだろ。声量、問われっぞ。肺トレも始めっか、四人揃って」

たりぃ。そーゆーの苦手。僕がぶぅたれて。「僕ももう息を止めたりしないよ」と神妙に言うパンパを、「頼むよ」とちょっとマジな顔で皆が突っ込んで。それから、笑った。
長い夏の終わりをまぶしく見送って、いつまでもふざけて笑い続けていた。

二〇二〇年一〇月一日、木曜日。僕は朝目覚めると、ずっしり重い鞄に入れた教科書を点検した。公立の保育施設から高校までの約五十万人がその日、少し遅れた新学期を迎えた。九月に入り、一〇日に予定されていた公立校の新学期の対面授業開始は、市長によって延期することが発表されていた。リモート授業とのハイブリッドな形式を導入して、ようやく一〇月一日、半年ぶりに対面授業が全面的に再開されたのだった。

ただし対面授業を選んだのは、その中の一割弱らしい。感染の再拡大はまだまだ予想されているし、アジアンヘイトだけでなく、多人種への差別行為や、発砲事件といった無差別の犯罪も軒並み悪化している。両親には通学を先に延ばすことを提案されたけど、僕は学校に行くことを選んだ。自分から、初めて選んだ。

「通りを歩くときはくれぐれも気をつけて」と念を押す母さんの声に片手をあげて答え、スニーカーの靴紐《くつひも》を結ぶ。アパートの錆びたドアを開け、階段を駆け下り、歩き慣れたヘンリー通りを歩く。少し遠回りして、今も閉ざされているヘンリー・ストリート・セツルメントの前を通る。すぐりの敬愛するリリアン・ウォルドのレリーフにおはよう、と挨拶する。

グランド通りまでそのまま北上する。学校の前には警備のポリスが何人か待機している。物々しい雰囲気はないが腰には銃を携帯し、和やかに談笑している。その横をすり抜け、校舎の扉を目指す。

休校措置が取られた三月以来、約半年ぶりに校内に足を踏み入れる。

廊下をゆっくりと歩いて、教室を目指す。じゃこはもう来てるだろうか。パンパはいつものように遅刻ぎりぎりかな。

そのとき、くじらが廊下の向こうから仲間と歩いてくるのが見えた。僕はいつもみたいに視線をそっとはずしたりしない。通り過ぎる間際、くじらが掌を差し出してきた。無言のままで。僕は、その白い手に自分の掌を軽やかにハイタッチしようとして、ふと手を止める。くじらが「なんだよー」って顔になる。かわりに、肘《ひじ》を突き出す。肘タッチ。

くじらが、「そーだった」ってな顔で、さくっと笑って自分の肘をぶつけてくる。

廊下の窓から、朝の光が射し込んでくる。まぶしかった。古びた校舎に光の筋を投げる埃《ほこり》まじりの秋の陽は柔らかかった。苦手だった朝の始まりが、とても貴重なものに思えた。

教室に入った。グッド、モーニング。

僕はおそるおそる声を出す。誰にともなく。このマンハッタンの空の下で。

II 音楽が放たれる場所へ

2022.02-03

路面電車を思案橋《しあんばし》で降りたところで、腕時計に目をやった片岡さんが唐突に言う。

「ね、まだ集合の時間まで少しあるけん、梅の花、見に行かん？」

「梅？」

「そっ。今頃なら、梅園身代り天満宮《うめぞのみがわりてんまんぐう》の境内で紅梅と白梅の花が見られると思うんだ」

「え、別にいいけど……」

正直、梅鑑賞にはそう興味ない。ただ集合場所に早く着きすぎても間が持たないので、片岡さんに付き合うことにした。今では大学生の片岡さんはなんというか、新旧入り交じった感じの好みが結構面白い。神社仏閣にやたら造詣《ぞうけい》が深いかと思えば、諫早《いさはや》市に出現したフルーツ型のバス停見たさに、わざわざ一人で長崎本線に乗り込んで遠征したりする。

音楽にしてもそう。ハードコアなガールズ・ロックを目指していたらしいけど、私たちが生まれる前のフォークソングや唱歌もよく口ずさんでいる。片岡さんの中では何もかもが分け隔てなく、「好き」という曖昧な軸上でふわふわと軽やかに舞ってるみたいだ。

私はどうだろう。これを好きでいる自分はちょっちダサかねーとか。これ好きって言うたらセンスいい系かも、なんて。以前は頭でちまちまと区分して線引きしてた気がするな。

今は、いや歌うことに戻ってからは、ちょっと違う。

一年半前の高校二年の夏に参加した一葦たちのボイス・ジグソー。様々な人種の人々が、自国の言葉で自由に歌声を紡いだあの日。Ｚｏｏｍ画面に映る一葦の歌う姿に、完璧とはまるで呼べないそのハーモニーに、悔しいけど胸の奥を熱く突かれた。

声やまなざしから、一葦がどんなに歌うことを大切に思ってるかが伝わってきたから。

悪意のある侵入者の横やりで歌うのを止めそうになった一葦が、必死に声を絞り出したとき。私も全身全霊で、声を重ねていた。

彼の歌が止まらないように。私の声が見えない何かに止められないように。もう歌うことをみずから封印したりしないように。喉をまた鋭いメスでえぐられてもいいから。

あの日がきっかけとなって、私はもう一度、歌にきちんと向きあい始めた気がする。

コーラス部の有志メンバーが行っていた介護施設でのコーラス・ボランティアが再開するなら、参加したい。勇気を出して片岡さんにそう伝えに行ったのもあの直後だ。でもその頃には、コロナ禍で活動は休止したまま再開の目安も立っていないようだった。

宙ぶらりんになった「歌いたい」という気持ちをもてあましていたところで、片岡さんが施設の人にかけあい、リモートで歌を届ける活動が月二回始まったのだった。

最初はためらった。リモートならお年寄りにとっては、テレビ画面を眺めるのと同じじゃないかなって。でも片岡さんは、私の目を見て当たり前のように言ったんだ。うちらにできることをやろうよ、と。「コンクールに出られなくても、続けられる限りは練習する」といつか告げたときに似た、柔らかだけど決意をひめた声に、私は素直にうなずいていた。

私はいつも、誰かの「声」に背中を押されて、ようやく足を踏み出せるんだな。ああそっか。私に必要なのは自分の声だけじゃなく、誰かの声、なのかもしれない。

寒い季節や天候の悪い日は部室や公民館から配信するけれど、暖かな日には三脚をかついで外に出る。施設の庭やお寺の境内、中島川の川べりで歌ったりすることもある。最初は通りがかりの人にじろじろ見られるし、恥ずかしくて声もちゃんと出なかった。

だけど、「懐かしかねえ」「ようお参りに行ったわね」と車椅子のお年寄りが目を輝かす顔を画面に見たとき。私は歌うことで何かを届けるのでなく、受け取った気持ちになった。

「うちらのボイス・ジグソーは平均年齢、高かねえ。しかも超ローカルやし」

片岡さんが笑いながら言った言葉をそのまま一葦に伝えたら、録画した動画を送って欲しいと頼まれた。長崎にいる気になれるからと。すぐりの近くにって言ってくれないんだな。ちょっと拗ねたけど、そのテッパンの気の利かなさが逆に懐かしくて嬉しかったっけ。

そんな事々を通して、私はもっと自由になれた気がする。

ああ、こんな風に歌っていいんだ。こんな場所で歌ってもいいんだ。コンテストで上位を取るためのテクニカルで盛り上がりのある曲ばかり選ばなくたっていいんだ。歌いたいとも思っていなかった古びたメロディの中に、こんな新しい世界が広がっていたんだ。

歌うって……、こんなにさりげなくて簡単なことだったんだ。楽しいことだったんだ。

知ってたのに。長い長い間知っていたのに。知らないふりで自分の中に閉じ込め、封印しようとしていた歌を私から引っ張り出してくれたのは、片岡さんであり、一葦だった。二人には、そんなこと伝えてないけど。きっとこの先も言葉にはしないけど。

「やっぱ綺麗かねえ。梅の花って桜に比べて花の数も少ないし、なんか控えめで好いとー。香りはこんなに強いのにね」

間近で見る梅の花は確かに遠慮がちで愛らしい。しゅわしゅわした花びらの丸い輪郭。思いのまま伸びていきそうな花芯《かしん》の黄色。数々の声が重なり、外にまぁるく広がっていくハーモニーに似てる。

梅の枝は、長身を曲げたり伸ばしたりしてあらゆる角度から花を愛《め》でている片岡さんの素朴なたたずまいに重なる気がして、ふっと笑みがこぼれてしまう。

そしてやっぱりピンクと白といえば……、

「かまぼこの色合いやねえ。この感じ」

思わず漏らすと、片岡さんがこちらをまじまじと見て言う。

「いくらちゃんぽんが好きすぎやからって、特に『ちゃんぽん　つつじ』がひいきだからって、かまぼこ扱いしたら梅の花に失礼やろ」

「いや、逆にかまぼこに失礼？」ふざけたくなるのは、これから久しぶりに施設で歌うことに緊張してるせいかもしれない。私はわざと不満げな顔をつくってみせる。

「それに、つつじのちゃんぽんはまだ食べとらんとよぉ」

じゃあ早《はよ》う食べんとね。片岡さんの言葉を聞こえないふりする。そりゃあ私だって、食べたいけど。一葦のお父さんがつくるちゃんぽんは、世界一おいしいから。片岡さんには一葦との過去は言っていない。でも私たちのやりとりを見て何かしら察してはいるようだ。

「ちゃんぽんといえば、最近どうなっとーと？　イッチーくんとは」

「そこ繋げる？　別に。なんもなかよ」

「そうなん？　去年の夏、紹介してもらったときは付き合《お》うてるのかなーと思うたけど」

「……つっ？　やっ、付き合うとーとか、なか。全然っ、なかけん」

えー、怪しー。ニコニコしながらもそれ以上突っ込んでこない片岡さんが、すっと梅の花に顔を近づける。早い春の日射しの中、染めたことがないという髪がダークミラーみたいに黒々と輝く。私はそこに自分の顔が映っている気がして、見つめてしまう。中学のときに友達に彼とのことをからかわれ、「ないない。付き合うとかあるわけなかよ」と全力で否定した、あの困惑を封じ込めた笑顔の私が。一葦の声の方が、やっぱずっと正直だな。

歌ってるとき以外の私はいつだって嘘やごまかしが多い。病気になってから、特にそうなった。だから私は歌うのかな。正直になりたいから歌いたいのかな。一葦はどうなんだろう。そういえば訊いたことないな。どうして歌い始めたの？　なんて重ったるい質問だし。

「花は言葉が喋れないぶん、香りを放って喋ったり歌ったりしてるのかもしらんね」

片岡さんが振り返り、おっとりした笑顔を見せる。ふいに、私はこの人に全部見抜かれている気がした。迷いも、躊躇も、全部。遠恋《えんれん》とかガラじゃなかやしー。私のひらひらした言葉の裏側を優しく見つめる目で、「すぐりはさ……」と私の名を呼ぶ。そういえばいつからこの人、私の名前を呼ぶようになったんだっけ。心地よくて気づかなかったな。私のタメ口もいつからだろう。

「先んことばっかり見て、心配しすぎやなか？」

「え？」

「付き合うてもないのに遠恋とかー。さっきも、施設で歌うのを迷惑がられたらどうしようとか気にしてたやろ、建物の中にも入らんのに。心の視力、良すぎやなかと？　きっと想像力が豊かなんやろうねえ。だから歌にもたくさん、気持ちが溢れとーんやね」

ちくちく責められるかと思ったら優しく言われ、逆に泣きたくなる。本当だ。始まってもない、始まるかもわからない恋の行方を気にしたり。起こるかもわからない病気の再発を怖がったり。遠くばっかり見てはとまどって踏み出せないでいるんだ、私のつま先は。

「うちは近視やけん、見える範囲だけで行動することにしとー」

片岡さんが、梅の花に鼻先がくっつきそうなほど近づけていた顔をこちらに向ける。

そろそろ行こっか。私は片頰にだけ笑みをのせて、その言葉に小さくうなずいた。

境内を出るとき、私は歯痛狛犬《はいたこまいぬ》の頭をそっと撫でた。口の中に飴《あめ》がたくさんつまっている狛犬は、ちょっとユーモラスにも、「そんなに入れられても食べられません」と困っているようにも見える。歯が痛い人が狛犬の口に水飴を含ませると、たちまち痛みをとってくれるという言い伝えのおかげで、参拝客が次々に口に入れていくらしい。

　これから訪ねる介護施設にも、困っている人や言葉を喋らなくなった人、痛みを抱える人がたくさんいる。世界中にも数えきれないほどいるだろう。彼の住むニューヨークにも。

　歌を聴かせるだけじゃ、身代わりにはなれんけどね。狛犬に心でそっとつぶやく。

でもそんな人たちが私たちの歌を聴いてくれること、一緒に唇を動かしてくれること、歌わせてもらえる機会があることを、素直にありがたいなって思う。

ひとりぼっちで歌を口ずさむ幸せな孤独と、誰かと声で繋がるときの全身を包まれる喜び。

　どちらも知ってしまった私は、もう後には戻れないから。

「アジアンヘイトの抗議集会で歌うことになったと。主催者側の意向で、うちの父親の件もぜひ公表したかというけん、最初はすごく迷うたけど……。被害者の家族の立場とかそういうの苦手やし。歌で何かが変えられるわけでもなかやし……でも考えて、かなり考えて、歌いたいと思えてきて。自己満と言われてもよかけん、三人がやりたいならって」

少し前に、一葦とLINE電話で喋ったときの会話がよみがえる。

「自己満なんかじゃなかよ」私はとっさに否定しながら、自分にもその言葉を向けていた。

「抗議集会で歌うんって、すごかことやと思うし。きっと伝わるよ。たくさんの人の心に」

言いながらも、本当は自信がない。一葦を力づけながらも、施設の人に向けて歌う自分たちを思い描いていた。今は直接には会えないけど、Zoom画面の中でにこにこと私たちの歌を聴いてくれ、一緒に口ずさんでくれるお年寄りを目にすると、素直に嬉しくなる。

一方で、認知症特有の無表情な顔を一ミリも動かさない人、突然駄々をこねて「うるさいうるさい」と泣き出す人、施設の庭で歌うときは建物から距離も離れているのに、わざわざ入り口まで出てきて「コロナ持ってくんな!」とわめくおじいさんもいる。

そんなことが続くと、ただの押しつけかな、自己満なのかなって萎えることもある。

迷ったときは、かまわず歌い続ける片岡さんの顔を見る。すべらかな横顔はしんと静かで凛々《りり》しくて、私も歌い続けることができるから。一方で自分の弱さにも気づかされてしまう。

一葦と彼の住む街で面と向きあうことも。いまだアジアンヘイトがおさまらず、数々の犯罪が起き続けるニューヨークに、つつじのちゃんぽんを食べに行くことも。異国で自分が受けるかもしれない差別の恐ろしさを想像することも。入学が決まっている看護学校の学校案内書を開いて、本当に自分が母と同じ道を歩める覚悟があるのか、もう一度考えてみることも。

ぜんぶ、みんな、怖くて仕方ない。だから、すべてを先延ばしにしてるんだ、私。

「すぐりたちがボランティアで歌うビデオ見よったら、迷いが晴れた気がする」

一葦は私の気持ちを見透かしたかのように、言ってくれた。

二年近くの時間をかけて、一葦の声は少し強くなった。介護施設用の選曲でウケのいい「なごり雪《ゆき》」じゃないけど、去年よりずっと、強くなった。優しくなった。

あれから三つ目の春が来て、今までよく聞こえなかった彼の心の声が、耳に響くようになった。中学の頃は、マーベルの話題以外はか細い声でぼそぼそ話すその声が聞き取りにくくて、何度も「え？なんて？」と訊き直すことも多かったのに。

中学を卒業してニューヨークの公立高校の十年生に編入した一葦は、今十二年生でこの六月には高校を卒業する。秋には向こうの大学に入学することが決まっている、と最近聞かされた。

「こっちに戻ってこないんだね」という言葉と落胆を呑み込み、「合格おめでとう」と私は明るい声を出した。これからは看護師を目指す自分が置いて行かれたような気持ちのまま、「よかったね」と微笑んだ。電話じゃ見えないのに、「こういうときは笑顔で言うもんだよね」と鏡に向かって唇をきゅっと引き上げながら。そこに映る私の首には、まだうっすらと傷がある。私の嘘を食べて生き続けるミミズみたいな傷は、この先もきっと消えないだろう。

遠い地で大学生になる一葦と、看護学校生の私か。別の時間軸に足を踏み入れたみたいだ。中三になった年、二人の間に流れ始めた空白がこの先もまた生まれるんだろうな。

そんな気持ちのままでいたから、素直になんてなれなかった。アジアンヘイトの被害者となったお父さんの事件を乗り越えて、抗議集会で歌う一葦の姿をこの目で見てみたい。

そんなこと、言えるわけもなかった。

本当は見たいのに。聴きたいのに。

A Place of Action. 一葦が唐突に送ってくれたヘンリー・ストリート・セツルメントのポスター写真に書かれていた言葉。「活動の場所」を彼が見つけたのなら、その同じ場所に立って、彼の声をじかに聴いてみたい。でも聴けば、もっと聴きたくなって。そばで聴きたくなって。近くにいたい、と言いたくなる。きっとうんと、苦しくなる。

去年の夏に一葦が一時帰国する際、実はかなり楽しみにしていた。だけど結局、その頃は日本帰国者には二週間の自主隔離期間があったりで、二度会えただけだった。「今度はニューヨークでね！」と私は笑ったけど、本当にそう信じていた中学の頃とはもうすべてが違う。

それでも彼がニューヨークに戻ってしまうときにはさみしくなった。心が焦燥でざわついた。空港で見送りでもしたら、とんでもないこと言い出しそうな自分がウザくて結局行かなかった。

長崎空港にも行けなかった私が、ニューヨークになんて行けるわけないっしょ。

そう、だから行ったりしない。私たちは別々の「活動の場所」から離れられないから。

叶わない恋なんて始めたくなかよね、誰だって。ああ、また遠い道の先に落ちるほの暗い影ばっか探してる。私だって近視になりたかよ、片岡さん。

二〇二二年二月末。北京冬季オリンピックでは日本勢が過去最多のメダル十八個を獲得して、ニュースはコロナより盛り上がっていた。春の兆しとともに目に映る風景は少しずつ明るくなっている気がする。

長崎県にはまだ「まん延防止等重点措置」が適用されているけど、徐々に色々な県で解除され始めたところだ。来月六日を期限に長崎も予定通り解除されるだろうと言われている。そうすると県内の飲食店の営業時短も解かれるから、お父さんは「ようやく仕事帰りに一杯やるるなぁ」と喜び、お母さんに「調子に乗って寄り道せんで早う帰ってこんね」と釘を刺されていた。

だからというわけでもないけれど、今日のＺｏｏｍの中継は久しぶりに介護施設の中庭で行うことになっていた。数日前から天気予報を確認し、二月末にしては暖かな日になるとわかっていたからだ。屋内からでもいいけれど、施設の敷地内やごく近い場所だと入居者がことのほか喜ぶのだと、スタッフの原田《はらだ》さんも教えてくれた。身近な場所で、歌を共有する感覚を味わえるからだろう。

施設に着くと、すでに他の四人のメンバーもちょうど集まってきたところだった。まだ芝の緑がまばらな中庭には東屋《あずまや》が設置されている。天気のいい日は、ここでおやつを食べたりゲームをしたりするらしい。東屋の水色の屋根の下が、今日の私たちのステージだ。

近くには数本の梅の木が植えられ、天満宮同様に花びらがほころんでいた。前回来たときは秋だったから梅の木に気づかなかったんだな。そんなことを思っていると、開始時刻が来て、カメラ・オン。やっぱりこの瞬間はいつでも少し緊張する。それがコンクール会場の市民ホールでも、介護施設の庭でも。そのとき、片岡さんが、機材係の立木《たちき》さんから「ちょっと貸して」とウェブカメラを受け取り、すたすたと歩いて梅の花にレンズを向けた。
モニター用アイパッドの中で一瞬ブレた花に焦点が合い、片岡さんの挨拶の声が重なる。
皆さんこんにちはぁ。今日はまたまた超ローカルでお届けしまーす。あーっ、梅の花も綺麗に咲いてますねえ。じつはさっき、身代り天満宮で梅を見てきたばかりなんですけど、こちらの梅もとーってもきれかですねぇ。お庭に出たときは皆さん、ぜひ見のがさないでくださいね。えーと、河津《かわづ》桜はまだですね。あ、クロッカスも咲いてますよ！　紫と白！
色の解説までしなくてもわかるのに、片岡さんが快活に実況中継し、カメラがぶれながら花壇を行ったり来たりする。スクリーンを二分割した下半分の画面に並ぶお年寄りたちの皺だらけの顔も、花びらのように柔らかくほころぶ。長崎弁アクセントの標準語は普段聞き慣れないけど、片岡さんの声はやっぱり優しい。季節になれば当たり前に咲く花を見られることが、本当はとても嬉しいことなんだって、思い出させてくれるような声。
私もさらさらと流れていきたい、どこかへ。
そんなことを思いながら、今日の一曲目の「春《はる》の小川《おがわ》」を歌い出す。
春の小川は　さらさら行くよ
岸のすみれや　れんげの花に
すがたやさしく　色うつくしく
咲けよ咲けよと　ささやきながら
マスクを取った鼻に、今日二度目の梅の香が流れてくる。今日がお天気でよかった、と当たり前のことに感謝する。その日の最後の曲は「戦争《せんそう》を知《し》らない子供《こども》たち」だった。

ジローズが歌って流行った時代には私たちは生まれていないけど、被爆地という歴史を抱えるこの町では、学校の合唱の課題曲にもよく登場する。今まで歌ってこなかったその曲を急遽《きゅうきょ》歌うことに決めたのは、四日前のミーティングでのことだ。

二月二四日。ロシアがウクライナに軍事侵攻を開始した日。片岡さんがその曲を歌いたいと私たちに言い出して緊急招集がかかり、練習を一度しただけだ。えー、せめてドリカムとかサザンとかやりたかねえ。いつも唱歌や古いフォークソングよりも最近のJポップを歌いたがる清田《きよた》さんが、真っ先に口をとがらせたっけ。

「反戦ソングとか、なんか湿っぽかねえ、もうすぐ春なのに。どうせならマイヘアの『戦争を知らない大人《おとな》たち』の方が、うちらにはハマる感じやけどなぁ」

新しいバンドをたくさん聴いている清田さんが言って、「お年寄りはそういう曲は知らんやろうね」と片岡さんが流そうとする。頑として譲らない片岡さんに、場の空気がもたつき始めた。グループの中では新参者の私が口を出すのはちょっとためらったけど、思わず割って入っていた。

「いいと思う。私も歌いたか。『戦争を知らない子供たち』。うちらだって、ほらそうだし」

私の言葉がきっかけになり、いつもは選曲にあまり口を出さない他のメンバーも「そうやね」とうなずいてくれた。今日は清田さんは風邪気味だという理由でドタキャンして来ていない。もしかして、もう来ないのかもしれないな。胸がちくりとうずいて痛む。

若いからダメ？　髪が長いから、いけない？　だったら……だったら今は、歌うしかないじゃないか。終戦から二十五年が経った年に生まれた曲が、そう伝えてくる。ああ、同じかもしれないな。アジア人だからと、黒人だからと、人を許すことのできない者がいたとしても、歌うことはできる。涙を声に溶かしながら、その人たちに歌うことならできるんだ。届いても届かなくても。

三年以上前、涙をこらえきれずに歌うこともできなかった私は、一人欠けた分の歌声を補うように心を声にのせる。それでも一枚落ちてしまった花びらみたいに、今日のハーモニーはなんだかさみしい。一緒に清田さんの様子を見に行こうと、後で片岡さんを誘おうか。

そんなことを思いながら歌っていたところで、モニターの施設側の画面に目が行った。

集会室に間を空けて並べた椅子に座り、皆がいつものように一緒に頭をゆらして聴いてくれる中、身動きもせずそっぽを向く一人の姿が目に入る。いつもは人一倍張り切って、マスクの下でも高らかに（ときに勢いよく調子をはずしながらも）歌っているのがわかる辻村《つじむら》のおばあちゃんが、険しい顔をしてる。どうしたんだろう。また他の入所者の人と、娯楽室のテレビのチャンネル争いで喧嘩でもしちゃったのかな。

二コーラス目に入ったところで、辻村さんがふらりと立ち上がる。いつもは双方のマイクをオンにしての締めの挨拶までほとんどの人が席を立たないし、口々に賑やかな感想を聞かせてくれるのに。辻村さんはそのまま、おぼつかない足取りで部屋を出ていってしまった。係の人が何か声をかけても聞こえないそぶりで。そしてそのまま戻ってこなかった。

片岡さんが画面越しに皆とにこやかに言葉をかわす間も、ぽつんと空白になった椅子から目が離せないでいた。もちろん、こんなことは初めてじゃない。トイレに立ったまま戻らない人もいるし、いつも見る顔が見えないで気になっていると、「あの方は亡くなってしまって」とか「症状が悪化して特養《とくよう》に移ったの」なんて聞かされることもある。

お母さんも、自分の担当する患者さんが亡くなったときは、家で涙をこぼしている。こんなときに泣かないほど、お母さん強くないもの。涙でぐしゃぐしゃになった顔で笑おうとするお母さんの顔を見ると、私の覚悟はいつだってぐらつき、未来が霞《かす》んでしまう。欠け落ちていく花びらに慣れていかないと、私は看護師にはなれないのかな。

「次回は一緒に歌ってくれるとよかね、辻村さん」

帰りがけ、皆と別れた後に一緒に路面電車に乗った片岡さんがつぶやく。やっぱり気づいてたんだな。形にならないさみしさを共有すると、少しだけ気持ちが楽になる。

黙ってうなずく私に言葉を続けるでもなく、片岡さんはそのままスマホの画面に視線を落としている。いつもなら、お喋りしてる最中はあまり見ないのに、電車に乗ったときから手に持ったままだ。

あ、やった！　小さく声をあげた後、片岡さんが唐突にこちらに向き直る。その拍子に髪が肩で跳ね、車窓から差し込む金色の陽が躍った。

「すぐりっ、うち、決めたと。ニューヨークに行く！」

え？　は？　いきなり、なんて？　あっけに取られる私に、片岡さんはさらにマスク越しに弾んだ声で追い打ちをかけてくる。

ね、一緒に行かん？　春休み。ニューヨーク。マンハッタン。

ぶつ切りの単語が春の雹のようにごつごつ降り注ぎ、私は揺れる車内で思わずよろけた。

片岡さんは、コロナが落ち着いたらニューヨークに行こうとひそかに決めていたらしい。でも今は海外からの帰国者に関して水際対策の措置がかなり厳しいし、宿泊施設での隔離期間もある。何より、空港から公共の交通機関を使って家に戻れないという規定がネックだった。

そこで毎日のように厚生労働省のホームページを覗いては、動向を逐一見守っていたらしい。それが明日の三月一日から緩和され、ワクチンのブースター接種者に関しては隔離も解かれる。交通機関も利用可能になったからハイヤー代も浮くのだと、片岡さんはたたみかける勢いで説明を続けている。同時に外国人の新規入国も段階的に緩和されるらしい。

なんだ。私、なぁんも知らなかったんじゃないか。「ニューヨークに行きたいな」なんて、ほんのちらと思ったりしながら、規制のことなんて、これっぽっちも調べなかったじゃないか。

やっぱり私の覚悟なんて、春のそよ風よりも頼りないんだな。

一緒に行こう、という誘いにはもちろん首を横に振った。行かない。行けっこなかやし。

何度も自分に唱えてきた言葉を人に言うときは、なんでこんなに声がでかくなるんだろう。なしてー、前からいつか行きたいと言いよったやなか、なんでー。いつもの冷静キャラを崩壊させて駄々をこねる片岡さんを横に立つ乗客がちらと見る。なだめるように言った。

「そりゃ……いつかは行ってみたかと思うとーけど、こんなときやし。それに、その水際なんとかが緩和されたなら、行きたいときに行けるようになるんやろ……夏休みとか」

一人で行く勇気もないのに、そんなことを言う。でも、そう、私は一葦に話しかけるずっと前からニューヨークの街に憧れていたんだっけ。それがあの子に話しかけるきっかけではなかったにしても。

遠い日の教室を思い出すと、すんと胸にしみる中二の夏がよみがえる。

「でも夏休みには、抗議集会のコンサートも終わっとーよ?」

片岡さんは子供っぽく口をとがらせた後、ちょっと意地悪な目つきでこちらを見やる。

「そんですぐりは、お誕生日何月だっけ」

「何、いきなり?……九月、ですけど」

「ザーンネンでした。今度の夏休みに行こうと思ったって、すぐり一人じゃ行けんとやもんねー」

「なんでね?」あんたは行けない、と決めつけられると、悔しくてちょっとむきになる。

「ニューヨーク州はね、二十一歳未満は一人で宿泊施設に泊まれんと決まっとーもん。まあイッチーくんのお宅に泊めてもらうとかなら、別やろうね。それかツアーでツアコンの後をついて回るとか」

はあ? ありえない選択を投げられて、私はそっぽを向く。私は旅行会社に勤める従兄《いとこ》のツテでホテルも予約できるし、実際仮押さえもしとるけん、私と一緒なら行けるのに。説得するように続ける片岡さんの声はすでにいつもの穏やかな口調に戻っている。「だから無理やし」とそっけなく答える私の声も、路面電車が柔らかなカーブを描くとともに、揺れて、揺れて、

「けど、私たち、もう戦争を知らない子供たちなんかじゃなくなっていくとやろうかぁ」

私の沈黙を割るように、そのとき片岡さんがぽつりと言った。「戦争」という強い響きに、遠くをさまよっていた心が引っ張られるように現実に戻ってくる。

「こうして、旅行も少しずつ楽にできるようになって。ウイルスが引いていくのを感じるかわりに、戦争がやってくるんやもんね。なんか皮肉だよね」

政府の対策が緩和されると同時に、ロシアの軍事侵攻が始まったことを言っているらしい。一葦と再びLINEで喋るようになってから、私はインターネットでニューヨークの日系新聞の記事をよく読んでいる。毎日のようにニューヨークの街で起き続ける残酷なヘイトクライムの記事を目にするたび、一葦は大丈夫だろうか、危ない場所に居合わせたりしていないだろうか、と心配になる。今まで遠い地で起きていた数々の出来事がぐんと目の前に迫りくる気がした。

ボイス・ジグソーにロシアの人がいたな。ウクライナは？　中東は？　私はその人たちに何ができる？　一葦とそんなことを喋ってみたかった。顔を見て、声を聞いて。

「こんな大変な世の中やけん、私は自分のしたかことを形や行動にしていこうと思うんだ」

私が黙っていると、片岡さんは窓の外に流れる景色に目をやったまま、言った。

「それに、向こうではシウくんとも会おうって約束しとるし」

ついでのようにつけ加える片岡さんに、ようやく私は「えー？」と高い声で反応する。

「なに？　何？　そーゆーことになっとーと？　人にはどうなっとるのとか訊いといて」

「ちっ違うって。やー、だって、えと、リアルで会ったこともない人やけん、さすがにそういうことには疎い私もいかんとよ」

片岡さんは頰を赤く染めながら、もごもごと続けている。もしニューヨークに行けることになったら、抗議集会でチャンポンズが歌うときはビデオ撮ってと言われとるし。あとね、シウくんは大学で民俗とジェンダーを専攻するし、私もせっかく学校推薦で入った長崎大の多文化社会学部で、人権やジェンダーについて学びたいと思うとーと。そのへんの日米のとらえ方の違いとか話したかねって、近視の片岡さんは、彼女に今見えている「現実」だけを語っていた。私みたいに、届かない遠くの場所に影を探したりせずに。目的をきちんと見据えて学部を選んだことも、軍事侵攻の報道を知って、今日どうしても「戦争を知らない子供たち」を歌いたかったことも。間近で梅の花を愛でたかったことも。押さえている航空券をすぐにでも買う勢いなことも。

全部全部、片岡さんの現実なんだ。その現実の確かな輪郭と存在感に、圧倒されている。

A Place of Action. 何度「行動」を起こしても、それでも茫々《ぼうぼう》と目の前に果てしなく続いていく「行動」の必要性に。ねえ、立ち止まって、深呼吸してるだけじゃだめなのかな?

自分の思い描く未来に、出会うことはできないのかな?

そんな問いかけをごまかすように、私は心地のよいアルトの声を右往左往させている片岡さんに訊いてみる。ふいにこの人が遠くへ行ってしまうような寂しさが波のように押し寄せてきた。

「ね、片岡さん、眼鏡橋でハート形の石見つけると、ラブが叶うって知っとー?」

「聞いたことはあるけど、探したことなか。……行こ、今からそこ。行きたかっ」

真顔で急かす片岡さんに笑いをこらえながら、私はさっきから揺れている心をなだめる。

すぐり、あんたはハートの石が見つかってもニューヨークには行かんよ。

ラブなんて、今はいらんから。

眼鏡橋で真剣な勢いでハートの石を探し出し、スマホに証拠写真をおさめて満足げな片岡さんと別れ、家に向かう途中だった。近くの中通《なか》りで、梅月堂《ばいげつどう》のケーキを買って帰ろうと思い立つ。江戸時代からあるという長崎でいちばん古い商店街を歩き始めたとき、ふらふらと歩くおばあさんの丸い背中が目に入った。杖《つえ》はついているけれど、足元はおぼつかない。それでも杖を握りしめる手だけは力強く、商店街の歩道タイルにこつこつとぶつけるように、杖の先端を振り下ろしている。

その背中に見覚えがある気がして、目で追ってしまう。おばあさんは古い店構えの和菓子店に吸い込まれるように入っていった。梅幸庵《ばいこうあん》。あ、ここのカステラもおいしいんだよな。心移りして、つられるように足を向けたときだ。

「だめですよ、おばあちゃん！　お金払わないと」

店の中から鋭い声がした。見ると、二個の和菓子の包みを握りしめた手をむんずとつかまれ、出口に向かおうとしたまま固まっているおばあさんの姿が目に飛び込んできた。

あ、と目を見張る。

辻村のおばあちゃんが、つかまれた腕を引き離そうともがいている。調理白衣を着た男の店員が「お金を払っていただかないと、お渡しできません」とお菓子を奪おうとする。

「急いどーやけん。早う行かんば！　お金なんて後でよかやなか」

施設ではしていたはずのマスクもはずして声を張り上げるその口調は、わりあいしっかりして説得力があるようにも聞こえる。でももちろん店の人には通用しない。節くれだった皺だらけの指がしっかりと和菓子の包みをつかんで、離すまいとしているのがわかった。

「あのっ、すみません！」考える間もなく、二人の間に割って入っていた。

「ごめんなさい！　お金、私が払いますから」

「お嬢さん、こん人の知り合い？　お孫さん？」

「あ、いえ。近くの介護施設にいらっしゃる方なので、私が送り届けますから」

「ならよかばってん……。最近多かっさね、高齢者の万引き。開き直るけん、たち悪いわ」

お金を払って頭を何度も下げる私になどかまわず、さっさと店を出る辻村さんを慌てて追いかける。

「辻村さぁん、どこ行かれるとですか？　施設の方、心配してるんじゃなかですか」

辻村さんは並んで歩く私を見上げると、「どこって」となんでもないように答える。

「身代り天満宮よう。梅ん花が綺麗だって、さっきあんたたちも言いよったやなかと」

梅の花。ああ、私のことも、片岡さんの挨拶も、ちゃんと覚えてたんだ、この人。

「思い出したんよぉ、うちもお父ちゃんと一緒に見る約束しとったと。早うせんば、見頃も終わってしまうやろ。うちが小さか頃はよう手ば引いて連れて行ってくれたもんやけど、今日はうちがお父ちゃんの仕事が終わるん待っとーと。いつもはお父ちゃんが桃山ば買うてくるるけん、今日はうちんお小遣いで買うちゃったんばい」

「あーそうですよね。私もせっかくだから、もう一度見てみたいな。お供させてください」

言いながら、頭の中でめまぐるしく算段をめぐらせている。どこで施設に電話しようか。このまま天満宮に行ったとしてお父さんは現れないだろうし、どうすればいいんだろう。

それにねえ、と続ける辻村さんの声には妙な力がみなぎっている。

「戦争が始まったとやろ。そうなったら会えんやなかと。いられるうちに一緒におらんと」

梅ん花だってね、落ちるどころか燃やされてしまうかもしれんとよ。見られるうちに見ておかんば。

あんたもね、さっき見たってまた見たらよかばい。何度でも、何度でも。見たかもん見て、会いたか人に会《お》うて、食べたかもん食べて。何もかもが、燃やされる前に。

つらつらと言葉を連ねていた辻村さんは、突然「あら」と小首をかしげた。染みの浮き出た顔で困ったように私を見上げてから、胸に下げたポシェットをまさぐり始める。店の外でポシェットに大切にしまっていたひしゃげた和菓子の包みを取り出すと、つぶやいた。

「困ったわ。この梅味の桃山ね、梅ば見ながら毎年いただくんね。ばってん、あんたの分がなかばい」

「あ、いいですいいです、私の分は」

「かわりに……」古びたパッチワークのポシェットを再びごそごそと探すと、ビニールのジッパー袋に入った飴を掌にのせて、私に差し出す。

「ほら、塩飴ならあるけん、あげるわ。狛犬さんにあげる分のおすそ分けばい」

ありがとうございます。にっこり返しながら、決めていた。施設に電話するのは梅を見てからでもいいだろう。辻村さんの待ち人が来なかったら、いやきっと来ないだろうから、その間は一緒に梅を見よう。ピンクと白の、かまぼこみたいな色の梅を見上げよう。

「お父ちゃんが戦争に行くことになったら、身代わりになってくれるかお願いしてみるわ。あら、あんた、なんで泣きよーと？　どっか痛かと？　大丈夫ばい。狛犬さんにお願いするとよかよ、きっと身代わりになってくるるけん」

そのときまで、私は瞳からこぼれ落ちたものの正体を知らなかった。

へんなの、どうして私泣いてるんだろ。

おばあちゃん、戦争なんてこの国では起こらないんですよ。もうきっと起こらないんですよ。塩飴を溶けそうなほど握りしめながら、私は胸の中で唱える。でもそうなんだろうか？　本当に来ないんだろうか？　ウイルスに長いこと隔てられていた国と国の距離が近くなったのだと、勢い込んで説明してくれた片岡さんのひたむきな瞳が濡れた視界にちらつく。

会いたい人に簡単に会えない時代が、あるきっかけでいきなり訪れたように。

施設で当たり前のように一緒に歌っていた人々と、ふいに画面越しでしか歌えなくなったように。

見知らぬ国で今も、多くの人たちの命があっけなく奪われていくように。

今あるものは、次の瞬間には、もう届かない場所に行ってしまうかもしれないから、

だから、何度でも、何度でも、会いたか人に会って……、

いきなり春休みにニューヨークに行きたいと言い出した私を、案の定、両親は必死の形相で止めにかかった。折しもニュースの画面には、一葦の家の近くでアジア人女性を狙った残虐な殺人事件が映し出されたばかりで、私も震えあがっていたところだ。

それでも唐突に決意したことを曲げたくはなかった。いつもみたいに簡単に諦めたり、手放したりしたくなかった。わかっていたから。片岡さんに引っ張られるようにして今飛行機に乗らなければ、私はきっとあの街には行かない。二十一歳になって、一人でホテルに泊まれるようになったとしても、きっと行かないだろうと。いや、朝になったら冷める熱情のように、日付が変わったら何かも冷めてしまうのかもしれない。だから急がなくちゃ。

お父さんと梅の花に会いに行くため力強く杖を地面に振り下ろしていた辻村さんは、施設の人が迎えに来たときには疲れたのか、すでにぼんやりしていた。でも施設の人に手を引かれて力なく歩き始めた彼女は突然振り返ると、こちらによろよろと向かってきた。

「お嬢ちゃん、もう歯が痛いの治ったと？」

「は、はい」言われると、痛いのは心じゃなくて、歯だったような気がしてくる。

「じゃあこれあげるわ。取っといても悪うなるけんね。お父ちゃんにはまた買うけん」

梅を見ながら桃山を食べた辻村さんは、お父さんの分に取っておいたもうひとつを私の掌にのせた。喉をつまらせたのは、ほろほろと甘い黄身あんだけじゃなかった。

そのときに決めたことを手放したら、なぜだか辻村さんを深く悲しませる気がした。

頑なに反対する両親を見て私はため息をつく。仕方なかね。禁じ手使うしかなかやろ。

お母さん、お父さん、ごめんね。悪かったね。本当はお母さんを傷つけるから使いたくなかった反則技で、ニューヨーク行きの許可と航空券代の前借りを勝ち取ったりして。

私は両親に伝えたのだ。いつ病気が再発するかわからないから、元気なうちにしたいことをしたいのだと。もうすぐ看護学校の授業も始まり忙しくなるから、今がチャンスなのだとも。

言いながら、私は言葉にするたびに喉が軋《きし》んだ「サイハツ」をいつしかそう恐れなくなっていたことに気づく。ああ、そうだった。私が怖いのは病気の再発なんかじゃないんだ。

何もせず、なんの行動も起こそうとせずに、明日を迎えることだったんだ。その明日には、花びらみたいに、今日には確かにあった未来図の一枚が剝がれ落ちてしまうかもしれないのに。

二〇二二年三月二二日。新型コロナウイルス感染防止のための「まん延防止等重点措置」が、約二カ月半ぶりに全面解除された。

その五日後、卒業式を終えた私は片岡さんとニューヨークへと向かった。アメリカ国内の新型コロナウイルス感染状況は、三月中旬以降は新規感染者が三万人前後と下げ止まりが続いていたらしいけど、ここにきてまたわずかながら増加しているらしい。日本では新規感染者数減少の動きに伴って療養者数や重症者数、死亡者数は減少が続いている。でも二年も続くこの状況の中で、またいつぶり返すかもわからない。だから動ける今、私は一歩を踏み出すしかない。

出発の朝、おじけづく心に足をすくわれないよう、スニーカーの紐をぎゅっと結んだ。いってきます。はっきりと声を出すと、お母さんは「リリアンによろしく」と笑った。

日本の空港ではたくさんの書類やコロナ検査の陰性結果を入念に調べられてドキドキしたのに、JFK空港ではあっけないほどだった。唯一、指紋をとる機械がうまく反応しなくて数度手間取ったくらい。審査官は私たちが用意していた宣誓書や陰性証明書に目を通すことはなく、事務的な口調で「旅行の目的は?」と訊いてきた。

観光です。自動的に答えたけど、心で首をかしげている。そうなのかな? 私は何を見たいのかな。長いこと見たかった、来たかったこのニューヨークという街で、何をしたいのかな?

そもそもどうして私は今、ここにいるんだろう。アジアンヘイトや急増しているという犯罪や新種株のウイルスがまだまだ渦巻くこの街に、なぜ降り立ったりしてるんだろう。

片岡さんに言われた通り、「スプリング・ブレーク（春休み）の旅行で」と答えると、それまでそっけなかった審査官がにこりと笑いかけてきた。

ウェルカム・トゥ・ニューヨーク。エンジョイ！　アリガト！

ありがとう。いかつい男性に安堵のあまりぎこちない笑みを返したその先、入国審査のブースの向こう側に、広くて明るいラゲッジクレームのフロアが見える。最初の関門を通過しながら、ふいに思う。私は人生の中でこれから一体、幾つの関門を越えるのかな。

荷物を受け取って税関カウンターを通り過ぎる。出口に続く自動ドアをくぐり抜けてもまだ、緊張感が肩の辺りに張りついている。寝不足でくらくらしたまま、一葦が教えてくれた通り、空港からは画一料金だというイエローキャブ乗り場を目指す。そうしながらもさっきから、「観光です」という自分の乾いた声がぐるぐると胸の中をめぐっていて、

「ホテルに着いてチェックインしたら、すぐに向かわんとね。ミッドタウン」

隣のシートから話しかけてくる片岡さんの声で、我に返った。

「抗議集会でチャンポンズの歌聴き逃したら、なんのために来たかわからんもんねー」

「あ、うん」私の声は、空港からずっとふわふわと上ずったままで、なんだか頼りない。

本当は集会の数日前にニューヨークに前乗りし、先に一葦たちと会える予定だったのが、乗り継ぎ便の都合で到着日は当日になってしまった。朝着く便だったから、三時の集会の時間には間に合う予定だ。でも万一、コロナ検査が陽性だったらどうしよう。天候が悪くて欠航か遅延になったらどうしよう。ここ数週間、ひやひやして生きた心地がしなかった。

でも着いたんだ。本当に着いたんだ。高速道路の標識に書かれた矢印と「マンハッタン方面」の文字を見たらようやく実感がわいてくる。↓の先には一葦がいる。みんながいる。

運転席の後ろ側についたLEDスクリーンの中、陽気なシリアルのコマーシャルが流れている。片岡さんが「これどうやったら消せるとかね」といじっていると、ふいに画面がオフになる。あ、消えた。嬉しそうに片岡さんが言うのと、私が口を開くのが同時だった。

「そうだよね。みんなの歌を聴くために、ここまで来たんやけん」

急に静かになった車内に、膜が剝がれたみたいにくっきりした私の声が漂う。そのクリアな響きに、自分自身が驚いている。言いながら、あれ、私こんな台詞を言ったことがあるな、と思い出す。いつだっけ。ああそうだ。あのときだ。

中二の春、合唱コンクールのために市民ホールにみんなで出向いたときだ。初めての外部のコンクール参加にかちこちに緊張している下級生に、副部長だった私は言ったんだ。

楽しもうよ、他校の生徒たちの歌を聞ける機会なんてめったになかよ? うちらが歌うだけじゃなく、みんなの歌を聴くために、ここまで来たんやけん。

下級生が「私も先輩の独唱パートが聴きたかー」と笑顔を見せ、「聴き惚れんで、自分のパートちゃんと歌ってね」と私が返し、硬かった場の雰囲気がほぐれたんだっけ。

あの頃の私は、自信に溢れているだけじゃなく、歌うことが楽しかった。誰かの歌を聴くことが嬉しかった。病気の陰に隠れて歌を閉じ込めてしまったのは、私自身だ。

これから向かう場所にもいるのかもしれない。人種やジェンダーや不平等や、いろんなものを声の裏側に閉じ込めてしまった人たちが。私はその人たちの声を、聴いてみたい。

「聴くだけじゃなかとよお?」片岡さんが私に笑顔を向ける。「だって一緒に歌うとやろ。そのためにこうして、シウくんが楽譜まで送ってきてくれてるんだから」

言いながらタブレットのアプリを開く。私は一葦が仲間を呼ぶように、じゃこやパンパやホエール《くじら》と呼んでいるけど(三人には会ったことはないけど)、なぜだか片岡さんはじゃこのことはシウと呼ぶ。彼女なりのこだわりがあるらしい。じゃこが作ったスコアにはシンプルなハーモニーが綴られている。歌詞もついているけど言葉を旋律にのせるのをためらってしまう。なんだかここで歌うのがもったいなくて。へんなの、声は出したいのに。

私の気持ちをくみ取ったかのように、片岡さんがそっとハミングで歌詞のリフ部分をたどっていく。アー、ウーと控えめなシラブルを、私も涼やかな声にそっとのせてみる。

そのとき、バックミラーの中でこちらを見る運転手の笑顔と目が合った。

「お嬢さんたち、いい声だね。シンガーかい?」

「イエス、イエス! 日本の有名なシンガーなんですよぉ、私たち」

片岡さんがたどたどしい英語で出まかせを言う中、車はイースト川に架かる吊橋《つりばし》を渡り出す。ウィリアムズバーグ橋。頭上を通過する銀色の地下鉄を眺めていると、やがてロウアー・イーストの街並みが見えてくる。古びた煉瓦の建物。壁に書き殴られたグラフィティや、カラフルな雑貨がこまごまと並ぶ店。橋はそのままディランシー通りに合流する。

「あっあっ、ほら、すぐり! 見て、あそこ!」

片岡さんが指さす先、あっという間に「ちゃんぽん　つつじ」が脇を過ぎ去っていく。目の端に、看板に描かれたツツジのピンク色だけが、残像のかけらのように残っている。

泣きそうになった。一葦から聞いていたすべての事々が目の前に現実となって溢れかえり、全身を包み込んでくる。クラクション。誰かの車から大音量で流れてくるラテン音楽。「うちん近所、携帯ショップとネイルサロンばっかでさ」と彼が言ってた通りに、スマホの看板を掲げた店が数軒。車の中のお香のような不思議な匂い。

息もできないほど押し寄せてくるものに押し流されないようぎゅっと拳を握り、窓の外を食い入るように見つめ続ける。そのとき、わかった。

歌に会うために、聴くために、歌うために、私はここに来た。

でも、それだけじゃない。生きるために、前に進むために、ここに来たんだよ。ねえ、イッチーもそうだったのかな。いったん止まってしまっても、また歩き出せたんだよね?

まだハミングしている片岡さんの心地いいアルトの声と、救急車のサイレンと、渋滞に苛立つ運転手のクラクションをくぐり抜け、朗らかな運転手の声が私たちの耳に届く。

「着きましたよ、セレブリティのお嬢さんたち」

片岡さんは最初ミッドタウンのホテルを予約していたけれど、私がダウンタウンの南東側のロウアー・イースト・サイドに泊まりたいと言うと、「私もそっちの方がよか」と賛成してくれた。そこで一葦が予約してくれたホテルに変更した。一葦のお父さんの店からも、彼が住むアパートからも、四人の通う高校からも近い場所だ。

一葦が生活する街にすっぽり包みこまれたようで、私はちっとも怖くなかった。それどころか懐かしささえこみあげる。煉瓦色のビルの窓辺に凝った彫刻が施されたファサード。移民が遠い昔に降り立ったロウアー・イースト・サイド地区は賑やかで、雑多で、中国語もスペイン語も聞こえてくる。数ブロック歩いた通りにある、公衆衛生看護師の祖リリアン・ウォルドが住んでいたヘンリー・ストリート・セツルメントにも、今すぐ訪ねてみたかった。

もちろんつつじのちゃんぽんだって、早く食べてみたい。一葦のお父さんのお店では、アジアンヘイトや人種の壁を越えて長崎の味を奉仕したいと、先週何百食ものちゃんぽんを無料提供したと聞いている。長蛇の列ができた店を一葦たち四人も大忙しで手伝ったらしい。私もできることなら、早く着いてお手伝いしたかった。

そして、あんなことがあっても前を向いて進むと決めた一葦の家族の、夢と誇りが込められたスープで、喉を潤してみたかった。でも何より先に、
今日は行かなくちゃならない場所がある。会わなくちゃいけない人がいる。

荷解《にほど》きもそこそこに、広いとは言えないホテルの部屋にはっきりと響く声で私は言った。

「行こうか、片岡さん」

いちばん近いのはイースト・ブロードウェイの駅だけど、ひと気が少ないからと一葦に勧められた通りに、賑やかなディランシー通りの駅まで歩く。メトロカードを買ってターンスタイルをくぐるとき、間近で違法カードをかざして勧誘してくる男の声がしてひやっとする。目が合わないようにした

けど、片岡さんもこわばった面持ちになっている。視線をかわし、そのまま二人で階段を速足で下りる。やっぱり怖くなる。心臓がドキドキしている。

そういえば、四人もミッドタウンに遊びに行くときは、この駅を使うと言っていたっけ。階段を下りるとき、賑やかにふざけあって歩く四人の少年の影が、ふいに私たちのすぐ近くにいる気がした。守ってくれている気がした。

「本当は一緒に行きたいけど、リハがあるけん、先に会場に行かんといけなくて」

「大丈夫。片岡さんもおるけん」

「線路ん近くには立たんように。電光掲示板にあと何分で地下鉄が来るか出るけん、それまではホームの広か場所で待っとーとよか。車掌が乗っとー車輌が安全かもしれん」

「わかったわかった。ちゃんとイッチー先生の注意守るけん、心配せんで」

電話で指示してくれた一葦の声は驚くほどしゃんとしていて、私は心からそう答えることができた。いつから彼は変わったんだろう。それとも私が見えてなかっただけなのかな。

途中で地下鉄が臨時停車してしまったときは、じりじりした気持ちで祈るように願った。早く早く動いて。暗いトンネル内でようやく運転がのろのろと再開したときにはすでに集会の開始時刻が迫っていた。階段を駆け上がり、雑踏の中をタイムズスクエアへと向かう。

同時にデモをやっているのか、「アジア系への差別をやめろ」「アジアンヘイトをなくそう」とプラカードを持った大勢の人込みにさえぎられ、なかなか前に進めない。はぐれないように片岡さんとしっかり手を繋ぎ、雑踏をかき分けて進む。ただ前に進む。

ダウンタウンとは違って高層ビルが林立する街並み。ビルボード広告がそこかしこで瞬く広場で、ついに私はどっちに足を踏み出していいのかわからなくなってしまう。位置を見失いそうになりながら、耳を澄ます。人々の喧騒の中で、本当に聴きたい音だけを探して。

そのとき、「声」が聴こえてきた。

一葦からは、コンサートとともに州知事とヘイトクライムを経験した作家やアーティストのスピーチがあるのは聞いていたから、それが始まったのだろう。初めてのNY女性州知事となったキャシー・ホークル氏の力強い声。あのときのボイス・ジグソーの経験をきっかけにして、この一年半は頑張って英語の勉強をしてきたけれど、私のつたない英語力では全部の言葉を理解することはできない。それでも言いたい言葉は伝わってきた。

ニューヨーカーが一致団結してこのアジア人差別を終わらせようと彼女が会場に呼びかけると、聴衆が一斉に賛同の声をあげる。数えきれないプラカードが宙で上下する。

差別がいかに愚かなことか。むなしいことか。憎しみの連鎖は絶たなければならないこと。反対の声を周りに伝えていかねばならないこと。ここにいる人々の心の叫びが、声となり押し寄せてくる。喧騒や怒号や口笛の音や拍手の中で、足がすくみそうになる。

それでも声をたどりながら、たぐりながら、少しずつ近づいていく。もう少し近づきたいけれど、すでにステージの近くには人垣ができていてなかなかたどり着けない。ステージのバックに飾られた色鮮やかなアートには、三人の女性が描かれている。「Break the Silence」(沈黙を破ろう)の言葉とともに。次のスピーチを引き継いだアジア系の作家が涙ながらに訴える声が、矢のように耳に飛び込んでくる。

どうして彼らは私たちを嫌うの？　私たちが何をした？

憎まれるのは自分たちのせいだとは、けっして考えないで！

そして、司会者の紹介の言葉とともにNYチャンポンズがステージに現れた。司会者が、四人のメンバーの左端にいる一葦を、アジア系ヘイトの被害者の息子だと紹介する。

会場の同情的な反応に、彼がとても居心地が悪そうな顔をしてるのがここからでもわかる。彼は視線を落としたままで、細い身体にのしかかる重みにじっと耐えている。

事件を知った私が身震いするほどに感じた恐怖や痛み。

その何倍、何百倍もの思いをまた身の内に呼び起こされているかのように。

ああ、私の知ってるイッチーだ。ひりひりするような気持ちで、彼が心もとない様子で立ちつくす姿を見つめる。一葦は本当なら、ステージの上に立つことも、誰かに身内の事件を紹介されて同情を集めることも、人前で歌うことだって、きっと苦手なんだ。誰かに背中を押されたら、不安げにその背中を後ろ手にこすって、逆に立ち止まってしまう人だ。

ねえ、だから私はあのとき、境界線を越えて、教室で話しかけたんだよ？　誰かが触れれば壊れてしまいそうな膜の中で、息をひそめてるあなたの、じかの声を聴いてみたくて。

司会者が一葦の家族に起こった悲劇や最近のヘイトクライムの事例を滔々《とうとう》と語っている間、私はステージの上で視線を落としている一葦に心で話しかけていた。

教室でひとりぼっちのあなたが、視線を落としていたあなたが、それでも大好きなコミックを前にわくわくしているのがわかったから。

私にもそんなに大切にするものがきっとあると、気づかせてくれる。そんな透明で柔らかな光を帯びる空気が、そっとあなたを覆っていたから。

今、あなたの中にある声を聴かせて。お願い。あのとき、大好きだったものをおずおずと私に聴かせてくれたみたいに。今、また、届けて欲しい。

そのとき、手の届かない場所にいる一葦がこちらを見た、気がした。そうじゃない。こちらを見てる。確かにこちらを見て、小さくうなずいた。

来たよ。私は伝える。間に合《お》うたよ。その目が、問いかけてくる。

よかかなあ？　僕は歌っても。ここで、こがん大勢の人の前で、歌っても。

当たり前やなか。私はそのために来たんだよ。面倒な検査や長いフライトや物騒な地下鉄や、そがん事々を乗り越えて遠くからやって来たんやけん。そう、私たちを長いこと隔てとった時間や空白を乗り越えて。

そうやね。約束しとったよね。すぐりも一緒に歌ってくれるって。そこから。そん場所から。

もちろんだよ。そのステージからは私たちがハモっとー声は届かんかもしれんけど、ちょっと自信あるんだ。イッチーなら、聞こえるに違いなかって。

前振りが終わり、司会者が改めてグループを紹介する。NYチャンポンズ。やっぱりちょっとへんてこな名だ。そのとき、一葦が深く息を吸うのが、細い肩の揺れでわかった。

じゃこの指がマンハッタンの空に高く突き上がり、それからゆっくり振りおろされる。

四人の声が鮮やかな風となってステージから吹いてくる。春のそよ風なんかじゃない。すさまじい春の嵐のように圧倒的な、ゴスペルスタイルにも民族音楽風にも聞こえる四重奏。このために四人で作ったというオリジナル曲は、とてもシンプルで力強いメロディだ。ああそうか、これは霊歌だ、と感じとった。魂の中からわき出る心の叫びなんだ。

We're Different, We're the Same.
みんな違うんだ。でもみんな一緒だよ。

セサミストリートの古い絵本から取ったタイトルだと言っていたっけ。

人種や肌の色や環境、この宇宙の中に生きる者たちは、すべてがそれぞれの命を持っている。命の形はみな違う。でも同じように生きてるんだ。みんな生きている。

四人のハーモニーが圧倒的にこちらに迫ってくる。すごい、と声の中に呑み込まれそうになる。なんて熱い。なんて静か。なんて饒舌。くじらが高音でパワフルに歌い上げるヴォーカルに、一葦とじゃこのコーラスが幻想的に絡んでいく。太古のリズムを奏でるようなパンパのボイスパーカッションが、人間は昔から、はるか遠い昔から、自然や動物や人々が奏でる鳴りやまない音楽の中で生きてきたことを教えてくれる。

目の前にいる何百もの人々の身体が揺れている。風のように。木々のように。花びらのように。静かに生まれでた波がうねりとなって、ビルの間の空気をゆらしていく、
そのとき、くじらがスタンドマイクをはずして手に持つと、ステージから私たちにかざした。

残りの三人も「一緒に」という合図で腕を振る。

We're Different, We're the Same.
We're Different, We're the Same.

それまで圧倒されたように声を静めていた観客が、ともに歌い出す。英語に続いて、中国語で、韓国語で、そして日本語でリフレインされる。まるで永遠に続く波の音のように。

街が、世界が、声で、満たされていく。

みんな違うんだ。でもみんな一緒だよ。

私も声を出す。最初はおそるおそる。そして精一杯に。隣に立つ片岡さんが私を見る。私を遠い世界に連れ出してくれた人が、あの日昇降口で私に話しかけたときのように、微笑んでいる。そのすべすべした頬が涙で濡れている。なんだ、結構涙もろいんだなあ。そう思うそばから、私の視界も揺れて、歪んで、ぼやけて、無数の光がきらきら輝いて、

あれ。私も、泣いてるのかな。

もう感じられない。音楽が私の中に溢れて、他のことはもう何もわからない。

歌いながら、いったん止めていた足をもう一度踏み出す。一歩、また一歩。人込みに押し戻されながら、前へと歩んでいく。近づいていく。

音楽が、声が、放たれている、場所へと。

本作品は書下ろしです。

この物語はフィクションであり、実在する人物・団体等とは一切関係がありません。

『遠い空の下、僕らはおそるおそる声を出す』Soundtrack Spotifyプレイリスト

1）Iron Man　ブラック・サバス

2）Back In Black　AC/DC

3）In Memories（From“Avengers:Age of Uitron”）　レトブ

4）Portrait of Tracy　ジャコ・パストリアス

5）風の谷のナウシカ（風の谷のナウシカ）　安田成美

6）Stand by Me　ベン E. キング

7）やさしさに包まれたなら　荒井由実

8）ひこうき雲　荒井由実

9）The Rubberband Man　The Spinners

10）深呼吸の必要　My Little Lover

11）裸の心　あいみょん

12）Supersonic Rocket Ship　ザ・キンクス

13）Away In A Manger　ペンタトニックス

14）Please Mr. Postman-Single Version　The Marvelettes

15）春の小川　NHK東京児童合唱団

16）戦争を知らない子供たち　ジローズ

※作中に記載のない楽曲は、著者があらためて選んでいます。

※プレイリストの楽曲名はSpotifyプレイリストの表記に準じています。そのため英語と日本語の表記が混在しますがご了承ください。

※プレイリストを掲載している「Spotify（スポティファイ）」聴取サービスの使用は、Spotify社の使用基準に準じ、弊社が動作等を保証するものではありません。また、楽曲によっては予告なく音源が利用できなくなる場合があります。

野中ともそ（のなか・ともそ）

ニューヨーク在住。1998年、「パンの鳴る海、緋の舞う空」で第11回小説すばる新人賞を受賞しデビュー。他の著書に『カチューシャ』『おどりば金魚』『チェリー』『銀河を、木の葉のボートで』『ぴしゃんちゃん』『つまのつもり』『虹の巣』『洗濯屋三十次郎』『宇宙でいちばんあかるい屋根』などがある。
著者ホームページ　https://www.tomoso.com/
ツイッター　https://twitter.com/tomosononaka

遠《とお》い空《そら》の下《した》、僕《ぼく》らはおそるおそる声《こえ》を出《だ》す

2023年2月28日　初版1刷発行

著者――野中《のなか》ともそ
発行者――三宅貴久
発行所――株式会社 光文社
〒112-8011　東京都文京区音羽1-16-6
電話　編集部　03-5395-8254
書籍販売部　03-5395-8116
業務部　03-5395-8125
組版――萩原印刷
印刷所――堀内印刷
製本所――国宝社

落丁・乱丁本は業務部へご連絡くだされば、お取り替えいたします。

ISBN978-4-334-91516-2